Le Messager

Du même auteur

La Voleuse de livres, Oh! Éditions, 2007 ; Pocket, 2008

ISBN : 978-2-36658-092-1

Illustrations : Audrey Pilot

Markus Zusak

Le Messager

roman

Traduit de l'anglais par Emmanuel Pailler

KERO

Pour Scout

PREMIÈRE PARTIE

Le premier message

Le hold-up

Le braqueur est nul.

Je le sais.

Il le sait.

Toute la banque le sait.

Même mon meilleur pote Marvin le sait, et il est encore plus nul que le braqueur.

Le pire, dans toute cette histoire, c'est que la voiture de Marv est garée dehors, sur un emplacement limité à un quart d'heure. On est tous au sol, face contre terre, et il ne reste que quelques minutes de parking.

— J'aimerais bien qu'il se dépêche.

— Je sais, chuchote Marv. C'est scandaleux.

Le nez par terre, il hausse le ton.

— À cause de ce naze, je vais me prendre une amende. Et je peux pas me permettre d'en prendre une autre, Ed.

— Ta voiture ne la vaut même pas.

— Quoi ?

Voilà que Marv se tourne vers moi. Je sens qu'il se tend. Vexé. S'il y a bien une chose que Marvin ne tolère pas, c'est qu'on se foute de sa bagnole. Il repose la question :

— Qu'est-ce que t'as dit, Ed ?

— J'ai dit qu'elle ne vaut même pas le prix de l'amende, Marv.

— Écoute, Ed, je supporte un tas de trucs, mais...

Je n'écoute plus. Franchement, une fois que Marv se lance sur sa bagnole, il devient carrément casse-couilles. Il parle, il parle, on dirait un gosse, alors qu'il vient d'avoir vingt ans, bon Dieu.

Il continue pendant encore une minute ou deux, et je suis obligé de l'arrêter :

— Marv, ta bagnole, c'est la honte, d'accord? Elle n'a même pas de frein à main; tu bloques les roues arrière avec des briques.

J'essaye de parler aussi bas que possible :

— La moitié du temps, tu prends même pas la peine de la fermer. T'espères sans doute que quelqu'un la piquera, comme ça tu toucheras l'assurance.

— Elle est pas assurée.

— C'est bien ça.

— L'assurance a dit qu'elle n'en valait pas la peine.

— C'est compréhensible.

À ce moment-là, le braqueur se retourne en gueulant : « Qui c'est qui parle, là ? »

Marv s'en moque. Il est énervé à cause de sa voiture.

— Eh, Ed, petit arriviste, tu te plains pas quand je t'amène au boulot avec, hein.

— Arriviste? Qu'est-ce que c'est, ça, bordel ?

— Oh, là-bas, vos gueules, j'ai dit! crie encore le braqueur.

— MAGNE-TOI, ALORS! rugit Marv.

Il n'a plus envie de rigoler. Mais alors plus du tout.

Il est face contre terre, dans une banque.

Une banque en train de se faire braquer.

Il fait anormalement chaud pour le printemps.

La clim est en panne.

On vient d'insulter sa voiture.

Ce bon vieux Marv est au bout du rouleau, à la limite de ses forces. Enfin bref, il a les boules à mort.

On est là, aplatis sur la moquette bleue, usée et pleine de poussière, à échanger des regards furieux. Notre pote Ritchie est dans un coin, à moitié caché sous une table pleine de Lego pour les gosses, allongé au milieu des morceaux qui se sont éparpillés lorsque le braqueur est entré en gueulant, tout agité. Audrey est juste derrière moi, le pied sur ma jambe, ce qui l'engourdit.

Le braqueur pointe son flingue sous le nez d'une pauvre fille derrière le comptoir. Misha, d'après son badge. Pauvre Misha. Elle tremble presque autant que le braqueur, en attendant que son collègue boutonneux d'une trentaine d'années, avec une cravate et des auréoles sous les bras, remplisse un sac d'argent.

— J'aimerais qu'il se magne, dit Marvin.

— Je l'ai déjà dit.

— Et alors ? Je peux pas faire un commentaire à moi ?

— Enlève ton pied, je dis à Audrey.

— Quoi ?

— J'ai dit : vire ton pied de ma jambe, elle s'engourdit. Elle l'enlève, à contrecœur.

— Merci.

Le braqueur se retourne et hurle une dernière fois :

— C'est qui l'enfoiré qui parle ?

La chose à savoir avec Marvin, c'est qu'il est, au minimum, problématique. Chicanier. Peu affable. C'est le genre d'ami avec lequel on se dispute constamment – en particulier quand on en vient à parler de sa Ford Falcon de merde. En plus, quand il en a envie, il peut vraiment être un sale merdeux.

Marvin répond donc sur le ton de la taquinerie :

— C'est Ed Kennedy, m'sieur. C'est Ed qui parle !

— Merci beaucoup !

(Mon nom complet, c'est Ed Kennedy. J'ai dix-neuf ans. Je suis chauffeur de taxi mais je n'ai pas l'âge légal. Je ressemble à beaucoup de ces jeunes gens que l'on voit dans cet avant-poste banlieusard de la grande ville : sans beaucoup de perspectives ni de possibilités. À part ça, je lis trop de livres, et je suis naze pour baiser et calculer mes impôts. Ravi de faire votre connaissance.)

— Eh bien, ta gueule, Ed ! hurle le braqueur. (Marv ricane.) Ou sinon, je viens t'exploser le cul !

13

J'ai l'impression d'être revenu au lycée, avec le prof de maths sadique qui vous hurle des ordres depuis le tableau, même s'il s'en fiche complètement, et qui attend la sonnerie pour pouvoir rentrer chez lui, boire de la bière et faire le gros lard devant sa télé.

Je jette un œil à Marv. J'ai envie de lui tordre le cou.

— Marv, bon Dieu, t'as vingt ans. Tu veux nous faire tuer ?

— Ta gueule, Ed !

Le braqueur a haussé le ton, cette fois.

Je chuchote encore plus bas :

— Si je me fais descendre, je te considérerai comme responsable. Tu le sais, pas vrai ?

— J'ai dit *ta gueule*, Ed !

— Tout ça, ça te fait bien rigoler, pas vrai, Marv ?

— C'est bon, ça suffit.

Le braqueur oublie la fille derrière le comptoir et s'avance vers nous. Il a les boules à mort. On lève tous la tête.

Marv.

Audrey.

Moi.

Et tous les autres minables comme nous, étalés par terre.

Le bout du canon effleure l'arête de mon nez. Ça me démange. Je ne me gratte pas.

Le braqueur nous regarde alternativement, Marv et moi. Sous le bas qui cache son visage, j'aperçois ses favoris roux et ses cicatrices d'acné. Il a de petits yeux et de grandes oreilles. De toute évidence, il braque la banque pour prendre sa revanche sur le monde, après avoir gagné le prix de laideur à la kermesse de son quartier trois années d'affilée.

— Alors, c'est qui Ed ?

— Lui, je réponds en montrant Marv.

— Ah non, pas de ça, réplique Marv.

Rien qu'à le voir, je peux dire qu'il n'a pas aussi peur qu'il le devrait. Si le braqueur était un type sérieux, on

14

serait déjà morts tous les deux, et Marv le sait. Marv regarde la figure du type sous son bas et lui dit :

— Attends un peu... (Il se gratte le menton.) Je t'ai déjà vu quelque part.

— OK, c'est bon, j'avoue. C'est moi, Ed.

Mais le braqueur est trop occupé à écouter Marv.

— Marv, je siffle, ta gueule.

— Ta gueule, Marv, dit Audrey.

— Ta gueule, Marv ! lance Ritchie à l'autre bout.

— Ho, t'es qui toi ? crie le braqueur à Ritchie, en se tournant dans sa direction.

— Moi, c'est Ritchie.

— Eh bien, boucle-la, Ritchie ! Commence pas, toi aussi !

— Pas de problème, répond la voix de Ritchie. Merci beaucoup.

Tous mes amis sont des petits malins, apparemment. Ne me demandez pas pourquoi. C'est comme pour le reste : c'est comme ça.

Quoi qu'il en soit, le braqueur commence à bouillir. On dirait que ça dégouline de son visage, que ça transperce le bas qui recouvre sa figure. Il grogne :

— J'en ai plein le cul de ces conneries.

Sa voix est brûlante.

Pourtant, ça n'arrête pas Marv :

— Je me demande si on n'aurait pas été à l'école ensemble, un truc du genre, tu vois ?

— Tu veux mourir, c'est ça ? répond le braqueur, nerveux et transpirant de plus belle.

— En fait, explique Marv, je veux juste que tu payes mon amende. J'ai droit à quinze minutes de parking, dehors. Et toi, tu me retiens ici.

— Eh ouais, tu peux le dire ! crie l'autre en pointant son arme vers lui.

— Pas besoin d'être agressif comme ça.

Oh, mon Dieu, je pense. *Marv est fichu. Il va se prendre une balle dans la nuque.*

Le braqueur jette un œil par la porte vitrée, pour voir quelle est la voiture de Marv.

— Laquelle est-ce? demande-t-il, assez poliment je dois dire.

— La Falcon bleu ciel, là-bas.

— Ce tas de merde? J'en voudrais même pas pour pisser dessus! Quant à payer une amende à cause d'elle...

— Eh, attends un peu, fait Marv, de nouveau vexé. Comme c'est toi qui braques la banque, le moins que tu puisses faire, c'est de payer l'amende, tu ne crois pas?

Pendant ce temps...

L'argent attend au comptoir et Misha-la-pauvre-guichetière appelle. Le braqueur se dirige vers elle.

— Magne-toi, salope, il aboie au moment où elle lui tend l'argent.

Ça doit être le ton obligatoire pour braquer une banque. Il a vu tous les films qu'il faut. Il revient aussitôt vers nous, le sac à la main.

— Toi! il me crie.

Maintenant qu'il a le fric, il a retrouvé son courage. Il va me donner un coup de crosse quand quelque chose au-dehors attire son attention.

Il regarde de plus près.

Par la porte vitrée.

Un filet de sueur coule le long de sa gorge.

Il halète.

C'est la tempête sous son crâne et...

Il explose.

— Non!

La police est dehors, mais elle n'a aucune idée de ce qui se passe ici. Ça ne se sait pas encore dans la rue. Les flics sont en train de dire à quelqu'un dans une bagnole dorée qu'il ne peut pas s'arrêter en double file devant la boulangerie, de l'autre côté de la route. La voiture s'en va et les flics avec, et notre braqueur naze se retrouve avec son sac à la main. Plus de chauffeur.

Tout à coup, il a une idée.

Il se retourne encore.

Vers nous.

— Toi, ordonne-t-il à Marv. File-moi tes clés.

16

— Quoi ?!

— Tu m'as entendu.

— C'est une voiture de collection !

— C'est un tas de merde, Marv ! je hurle. Maintenant, file-lui les clés ou c'est moi qui te tue !

L'air écœuré, Marv fouille dans sa poche et en sort ses clés.

— Conduis-la en douceur, supplie-t-il.

— Mon cul, répond le braqueur.

— Ça, c'est déplacé ! braille Ritchie de sous sa table à Lego.

— Toi, ta gueule ! riposte le braqueur.

Il se barre.

Son seul problème, c'est que la bagnole de Marv a environ cinq pour cent de chances de démarrer au premier coup.

Le braqueur sort comme une flèche et se dirige vers le parking. Il trébuche et lâche son flingue près de l'entrée, mais il décide de continuer sans. En une seconde, je vois la panique sur son visage, au moment où il se demande s'il va le ramasser ou pas. Il n'a pas le temps, donc il le laisse et il continue à courir.

On se relève pour le regarder. Il s'approche de la voiture.

— Regardez bien, dit Marv qui se met à rigoler.

Audrey et moi observons la scène avec lui. Ritchie nous rejoint.

Dehors, le braqueur essaye de trouver quelle clé ouvre la portière. Et là, on explose de rire devant une pareille incompétence.

Il finit par y arriver, s'installe au volant et essaye de démarrer à d'innombrables reprises – mais rien.

Et là.

Pour une raison mystérieuse...

Je sors en courant, ramassant le flingue au passage. En arrivant sur le parking, je regarde le braqueur dans les yeux. Il tente de sortir de la voiture mais c'est trop tard.

17

Je suis à la portière de la Ford.

L'arme braquée sur ses yeux.

Il s'arrête.

Moi aussi.

Il essaye de sortir et de s'enfuir – et je jure que je n'avais aucune intention de tirer… jusqu'au moment où je me suis avancé et j'ai entendu le verre exploser.

— Qu'est-ce que tu fais ? gémit Marv devant la banque.

Son monde s'écroule.

— C'est ma voiture que tu tues !

Les sirènes s'approchent.

Le braqueur tombe à genoux.

— Qu'est-ce que je suis con, dit-il.

Je ne peux qu'être d'accord.

L'espace d'un instant, je le prends en pitié, parce que c'est peut-être bien l'homme le plus malheureux sur Terre. D'abord, il braque une banque avec d'hallucinants boulets comme Marv et moi dedans. Ensuite, son chauffeur disparaît. Et lorsqu'il a enfin la veine de mettre la main sur une autre voiture, c'est le pire tas de boue de l'hémisphère Sud. J'ai un peu de peine pour lui. Imaginez l'humiliation.

Les flics le menottent et l'embarquent. Je dis à Marv :

— Tu vois, maintenant ?

Je continue. Je suis remonté. Je hausse le ton :

— Tu vois ? C'est bien la preuve que ta voiture est complètement pitoyable.

Je marque un temps pour le laisser réfléchir.

— Si elle était un tant soit peu en état, ce type aurait filé maintenant, non ?

— Oui, j'imagine, reconnaît Marv.

En fait, Marv aurait peut-être préféré que le braqueur s'en aille, rien que pour montrer que sa bagnole n'est pas si nulle.

Il y a du verre par terre et partout sur les sièges. Je me demande ce qui est le plus triste à voir : la vitre ou la figure de Marv.

— Hé, je dis, désolé pour la vitre, d'accord ?

— Laisse tomber.

Le flingue est tiède et collant dans ma main, comme du chocolat fondu.

D'autres flics arrivent pour poser des questions.

On va au poste et ils nous interrogent sur le braquage, ce qui s'est passé et comment j'ai réussi à mettre la main sur le flingue.

— Il l'a laissé tomber, c'est tout ?

— C'est ce que je vous ai dit, non ?

Le flic lève les yeux de ses papiers.

— Écoute, fiston, c'est pas la peine d'être de mauvais poil.

Il a un bide à bière et une moustache grisonnante. Pourquoi autant de flics ont besoin d'avoir une moustache ?

— De mauvais poil ?

— Oui, de mauvais poil.

De mauvais poil.

J'aime bien cette expression.

— Désolé, je réponds. Le braqueur a laissé tomber son arme dehors et je l'ai ramassée en sortant pour lui courir après. C'est tout. Ce type était un nul total, d'accord ?

— D'accord.

On y passe pas mal de temps. Le seul moment où le flic aux abdos Kronenbourg perd son calme, c'est quand Marv demande avec insistance une indemnité pour sa voiture.

— La Ford Falcon bleue ? demande le flic.

— Oui, voilà.

— Pour être honnête, fiston... cette voiture est un scandale sur roues. Une honte.

— Je te l'ai dit, Marv...

— Enfin bon Dieu, elle n'a même pas de frein à main, dit le flic.

— Et alors ?

— Alors, tu as de la chance qu'on ne te mette pas une amende – elle ne devrait même pas rouler.

— Merci beaucoup.

Le flic sourit.

— Avec plaisir.

— Et laisse-moi te donner un conseil.

On est presque sortis mais le flic n'a pas encore terminé. Il nous rappelle – ou, du moins, il rappelle Marv.

— Ouais ? répond Marv.

— Pourquoi tu ne te trouves pas une nouvelle voiture,
fiston ?

Marv le regarde d'un air grave.

— J'ai mes raisons.

— Quoi ? Pas d'argent ?

— Oh si, de l'argent, j'en ai. Je travaille, vous savez.

Marv arrive même à prendre l'air moralisateur.

— C'est juste que j'ai d'autres priorités.

Et le voilà qui sourit, comme seul peut sourire le fier
propriétaire d'une voiture comme celle-là.

— Il y a ça... et puis j'aime ma voiture.

— Entendu alors, conclut le flic. Bonne journée.

À peine sorti, je demande à Marv :

— *Toi*, Marv, tu as d'autres priorités ? Et lesquelles,
grands dieux ?

Marv regarde fixement devant lui.

— Tais-toi, Ed, c'est tout. Aujourd'hui, la plupart des
gens te prennent peut-être pour un héros, mais pour moi,
t'es juste un sale con qui m'a mis une balle dans ma
vitre.

— Tu veux que je te rembourse ?

Marv m'offre un nouveau sourire.

— Non.

Ce qui me soulage, à dire vrai. Plutôt mourir que
mettre un sou dans cette bagnole.

En sortant du poste, on croise Audrey et Ritchie qui
nous attendaient, mais ils ne sont pas seuls. Il y a des
journalistes aussi, et ils prennent tout un tas de photos.

20

« C'est lui ! » crie quelqu'un, et avant que je puisse pro-
tester, tout le monde me tombe dessus en posant des
questions. Je réponds aussi vite que je peux, expliquant à
nouveau ce qui s'est passé. La ville où j'habite n'est pas
petite, et il y a la radio, la télé et les journaux, qui écri-
ront des articles ou feront des reportages pour demain.

J'imagine les gros titres.

Quelque chose du genre : *Un chauffeur de taxi devient
un héros*, ça serait bien, mais ils mettront plutôt un truc
comme : *Un minable local se rattrape*. Ça ferait bien rire
Marv, ça.

Au bout d'une dizaine de minutes, la foule se disperse
et on retourne au parking. La Falcon a une belle grosse
amende collée sous l'essuie-glace.

« Enfoirés », constate Audrey.

Marv prend le papier et le lit. Au départ, on était allés
à la banque pour que Marv puisse y déposer sa paye.
Voilà, il peut s'en servir pour payer l'amende.

On enlève autant de verre que possible des sièges et on
monte. Marv essaye de démarrer huit fois. La bagnole
refuse.

— Génial, dit Marvin.

— Normal, dit Ritchie.

Audrey et moi ne disons rien.

Audrey tient le volant et nous autres, on pousse. On
laisse la voiture chez moi : j'habite le plus près de la ville.

Quelques jours plus tard, je reçois le premier message.

Qui change tout.

2   Le sexe, ça devrait être comme les maths : une introduc-
tion à ma vie.

Je vais vous parler un peu de ma vie.

Je joue aux cartes au moins deux ou trois soirs par
semaine.

On est comme ça, nous.

On joue à un jeu qui s'appelle Agacement, qui n'est pas particulièrement dur et c'est le seul qui nous amuse tous sans qu'on se dispute trop.

Il y a Marv, qui ne la ferme jamais; il est assis là, essayant de fumer des cigares et de les apprécier.

Il y a Ritchie, qui ne l'ouvre jamais, avec son tatouage risible sur le bras droit. Il sirote sa bière en bouteille, en tripotant ses favoris qui semblent collés par touffes sur son visage juvénile.

Il y a Audrey. Elle est toujours assise en face de moi, quel que soit l'endroit où on joue. Elle a des cheveux jaunes, des jambes élancées, le plus beau sourire en coin du monde, des hanches adorables, et elle regarde beaucoup de films. Elle aussi travaille comme taxi.

Et puis il y a moi.

Avant que je parle de moi, je dois vous communiquer d'autres faits :

> 1. À l'âge de dix-neuf ans, Bob Dylan était un interprète aguerri de Greenwich Village, à New York.
> 2. Salvador Dalí avait déjà produit plusieurs œuvres exceptionnelles, picturales et révolutionnaires, à l'âge de dix-neuf ans.
> 3. Jeanne d'Arc était la femme la plus recherchée du monde à l'âge de dix-neuf ans, parce qu'elle avait déclenché une révolution.

Et puis il y a Ed Kennedy, également âgé de dix-neuf ans...

Juste avant le hold-up, je faisais le bilan de ma vie.

Chauffeur de taxi – et encore, j'avais triché sur mon âge (il faut avoir vingt ans).

Pas vraiment de métier.

Aucune réputation dans le quartier.

Rien.

Je m'étais rendu compte que partout, des gens parvenaient au sommet tandis que moi, je suivais les indications d'hommes d'affaires dégarnis appelés Derek au volant de ma voiture et je surveillais les ivrognes du vendredi soir pour qu'ils ne vomissent pas dans l'habitacle ni ne s'enfuient sans payer. En fait, essayer de faire le taxi, c'était une idée d'Audrey. Il n'en a pas fallu beaucoup pour me convaincre, surtout parce que je suis amoureux d'elle depuis des années. Je n'ai jamais quitté cette ville de banlieue. Je ne suis pas allé à l'université. Je suis allé à Audrey.

Je me demande sans arrêt :

« Voyons, Ed, qu'est-ce que tu as fait de beau au cours de tes dix-neuf années d'existence ? »

La réponse est simple :

Que dalle.

J'en ai parlé à quelques personnes, mais leur seule réponse, ça a été : « Boucle-la. » Marv m'a traité de pleurnicheuse de première classe. Audrey m'a dit que j'avais vingt ans d'avance sur la crise de la quarantaine. Ritchie s'est contenté de me regarder comme si je lui parlais dans une langue étrangère. Et quand j'en ai parlé à ma maman, elle m'a dit : « Oh là là, mais va pleurer un bon coup, Ed. » Vous allez adorer ma maman. Faites-moi confiance.

Je vis dans une bicoque que je loue pour pas cher. Peu après que j'ai emménagé, l'agent immobilier m'a appris que le propriétaire, c'était mon patron. Mon patron est l'heureux fondateur et directeur de l'entreprise de taxis où je travaille : *Taxis libres*. Une entreprise douteuse, c'est le moins qu'on puisse dire. Audrey et moi n'avons eu aucun problème à les convaincre qu'on était assez âgés et qualifiés pour bosser chez eux. On trafique quelques chiffres sur son acte de naissance, on montre ce qui ressemble à un permis, et c'est bon. Une semaine plus tard, on conduisait, parce qu'ils manquaient de personnel. Pas de vérifications, pas de salades. C'est étonnant tout ce qu'on peut faire en trichant et en mentant. Comme Raskolnikov le disait : « Quand la raison échoue, le Diable nous aide ! » Je peux au moins me vanter d'être le plus jeune chauffeur de taxi des alentours : un prodige du tacot. Ma vie est bâtie sur ce genre de réussite à l'envers. Audrey a quelques mois de plus que moi.

La bicoque où je vis est assez près de la ville et, comme je n'ai pas le droit de rentrer chez moi avec le taxi, ça me fait un petit bout de chemin à pied pour aller au travail et revenir. Sauf si Marv me dépose. Si je n'ai pas de voiture moi-même, c'est que je conduis des gens toute la journée ou toute la nuit. Quand j'ai du temps libre, la dernière chose dont j'ai envie, c'est de conduire encore.

Notre bourgade n'a rien d'extraordinaire. Elle est à la limite de la grande ville, avec des bons et des mauvais quartiers. Cela ne vous étonnera pas que je vienne d'un des mauvais. Toute ma famille a grandi à l'extrémité nord de l'agglomération, et c'est un peu un vilain secret de Polichinelle. Il y a plein de gamines enceintes dans le coin, une nuée de pères connards au chômage, et des mères comme la mienne qui boivent, fument et sortent en public avec des bottes en fourrure. La maison familiale était un vrai dépotoir, mais j'y ai traîné jusqu'à ce que mon frère Tommy parte à l'université. Parfois, je suis conscient que j'aurais pu faire pareil, mais j'étais trop paresseux à l'école. Je passais mon temps à lire des livres, alors que j'aurais dû faire des maths et tout le reste. Peut-être que j'aurais pu faire artisan, mais l'apprentissage n'existe pas dans le coin, en particulier pour des types comme moi. À cause de cette paresse déjà mentionnée, je n'étais pas bon à l'école, sauf en anglais, grâce à la lecture. Comme mon père buvait tout notre argent, je suis parti travailler tout de suite après le lycée. J'ai commencé dans une chaîne de fast-food ouliable dont je ne parle pas, par honte. Ensuite, j'ai trié des papiers dans un cabinet de comptabilité poussiéreux qui a fermé quelques semaines après mon arrivée. Et enfin, le sommet, l'apogée de mon parcours professionnel pour l'instant.

Chauffeur de taxi.

J'ai un colocataire. Il s'appelle le Portier et il a dix-sept ans. Il est assis devant la porte à moustiquaire, le soleil peint sur sa fourrure noire. Il a les yeux luisants. Il sourit. Il s'appelle le Portier parce que, depuis tout petit, il a un fort penchant pour les portes. Il le faisait à la maison, et maintenant il le fait dans ma cabane. Il aime s'asseoir là où c'est bien tiède et confortable, et il ne laisse personne entrer : il trouve ça dur de bouger, à cause de son âge. C'est un croisé de rottweiler et de berger allemand, et il pue d'une puanteur dont il est impossible de se débarrasser. En fait, je crois que c'est pour ça que personne, sauf mes amis joueurs de cartes, n'entre dans ma bicoque. Ils se prennent d'entrée l'odeur infecte du chien en pleine figure, et c'est fini. Personne n'a le cran de prolonger son séjour et d'entrer pour de bon. J'ai même essayé d'encourager le chien à mettre du déodorant. Je lui en ai tartiné les pattes. Je l'ai couvert d'une sorte de spray, mais ça n'a fait qu'empirer les choses. À cette période, on aurait cru des W.-C. parfumés aux prairies scandinaves.

C'était le chien de mon père, mais quand le vieux est mort il y a six mois, ma mère me l'a refilé. Elle en avait marre qu'il se soulage juste sous la corde à linge.

« Il pouvait aller n'importe où dans le jardin ! qu'elle répétait. Mais où il a choisi de faire ? (Elle répondait à sa propre question.) Juste sous cette saleté de corde à linge. »

Donc, en partant, je l'ai pris avec moi.

Dans ma bicoque.

À sa porte.

Et il est content.

Et moi aussi.

Il est content quand le soleil projette sa tiédeur sur lui, derrière la porte moustiquaire. Il est content de dormir là, et de se mettre en travers quand j'essaye de fermer le panneau le soir. Dans des moments pareils, j'adore mon chien à mort. Je l'adore à mort, de toute façon. Mais bon Dieu, qu'est-ce qu'il pue.

Il mourra bientôt, j'imagine. Je m'y attends, comme pour un chien de dix-sept ans. Impossible de savoir comment je réagirai. Il aura fait face à sa propre mort, paisiblement, se retirant en lui-même sans un bruit. Surtout, j'imagine que je m'accroupirai à la porte, que je tomberai sur lui et fondrai en larmes dans sa fourrure puante. J'attendrai qu'il se réveille, mais en vain. Je l'enterrerai, sentant son corps tiède devenir froid tandis que l'horizon s'effiloche et tombe dans ma cour. Mais pour l'instant, il a l'air d'aller. Je le vois respirer. C'est juste l'odeur qui est mortelle.

J'ai une télé qui met du temps à s'allumer, un téléphone qui ne sonne presque jamais, et un frigo qui bourdonne comme une radio.

Sur la télé, il y a une photo de ma famille, vieille de plusieurs années.

Comme je ne regarde presque jamais la télé, je regarde la photo de temps en temps. Un bien bon spectacle, vraiment, même s'il prend un peu plus la poussière tous les jours. C'est une mère, un père, deux sœurs, moi et un petit frère. La moitié sourit sur la photo. L'autre, non. J'aime bien.

En ce qui concerne ma famille, maman, c'est une de ces dures à cuire impossibles à tuer même avec une hache. Elle a aussi pris l'habitude de jurer; je vous en reparlerai plus tard.

Comme je disais, mon père est mort il y a six mois. C'était un raté solitaire, gentil, calme et alcoolique. Je pourrais dire que ce n'était pas facile de vivre avec maman et que c'est ça qui l'a conduit à boire, mais il n'y a pas d'excuses. On peut en inventer, mais pas y croire. Il était livreur de meubles. À sa mort, on l'a retrouvé assis dans un vieux fauteuil dans le camion. Il était là, mort et détendu. Il y en avait encore tellement à décharger, ils ont dit. Ils ont cru qu'il était assis là, à se la couler douce. Son foie avait cédé.

Mon frère Tommy a fait presque tout bien. Il a un an de moins que moi et va à l'université, en ville.

Mes sœurs s'appellent Leigh et Katherine.

Quand Katherine est tombée enceinte à dix-sept ans, j'ai pleuré. J'en avais douze à l'époque. Peu de temps après, elle est partie. On ne l'a pas mise dehors, rien de tout ça. Elle est partie pour se marier. Un grand événement, à l'époque.

Un an après, quand Leigh est partie, ça n'a posé aucun problème.

Elle n'était pas enceinte.

Je suis le seul dans le coin, actuellement. Les autres sont tous partis pour la grande ville et y habitent. Tommy s'est particulièrement bien débrouillé. Il va devenir avocat. Je lui souhaite bonne chance. Sincèrement.

À côté de cette photo sur la télé, il y en a aussi une d'Audrey, Marv, Ritchie et moi. On avait mis le retardateur sur l'appareil d'Audrey, à Noël dernier, et voilà. Marv avec son cigare. Ritchie et son petit sourire. Audrey qui rit. Et moi, les cartes à la main : le pire jeu de merde de l'histoire de Noël.

Je fais la cuisine.

Je mange.

Je fais la vaisselle, mais je repasse rarement.

Je vis dans le passé : je pense que Cindy Crawford est de loin le plus beau top-modèle.

Voilà ma vie.

J'ai les cheveux noirs, la peau un peu bronzée, et des yeux marron café. Mes muscles sont énormément normaux. Je devrais me tenir plus droit, mais non. Je mets les mains dans les poches. Mes bottes partent en morceaux, mais je les porte encore parce que je les aime et je les chéris.

Souvent, j'enfile mes bottes et je sors. Parfois, je vais à la rivière qui traverse notre ville, ou je vais me promener au cimetière, pour voir mon père. Le Portier m'accompagne, s'il est réveillé bien sûr.

Ce que je préfère, c'est marcher les mains dans les poches, le Portier à mon côté, en imaginant Audrey de l'autre côté.

27

Je nous imagine toujours de derrière.

La lumière vire au crépuscule.

Il y a Audrey.

Il y a le Portier.

Il y a moi.

Et je tiens les doigts d'Audrey dans les miens.

Je n'ai pas encore écrit une chanson d'importance dylanesque, ni ébauché mes premières peintures surréalistes, et je doute de pouvoir commencer une révolution – parce qu'indépendamment de tout le reste, je suis minable physiquement, quoique mince et dégingandé. Gringalet, c'est tout.

Surtout, je pense que les meilleurs moments de ma vie, c'est quand je joue aux cartes, ou que j'ai déposé un client et que je reviens vers chez moi, peut-être de la grande ville ou même plus au nord. Vitre ouverte, le vent me passe les doigts dans les cheveux et je souris à l'horizon.

Puis j'arrive en ville, sur le parking de *Taxis libres*.

Parfois, j'ai horreur d'entendre le claquement de portière.

Comme j'ai dit, j'aime tellement Audrey que c'en est atroce.

Audrey, qui a couché avec plein de gens mais jamais avec moi. Elle dit toujours qu'elle m'apprécie trop pour le faire avec moi, et personnellement, je n'ai jamais essayé de l'avoir nue, neuve et toute frissonnante devant moi. J'ai trop peur. Je vous ai déjà dit que je suis carrément lamentable dans le domaine sexuel. J'ai eu une ou deux copines, et je ne les ai pas franchement fait grimper aux rideaux. L'une d'elles m'a dit que j'étais le type le plus maladroit qu'elle ait jamais connu. L'autre rigolait toujours quand j'essayais un truc avec elle. Ça ne me réussissait pas, franchement, et elle m'a quitté peu après.

Personnellement, je pense que le sexe, ça devrait être comme les maths.

On devrait apprendre ça à l'école.

Si on est nul en maths, les gens s'en fichent. Il y en a même qui s'en vantent. Ils diront partout : « Ouais, j'ai rien contre les sciences et l'anglais, mais je suis une brèle complète en maths. » Et les autres rigolent et disent : « Ouais, moi aussi. J'ai rien pigé à ces conneries de logarithmes. »

On devrait pouvoir parler du sexe comme ça, aussi.

On devrait pouvoir déclarer avec fierté : « Ouais, j'ai rien pigé à ces conneries d'orgasmes, j'te le dis. Tout le reste, ça va, mais ce truc-là, je capte rien. »

Personne ne le dit, pourtant.

On ne peut pas.

En particulier les hommes.

Nous autres, on croit qu'on est obligés d'être bons au lit. Je suis donc venu vous dire que je ne le suis pas. Je pense sincèrement, aussi, que ma technique du baiser laisse beaucoup à désirer. L'une des copines dont j'ai parlé a essayé de m'apprendre, une fois, mais je crois qu'elle a fini par laisser tomber. Mon jeu de langue est particulièrement mauvais, j'ai l'impression, mais qu'est-ce que j'y peux ?

Ce n'est que du sexe.

C'est ce que je me dis, en tout cas.

Je mens beaucoup.

Pour en revenir à Audrey, je devrais vraiment me sentir flatté qu'elle ne me touche même pas parce qu'elle m'apprécie plus que tous les autres. C'est parfaitement logique, non ?

Quand il lui arrive d'être déprimée, je vois l'ombre de sa silhouette par la fenêtre de ma bicoque. Elle entre et on boit de la bière ou du vin bon marché ou on regarde un film, ou les trois en même temps. Parfois, un film vieux et long comme *Ben Hur*, qui s'étire dans la nuit. Elle est à côté de moi dans le canapé, avec sa chemise en coton et son short coupé dans un vieux jean, et pour finir, une fois qu'elle est endormie, je sors une couverture et je la mets sur elle.

Je l'embrasse sur la joue.

Je lui caresse les cheveux.

Je pense qu'elle vit seule, tout comme moi, et qu'elle n'a jamais eu de vraie famille, et qu'avec les autres, elle ne fait que coucher. Elle ne laisse jamais l'amour s'en mêler. Je pense qu'elle a dû avoir une famille avant, mais c'était une de celles où on se tape dessus. Il n'en manque pas par ici. Je pense qu'elle les aimait et que tout ce qu'ils lui ont fait, c'est du mal.

C'est pour ça qu'elle refuse d'aimer.

Qui que ce soit.

Elle doit se sentir mieux comme ça, et qui peut le lui reprocher ?

Quand elle dort sur mon canapé, je pense à tout ça. Chaque fois. Je la recouvre, puis je vais au lit et je rêve.

Les yeux ouverts.

3 L'as de carreau

Les journaux du coin ont sorti quelques articles sur le braquage de la banque. Ils racontent tous comment j'ai arraché son arme au voleur après l'avoir poursuivi. Typique, en fait. Je savais qu'ils exagéreraient.

Je parcours quelques journaux assis à la table de ma cuisine, et le Portier me regarde comme toujours. Il n'en a rien à foutre que je sois un héros. Tant que je lui donne son dîner à temps, il n'a pas un souci au monde.

Maman vient me voir et je lui offre une bière. Elle est fière, elle me dit. D'après elle, tous ses gosses se sont bien débrouillés sauf moi – mais maintenant, je ferai briller dans ses yeux une lueur de fierté, au moins pour un jour ou deux.

Je l'imagine raconter aux gens dans la rue : « C'était mon fils. Je vous avais dit qu'il ferait quelque chose, un jour. »

Marv vient me voir, bien sûr, puis Ritchie.

Même Audrey me rend visite, un journal sous le bras.

Tous les articles me présentent comme Ed Kennedy, un chauffeur de taxi âgé de vingt ans, parce que j'ai menti à tous les journalistes sur mon âge. Quand on commence à mentir, il faut que ce soit systématique. On le sait tous.

Ma figure ébahie est tartinée en première page et il y a même un type d'une radio qui est venu et qui a enregistré notre conversation dans mon salon. Je lui ai offert un café mais sans lait. Je sortais pour en acheter quand le gars m'a arrêté.

C'est mardi soir. Je rentre du travail et sors mon courrier de la boîte. Il y a mes factures de gaz et d'électricité, des publicités et une petite enveloppe. Je la jette sur la table avec tout le reste et je l'oublie. Mon nom est gribouillé dessus et je me demande qui ça peut être. Même en me faisant un sandwich steak-salade, je me répète de retourner au salon en vitesse pour l'ouvrir. Et j'oublie constamment.

Il est assez tard quand je m'y décide enfin.

Je le sens.

Je sens quelque chose.

Je commence à déchirer l'enveloppe, et il y a quelque chose qui file entre mes doigts. La nuit est fraîche, comme souvent au printemps.

Je frissonne.

Je vois mon reflet dans l'écran de la télé, et la photo de ma famille.

Le Portier ronfle.

La brise du dehors se rapproche un peu.

Le frigo bourdonne.

Un instant, j'ai l'impression que tout s'arrête au moment où je sors une vieille carte à jouer.

C'est un as de carreau.

Dans les échos de lumière de mon salon, je tiens la carte avec précaution, comme si j'allais la casser ou la plisser. Trois adresses sont écrites dessus, de la même écriture que sur l'enveloppe. Je les lis lentement, soigneusement. Une sensation étrange passe sur mes mains. Elle s'insinue en moi et se déplace, rongeant calmement mes pensées. Je lis :

31

45 Edgar Street, minuit
13 Harrison Avenue, 18 heures
6 Macedoni Street, 5 h 30

J'ouvre les rideaux et je regarde dehors.

Personne.

Je contourne le Portier et arrive sur la terrasse.

« Y a quelqu'un ? »

Toujours rien.

La brise se détourne, presque gênée de m'avoir regardé, et je reste planté là. Seul. La carte toujours en main. Je ne connais pas les adresses dessus, du moins pas exactement. Je connais les rues mais pas les maisons.

C'est sans aucun doute la chose la plus étrange qui me soit jamais arrivée.

Qui m'enverrait un truc pareil ? Qu'est-ce que j'ai fait pour trouver une vieille carte à jouer dans ma boîte aux lettres, avec des adresses bizarres gribouillées dessus ? Je retourne m'asseoir à la table de la cuisine. J'essaye de comprendre ce qui se passe, et qui m'a envoyé ce signe du destin par la poste. Des visages défilent devant moi.

Audrey ? Marv ? Ritchie ? Maman ? Je n'en ai aucune idée.

Une petite voix me conseille de jeter la carte à la poubelle, et de ne plus y penser. Pourtant, j'éprouve aussi une bouffée de culpabilité rien que d'avoir envisagé cette option.

Peut-être que ça devait arriver ?

Le Portier me rejoint nonchalamment et renifle la carte. Je le vois qui pense : *Ah zut, je croyais que c'était un truc à manger.* Sur un dernier reniflement, il s'arrête un instant et réfléchit à ce qu'il aimerait faire ensuite. Comme d'habitude, il retourne mollement à la porte, effectue un demi-cercle et s'allonge. Il se met à l'aise dans son costume de fourrure noir et or. Ses grands yeux luisent, mais ils sont aussi engloutis dans les ténèbres. Il étire les pattes sur la vieille moquette rêche.

Il me regarde longuement.

Je lui rends son regard.

Je le vois penser :

— *Quoi ? Tu veux quoi, bon Dieu ?*

— *Rien.*

— *Bien.*

— *Parfait.*

Et on en reste là.

Cela ne change rien au fait que j'ai toujours l'as de carreau entre les mains, et que je me pose des questions.

Appelle quelqu'un.

Le téléphone est plus rapide. Il sonne. C'est peut-être la réponse que j'attends.

Je décroche et colle le combiné à mon oreille. Je me suis fait mal, mais j'écoute de toutes mes forces. Malheureusement, c'est ma mère.

— Ed ?

Je reconnaîtrais cette voix n'importe où. Ça, et ce hurlement dans le téléphone, chaque fois, immanquablement.

— Ouais, salut m'man.

— Me donne pas du « salut m'man », petit salaud.

Super.

— T'as pas oublié quelque chose aujourd'hui ?

J'essaye d'y penser, de m'en souvenir. Aucune idée, aucun souvenir. Tout ce que je vois, c'est la carte que je tourne entre mes mains.

— Non, je vois pas.

— Évidemment !

Elle commence à s'énerver. À s'irriter, à tout le moins.

— Tu devais me rapporter la table basse de chez *KC Meubles*, Ed.

Les mots sont crachés au combiné, gras et durs dans mon oreille.

— Gros connard.

Adorable, n'est-ce pas ?

Comme je l'ai mentionné précédemment, ma mère a vraiment pris l'habitude de jurer. Elle jure tous les jours, toute la journée, qu'elle soit triste, gaie, d'humeur neutre, ou n'importe quoi d'autre. Bien sûr, elle dit que c'est notre faute, à Tommy et à moi. Elle dit qu'on n'arrêtait pas de dire des gros mots quand on était gosses, en jouant au foot dans la cour. Elle me dit toujours : « J'ai renoncé à te faire perdre cette habitude. Et je me suis dit que perdu pour perdu, autant vous imiter. »

Si j'arrive à tenir une conversation avec elle sans me faire traiter de branleur ou de connard au moins une fois, c'est gagné. Le pire, c'est comment elle insiste sur ses injures. Chaque fois qu'elle me parle comme ça, elle crache les mots, on dirait presque qu'elle me les jette dessus.

Elle continue à m'engueuler, même si je n'écoute pas. Je reviens à la réalité.

— … et qu'est-ce que je vais faire demain, quand Mme Faulkner viendra prendre son thé du matin, Ed ? Je lui demande de poser sa tasse par terre ?

— T'as qu'à dire que c'est ma faute, maman.

— Ça, tu peux en être sûr, bordel. Je lui dirai juste qu'Ed-le-connard a oublié de m'apporter la table basse.

Ed-le-connard.

J'ai horreur qu'elle m'appelle comme ça.

— Pas de souci, maman.

Elle continue un moment, et je repense à l'as de carreau. Il scintille dans ma main.

Je l'effleure.

Entre les doigts.

Je souris.

Je m'y plonge.

Cette carte possède une aura, et c'est à moi qu'on l'a donnée. Pas à Ed-le-connard. À moi, le véritable Ed Kennedy. Le futur Ed Kennedy. Qui n'est plus un simple raté de chauffeur de taxi.

Qu'est-ce que je vais en faire ?

Qui est-ce que je serai ?

— Ed ?

Pas de réponse.

Je réfléchis toujours.

— Ed?! rugit maman.

Sonné, je reviens à la conversation.

— Tu m'écoutes?

— Euh, ouais... ouais, bien sûr.

45 Edgar Street... 13 Harrison Avenue... 6 Macedoni Street...

Je répète :

— Désolé, maman. J'avais oublié : j'ai fait beaucoup de courses aujourd'hui. Pas mal travaillé en ville. J'irai chercher la table demain, d'accord?

— Tu es sûr?

— Sûr.

— Tu n'oublieras pas?

— Non.

— Bien. Au revoir.

Je crie précipitamment :

— Attends!

Les mots ont du mal à sortir, mais il faut que je lui demande. Pour la carte. J'ai décidé que je dois vraiment poser la question à tous ceux que je soupçonne de me l'avoir envoyée. Autant commencer par maman.

— Oui, quoi? elle demande, un peu plus fort.

Je laisse les mots sortir un à un de mes lèvres, péniblement.

— Est-ce que tu m'as envoyé un courrier aujourd'hui, maman?

— Du genre?

— Genre un truc petit...

— Genre quoi, Ed? J'ai vraiment pas le temps pour ça, là.

D'accord. Il faut que je le dise.

— C'est une carte à jouer. L'as de carreau.

Silence au bout du fil. Elle réfléchit.

— Alors? je demande.

— Alors quoi?

— C'est toi qui me l'as envoyée?

Elle en a assez maintenant, je le sens bien. Je sens une main qui passe dans la ligne du téléphone et me secoue.

35

— Bien sûr que c'est pas moi !

On dirait qu'elle riposte à une attaque.

— Pourquoi je m'embêterais à t'envoyer une carte à jouer par la poste ? J'aurais dû t'envoyer un rappel pour que tu penses à (elle se remet à rugir) MA PUTAIN DE TABLE BASSE !!

— C'est bon, c'est bon...

Pourquoi est-ce que je suis toujours aussi calme ?

À cause de la carte ?

Je ne sais pas.

Mais soudain, si, je sais en fait. C'est parce que je suis toujours comme ça. Trop calme pour mon bien. Pitoyable. Je devrais dire à la vieille conne de la boucler, c'est tout, mais je ne l'ai jamais fait et ne le ferai jamais. Elle n'aurait jamais une relation de ce genre avec ses autres enfants, après tout. Elle leur baise les pieds chaque fois qu'ils viennent la voir (pas si souvent) et puis ils partent comme ils sont venus. Avec moi, au moins, c'est du fiable.

— C'est bon, maman, je vérifiais juste que ce n'était pas toi. C'est tout. Ça fait un peu bizarre de recevoir...

— Ed ?

Elle me coupe, la voix chargée d'un ennui mortel.

— Quoi ?

— Va te faire, tu veux.

— D'accord, à demain.

— Ouais, c'est ça.

On raccroche.

Saleté de table basse.

Je savais bien que j'oubliais quelque chose en rentrant du travail. Demain, la vieille Mme Faulkner se pointera chez maman, toute prête à discuter de mon héroïsme à la banque, il y a quelques jours. Et le seul sujet de discussion, ce sera mon oubli de la table basse. Je me demande si elle tiendra dans mon taxi, d'ailleurs.

Je m'oblige à arrêter d'y penser. Ça n'a aucun intérêt. Je dois me concentrer sur la raison d'être et l'origine de cette carte.

C'est quelqu'un que je connais.

C'est sûr.

C'est quelqu'un qui sait que je joue aux cartes tout le temps. Donc ça devrait être Marv, Audrey ou Ritchie.

Pas Marv. C'est sûr. Impossible. Il n'aurait jamais assez d'imagination.

Puis Ritchie. Hautement improbable. Ça ne lui ressemble vraiment pas.

Audrey.

Je me répète que c'est sans doute Audrey, mais je ne sais pas.

J'ai l'intuition que ce n'est aucun d'eux.

Parfois, on joue aux cartes sur ma terrasse, ou chez quelqu'un d'autre dehors. Des centaines de gens peuvent nous avoir vus en passant dans la rue. De temps en temps, quand on se dispute, les gens rigolent et nous crient qu'Untel a triché, qu'Untel va gagner et qu'Untel est mauvais joueur.

Donc ça pourrait être n'importe qui.

Cette nuit, je ne dors pas.

Je réfléchis.

Au matin, je me lève plus tôt que d'habitude et je me promène en ville avec le Portier et un plan, pour trouver les trois maisons. Celle d'Edgar Street est un vrai taudis, tout au fond de la rue. Celle d'Harrison est assez vieille, mais jolie. Il y a un rosier dans le jardin, même si l'herbe est jaunie et fatiguée. Macedoni Street est dans les collines. Le quartier riche. Une maison à un étage avec une allée bien en pente.

Je pars travailler en y réfléchissant.

Ce soir-là, après avoir livré la table basse à maman, je vais chez Ritchie et on joue aux cartes. Je leur dis. Tout en même temps.

— Tu l'as ici, la carte ? demande Audrey.

— Non.

Avant de me coucher, la veille au soir, je l'ai mise dans le tiroir du haut de la commode, dans ma chambre. Rien

37

à côté pour la toucher, ni même l'effleurer. Le tiroir est vide, sauf la carte.

Je demande :

— Ce n'était aucun d'entre vous, pas vrai ?

Je me suis décidé à poser la question.

— *Moi ?* fait Marv. Enfin, on sait tous que je n'ai pas l'intelligence d'inventer un truc pareil. Et d'ailleurs... je ne pense pas tant que ça aux gens comme toi, Ed.

M. Agressif, comme d'habitude.

— Exactement, ajoute Ritchie. Marv est bien trop bête pour un truc pareil.

Là-dessus, il retombe dans son silence.

On le regarde tous.

— Quoi ?

— C'est toi, Ritchie ? demande Audrey.

Ritchie montre Marv.

— S'il est trop bête, moi, je suis trop paresseux. Regardez-moi. Je suis un parasite des allocs. Je passe la moitié de mes journées aux paris. Je vis encore chez mes parents...

Pour vous mettre au courant : en fait, Ritchie ne s'appelle même pas Ritchie. C'est Dave Sanchez. On l'appelle Ritchie parce qu'il a un tatouage de Jimi Hendrix sur le bras droit, mais tout le monde pense qu'il ressemble plutôt à Richard Pryor, le comique noir américain des années 1970. Donc Ritchie. Tout le monde rigole en disant qu'il devrait avoir Gene Wilder sur l'autre bras, et ça ferait la combinaison parfaite. Avec Pryor, ça, c'était un sacré duo ! Comment ne pas aimer des films comme *Faut s'faire la malle* ou *Pas nous, pas nous* ?

Exactement.

C'est impossible.

Juste un truc : si jamais vous croisez Ritchie, ne lui parlez jamais de Gene Wilder. Croyez-moi. C'est la seule chose qui peut lui faire perdre les pédales. Il ne supporte pas. En particulier quand il est soûl.

Ritchie a la peau sombre et des favoris collés sur la figure. Il a des cheveux bouclés, couleur boue, et des yeux noirs mais au regard amical. Il ne dit pas aux gens ce qu'ils doivent faire, et il attend la même chose en retour. Il porte toujours le même jean délavé – à moins qu'il en possède plusieurs paires. Je n'ai jamais pensé à lui demander.

On l'entend toujours arriver parce qu'il a une moto. Une espèce de Kawasaki, je crois. Elle est rouge et noir. En général, l'été, il la pilote sans porter de blouson, parce qu'il s'en sert depuis qu'il est gosse. Il porte des T-shirts unis ou des chemises démodées qu'il partage avec son père.

On est toujours là à le regarder.

Ça le rend nerveux et il se tourne vers Audrey. On fait tous pareil. Elle se défend :

— D'accord. Je dirais que de nous tous, c'est moi qui ai le plus de chances d'avoir eu une idée aussi grotesque…

— Ce n'est pas grotesque, je la coupe.

Je défends presque la carte à jouer, comme si elle faisait partie de moi.

— Je peux continuer ? demande Audrey.

— Oui.

— Bien. Donc, comme je disais : ce n'est certainement pas moi. En revanche, j'ai une théorie sur pourquoi et comment cette carte est arrivée dans ta boîte aux lettres.

Nous attendons tous. Elle réfléchit et reprend :

— Tout cela vient du hold-up. Quelqu'un a lu un article et s'est dit : *Eh bien, il a l'air pas mal du tout, cet Ed Kennedy. C'est exactement le genre de personne dont nous avons besoin dans cette ville.*

Audrey sourit, mais reprend son sérieux presque aussitôt.

— Quelque chose va se passer à chacune des adresses sur cette carte, Ed, et tu devras y réagir.

Je réfléchis à ce qu'elle vient de dire et prends ma décision :

— Ben, c'est pas terrible, non ?

— Et pourquoi ?

— *Pourquoi ?* Et si je tombe sur des gens en train de se taper sur la gueule et que je dois les arrêter ? C'est pas une rareté dans le secteur, hein ?

39

— C'est un risque à prendre, j'imagine.

Je pense à la première maison.

45 Edgar Street.

Dans une zone pareille, je ne vois rien de bon arriver.

Le reste de la soirée, je me force à oublier la carte, et Marvin gagne trois parties d'affilée. Comme d'habitude, il nous le fait bien savoir.

Je vais être honnête : j'ai horreur quand Marv gagne. Il s'en gargarise. Il s'en gargarise comme un salaud, en fumant son cigare.

Comme Ritchie, Marv vit encore chez ses parents. Il travaille comme charpentier avec son père. En fait, il travaille dur, même s'il ne dépense pas un cent de ce qu'il gagne. Même pour les cigares. Il les vole à son vieux. Marv est le maître de la mesquinerie. Le prince des pingres.

Il a des cheveux blonds épais hérissés de nœuds, il porte un vieux pantalon de jogging pour être à l'aise, et il fait tinter ses clés dans sa poche. On dirait toujours qu'il ricane dans son coin. On a grandi ensemble, et c'est seulement à cause de ça qu'on est amis. En fait, il connaît tout un tas d'autres gens aussi, pour deux raisons. La première, c'est qu'il joue au football pendant l'hiver et qu'il s'y est fait des potes. La seconde et principale raison, c'est qu'il se comporte comme un abruti. Vous avez déjà remarqué que les abrutis ont beaucoup d'amis ?

C'est juste une observation.

Rien de tout ça ne m'aide, en tout cas. Ce n'est pas en cassant Marv que je résoudrai le problème de l'as de carreau.

J'ai beau faire, c'est impossible à éviter.

La carte me rattrape toujours, elle m'oblige à reconnaître sa présence.

J'en arrive à une conclusion.

Je me dis : *Dépêche-toi de t'y mettre, Ed. 45 Edgar Street, à minuit.*

On est mercredi soir. Il est tard.

Je suis assis sur ma terrasse avec le Portier, la lune penchée sur moi.

Audrey vient et je lui dis que je commence demain soir. C'est un mensonge. Je la regarde. J'aimerais qu'on entre et qu'on fasse l'amour sur le canapé.

Qu'on plonge l'un dans l'autre.

Qu'on se prenne.

Qu'on le fasse.

Mais rien n'arrive.

On est assis là, à boire la picole pour banlieusards qu'elle a apportée, du mousseux parfumé, tandis que je me frotte les pieds sur le Portier.

J'adore les jambes élancées d'Audrey. Je les observe un moment.

Elle contemple la lune qui se dresse dans le ciel. L'astre a pris de la hauteur : il ne se penche plus. Il est monté.

Quant à moi, j'ai de nouveau la carte en main. Je la lis et la relis, et je me prépare.

On ne sait jamais, je me dis. *Un jour, peut-être que quelques connaisseurs diront : « Oui, à dix-neuf ans, Bob Dylan était en passe de devenir une star. Dalí allait devenir un génie, et Jeanne d'Arc a été brûlée vive pour avoir été la femme la plus importante de l'histoire... Et à dix-neuf ans, Ed Kennedy a découvert sa première carte dans sa boîte aux lettres. »*

À cette idée, je regarde Audrey, la lune chauffée à blanc et le Portier – et j'arrête de me raconter des blagues.

4 ♦ Le juge et la glace

La prochaine surprise qui me fait bien plaisir, c'est une gentille convocation au tribunal du coin. Il faut que j'aille donner ma version de ce qui s'est passé à la banque. C'est arrivé plus tôt que je ne pensais.

C'est prévu à quatorze heures trente. Je prendrai un moment sur mon travail pour aller en ville.

Le jour dit, j'arrive en uniforme de chauffeur et on me fait attendre devant la salle. J'entre pour témoigner, la salle du tribunal s'étend devant moi. La première personne que je vois, c'est le braqueur. Il est encore plus laid sans son bas sur la tête. La seule différence, c'est qu'il a l'air plus énervé. À cause de sa semaine en détention provisoire, sans doute. Il a perdu son air pitoyable et malchanceux.

Il porte un costume.

Un costume bon marché. Ça saute aux yeux.

Il m'aperçoit et je détourne aussitôt la tête, parce qu'il me fusille du regard.

Un peu tard maintenant, je pense – mais seulement parce qu'il est là-bas et moi ici.

Le juge m'accueille :

— Bien, je vois que vous vous êtes habillé pour l'occasion, monsieur Kennedy.

Je regarde ma tenue.

— Merci.

— C'était ironique.

— Je sais.

— Ne faites pas le malin.

— Non, monsieur.

Je vois bien que le juge aimerait me faire passer sur le banc des accusés.

Les avocats me posent des questions et j'y réponds avec sincérité.

— Donc, c'est l'homme qui a attaqué la banque ? me demande-t-on.

— Oui.

— Vous en êtes sûr ?

— Absolument.

— Mais dites-moi, monsieur Kennedy : comment pouvez-vous en être aussi certain ?

— Parce qu'un type aussi laid, je le reconnaîtrais n'importe où. Il y a ça, et aussi le fait que c'est exactement le même type que celui qu'ils ont menotté ce jour-là.

42

L'avocat s'explique, en me jetant un regard dédaigneux :

— Désolé, monsieur Kennedy, mais nous devons poser ces questions pour bien s'assurer que tout est fait dans les règles.

J'opine :

— C'est normal.

Le juge intervient :

— En ce qui concerne la laideur, monsieur Kennedy, pourriez-vous vous abstenir de ce genre de dénigrement ? Vous n'êtes pas une statue grecque non plus, vous savez.

— Merci beaucoup.

— De rien, sourit le juge. Répondez aux questions, maintenant.

— Oui, Votre Honneur.

— Merci.

Quand j'ai fini, je passe devant le braqueur, qui me siffle :

— Ho, Kennedy !

Ignore-le, je me dis, mais je ne peux pas m'en empêcher.

Je m'arrête et je me tourne vers lui. Son avocat lui dit de la boucler mais il refuse.

D'une voix calme, il me dit :

— T'es un homme mort. Attends un peu...

Ses mots me frappent, faiblement.

— Rappelle-toi ce que je te dis. Rappelle-t'en tous les jours, quand tu te regarderas dans la glace. (Il sourit presque.) Un homme mort.

Je fais semblant.

Semblant de rien.

Je hoche la tête, réponds « OK » et je m'en vais.

Et je prie : *Seigneur, donne-lui la perpétuité...*

Les portes du tribunal se ferment derrière moi et je sors dans le hall baigné de lumière.

Une femme policier me fait signe :

— Tu sais, Ed, je ne m'en ferais pas pour ça.

Facile à dire pour elle.

— J'ai envie de quitter la ville, je lui dis.

— Écoute-moi, dit-elle.

Je l'aime bien. Elle est petite et trapue, elle a l'air gentille.

— Quand cette andouille sortira de prison, la dernière chose dont il aura envie, ce sera d'y retourner, précise la femme, l'air de savoir ce qu'elle dit. Certains s'endurcissent en prison. Mais pas lui, en tout cas. Il a passé toute la matinée à pleurer. Ça m'étonnerait qu'il te cherche des noises.

— Merci.

Je laisse la vague de soulagement passer sur moi, mais je doute que ça dure.

« T'es un homme mort. »

J'entends encore sa voix, et je vois ses mots sur mon visage en remontant dans mon taxi, dans le rétroviseur.

Ça me fait réfléchir à ma vie, à mon œuvre inexistante et à mon incompétence globale.

Un homme mort. Il n'est pas loin de la vérité. Je sors du parking.

5
Attendre et voir le viol
♦

Six mois.

Il a pris six mois. Typique du laxisme actuel.

Je n'ai parlé à personne de sa menace. J'ai préféré suivre le conseil de la femme policier et oublier ce type. En fait, j'aurais préféré ne pas avoir lu l'article sur les six mois de prison. (La seule chose de bien dans tout ça, c'est qu'il n'a pas eu droit à la conditionnelle.) Je suis assis comme d'habitude dans ma cuisine, avec le Portier et l'as de carreau. Le journal est plié sur la table. Il y a une chouette photo du braqueur enfant. Tout ce que je vois, c'est ses yeux.

Les jours passent et, peu à peu, ça marche. Je l'oublie. *Sérieusement, qu'est-ce qu'un type pareil pourrait bien me faire ?*

Ça me paraît plus logique d'aller de l'avant, et je me motive lentement pour me rendre aux adresses indiquées sur la carte.

La première, c'est 45 Edgar Street.

J'essaye d'y aller un lundi, mais je n'ai pas le courage.

Je fais une deuxième tentative le mardi, mais je n'arrive pas à sortir de chez moi. Mon excuse : je lis un livre lamentable.

Le mercredi, pourtant, j'arrive bel et bien à sortir dans la rue et à traverser la ville.

Il est presque minuit quand j'arrive dans Edgar Street. Il fait sombre et les lampadaires ont été caillassés. Il n'en reste qu'un et même celui-là me fait de l'œil. La lumière sort du globe de guingois.

Je connais bien le quartier, parce que Marv y allait souvent.

Il avait une copine là-bas, dans une de ces rues pouilleuses. Elle s'appelait Suzanne Boyd et Marv était avec elle à l'école. Quand sa famille a plié bagage sans crier gare, Marv a été anéanti. Au départ, il avait acheté sa Ford pourrie pour aller la chercher, mais il n'a même pas réussi à sortir de la ville. Le monde était trop grand, je pense, et Marv a laissé tomber. C'est à ce moment-là qu'il est devenu super grigou et agressif. Il a sans doute décidé que dorénavant, il ne s'occuperait plus que de lui. Peut-être. Je ne sais pas. Je ne pense jamais trop à Marv. C'est une de mes lignes de conduite.

Je me remémore tout ça en marchant, mais les souvenirs disparaissent à l'approche d'Edgar Street.

J'arrive au bout de la rue, là où se trouve le numéro 45. Je passe devant, sur le trottoir d'en face, et me dirige vers des arbres entremêlés. Je m'accroupis là et j'attends. Les lumières sont éteintes dans la maison, la rue est calme. La peinture pèle par endroits sur le fibrociment et l'une des gouttières est rouillée. Le panneau moustiquaire est troué. Les moustiques, eux, se régalent de ma présence.

Ça ferait mieux de venir vite.

Une demi-heure se passe et je m'endors presque – mais quand le moment arrive, les battements de mon cœur envahissent la rue.

Un homme arrive en titubant.

Un costaud.

Ivre.

Sans me voir, il monte l'escalier du perron en trébuchant et trifouille la clé dans la serrure. Il entre.

La lumière explose dans le couloir.

La porte claque.

Il bafouille : « T'es debout ? Arrive ici avec ton gros cul ! »

Mon cœur commence à m'étouffer. Il monte, monte et je le sens dans ma bouche. Je le sens presque battre sur ma langue. Je me mets à trembler, je me reprends, et je tremble encore.

La lune s'échappe des nuages et, soudain, je me sens nu. Comme le monde peut me voir. La rue est engourdie et silencieuse, sauf le géant qui est rentré chez lui en titubant et donne des ordres à sa femme.

La lumière apparaît aussi dans la chambre.

Je vois les ombres derrière les arbres.

La femme est debout en chemise de nuit mais les mains de l'homme la saisissent et la lui ôtent sèchement.

« Je croyais que tu attendais », dit-il.

Il la tient par les bras. La peur me tient à la gorge. Ensuite, il la jette sur le lit et défait sa ceinture et son pantalon.

Il est sur elle.

Et il entre.

Il la force et le lit crie de douleur. Il gémit et grince, et je suis le seul à l'entendre. Bon Dieu, c'est assourdissant. *Pourquoi le monde n'entend pas ?* je me demande. Je me pose la question en boucle. Puis j'ai enfin la réponse : *Parce qu'il ne s'en occupe pas*, et je sais que c'est vrai. C'est comme si j'avais été choisi. *Mais choisi pour quoi ?*

La réponse est simple :

Pour m'en occuper.

Une petite fille apparaît sur le perron.

Elle pleure.

Je regarde.

Il n'y a plus que de la lumière. Plus de bruit.

Il n'y a plus de bruit pendant quelques minutes, mais bientôt, ça recommence. Et je ne sais pas combien de fois cet homme peut le faire en une nuit, mais c'est certainement impressionnant. Ça continue et ça continue, et la petite fille reste assise là, en pleurs.

Elle doit avoir dans les huit ans.

Quand ça se termine enfin, la petite fille se lève et rentre. Ça n'arrive pas tous les soirs. Impossible. Je me dis que ce n'est pas possible, et la femme remplace la fille sur le perron.

Elle s'assoit, elle aussi. Elle a remis sa chemise de nuit, déchirée, et elle se tient la tête entre les mains. L'un de ses seins pointe à la lumière de la lune. Je vois le téton la tête en bas, meurtri et découragé. À un moment, elle joint les mains et les lève, comme une coupe, comme si elle y tenait son cœur. Il saigne sur ses bras.

J'ai presque envie d'aller la voir, mais mon instinct m'arrête.

Tu sais quoi faire, soupire une voix en moi, et je l'entends. Elle m'empêche d'y aller. Ce n'est pas ce que je dois faire. Je ne suis pas ici pour réconforter cette femme. Je peux la réconforter jusqu'à ce que les poules aient des dents. Ça n'empêchera pas la même chose de se reproduire demain soir, et après-demain soir.

C'est de lui que je dois m'occuper.

C'est lui que je dois affronter.

Et pourtant, elle pleure sur le perron, et j'aimerais aller la voir et l'aider, la tenir dans mes bras.

Combien de gens vivent comme ça ?
Comment ils survivent ?
Et c'est peut-être pour ça que je suis là.
Et s'ils n'arrivent plus à survivre, justement ?

6 En morceaux

Je conduis mon taxi en me disant : *Ça ne peut que s'arranger : mon premier message, et c'est une affaire de viol, bon Dieu.* Par-dessus le marché, le type dont je dois m'occuper est bâti comme une armoire. Un sacré bestiau.

Je n'en parle à personne. Ni aux amis. Ni aux autorités. Il faut agir bien au-delà. Malheureusement, c'est moi qui ai été choisi pour le faire.

Audrey me pose la question lors d'un déjeuner en ville, mais je lui dis qu'il vaut mieux pas qu'elle sache.

Elle me jette ce regard inquiet que j'adore : « Fais attention à toi, Ed, d'accord ? »

Je dis oui et on remonte en taxi.

Toute la journée, je ne peux pas m'empêcher d'y penser. J'ai aussi peur des deux autres adresses, même si une voix me dit qu'elles ne peuvent pas être pires que la première.

J'y vais tous les soirs, tandis que la lune suit peu à peu son cycle. Parfois, ça n'arrive pas. Parfois, il rentre et il n'y a pas de violences. Ces nuits-là, le silence palpite dans la rue, effrayé et fuyant, comme s'il attendait quelque chose.

Un après-midi, je vis un moment tendu en allant faire les courses. Je suis dans l'allée de la nourriture pour chiens quand une femme passe à côté avec une petite fille assise dans le Caddie.

« Angelina, dit la femme. Ne touche pas à ça. »

La voix est douce, mais immanquable. C'est la voix qui appelle à l'aide dans la nuit du fond du lit, violée par un ivrogne avec une libido grosse comme le Kilimandjaro.

C'est la voix de la femme qui sanglote en silence sur le perron, dans le silence indifférent de la nuit.

L'espace d'une demi-seconde, je croise le regard de la petite fille.

Elle est blonde aux yeux verts, et magnifique. La mère est pareille, sauf que la lassitude a creusé son visage.

Je les suis un instant, et tout à coup, alors que la mère est accroupie devant une rangée de soupes en sachet, je la vois s'effondrer. Elle est là, accroupie, elle n'a qu'une envie, c'est de tomber à genoux, mais elle ne se le permet pas.

Elle se relève. Je suis là.

Je suis là, on échange un regard et je lui demande :

— Ça va ?

Elle ment :

— Oui, ça va.

Il va falloir que j'agisse vite.

7 Harrison Avenue

À ce stade, vous vous doutez de ce que j'ai décidé de faire, pour toute cette histoire d'Edgar Street. En tout cas, si vous êtes comme moi.

Lâche.

Gentillet.

Une vraie mauviette.

Bien sûr, dans mon infinie sagesse, j'ai choisi de laisser tomber un moment. On ne sait jamais, Ed. Peut-être que ça va s'arranger tout seul.

Je sais bien que c'est tout simplement pitoyable, mais je n'ai aucun moyen d'affronter ce genre de situation aussi tôt. Il me faut de l'expérience. Il faut que j'aie quelques victoires sous la ceinture avant de me frotter à un violeur bâti comme Mike Tyson.

Un soir, je ressors la carte en prenant le café avec le Portier. Je lui ai donné du Nescafé la veille et il a vraiment apprécié. Au début, il ne voulait même pas s'en approcher.

Il me regardait. Puis son bol.

L'un après l'autre.

Il m'a fallu cinq minutes pour comprendre qu'il m'avait vu mettre du sucre dans ma tasse qui porte l'inscription *Les chauffeurs de taxi ne sont pas les pires connards sur la route.* Une fois que je lui ai donné du sucre, il est devenu nettement plus enthousiaste. Il a englouti, léché et léché encore, avalant tout le bol avant d'en redemander.

Donc, le Portier et moi, on est dans le salon. Il est dans son café tandis que je contemple la carte, et les autres adresses. 13 Harrison Avenue est la suivante sur la liste, et je me décide à y aller demain soir, à dix-huit heures pile.

« Qu'est-ce que tu en dis, Portier ? Celle-là sera mieux, tu crois ? »

Le Portier me sourit, tout excité qu'il est par le Nescafé.

Marv pointe son doigt vers Ritchie :

— Je te le dis : j'ai tapé ! Je me fiche de ce que tu dis.

— Il a tapé ? demande Ritchie.

— Je ne m'en souviens pas.

— Audrey ?

Elle réfléchit une seconde puis fait signe que non. Marv lève les bras au ciel. Il doit piocher quatre cartes, maintenant. Ça marche comme ça, à Agacement. Quand on en arrive à deux cartes, on doit taper sur la table. Si on oublie de taper avant de poser l'avant-dernière carte, on en pioche quatre. Marv oublie assez souvent.

Il fait la tête en ramassant les cartes, mais il se retient de rire. Il sait qu'il n'a pas tapé, mais il tente toujours le coup. Ça fait partie du jeu.

On est chez Audrey, sur son balcon. Il fait sombre mais les lampadaires sont allumés, et les gens lèvent la tête en passant devant le lotissement. C'est à une rue de chez moi. Un peu miteux mais sympa.

Je regarde Audrey pendant la première heure de jeu, et je sais que je suis nerveux-amoureux d'elle. Nerveux, parce que parfois, je ne sais pas quoi faire. Je ne sais pas quoi dire. Qu'est-ce que je peux lui dire, quand je sens le désir monter en moi ? Comment est-ce qu'elle réagirait ? Je pense que je l'énerve, parce que j'aurais pu aller à l'université – et me voilà chauffeur de taxi. J'ai lu *Ulysse* de Joyce, bon Dieu, et la moitié des œuvres de Shakespeare. Et pourtant je suis là, sans intérêt, sans espoir, et quasiment sans raison d'exister. Je vois bien qu'elle ne s'est jamais vue avec moi. Pourtant, elle l'a fait avec d'autres qui ne valaient pas mieux. Parfois, je n'arrive même pas à y penser – à ce qu'ils ont fait, à cette sensation, et à son amitié qui l'empêche de me voir comme amant.

Même si je sais bien que :

Je n'ai pas envie de coucher simplement avec elle.

Je veux me fondre avec elle, juste pour un instant, si jamais j'y ai droit.

Elle me sourit en gagnant la manche et je lui rends son sourire.

Je la supplie : *Aie envie de moi*, mais rien ne vient.

— Et donc, qu'est-ce qui s'est passé, avec cette carte bizarre ? demande Marv plus tard.

— Quoi ?

— Tu sais bien quoi, bordel, répond Marv en braquant son cigare sur moi.

Il pourrait se raser.

Tout le monde m'écoute mentir :

— Je l'ai jetée.

— Bonne idée. C'étaient des conneries, tout ça, approuve Marv.

— Tu peux le dire.

Fin de l'histoire. Théoriquement.

Audrey me regarde, amusée.

Pendant les parties suivantes, je pense à ce qui s'est passé avant, quand je suis allé au 13 Harrison Avenue.

À dire vrai, j'étais bien soulagé, parce qu'il ne s'est pas passé grand-chose. La seule personne qui habitait là était une vieille femme qui n'avait pas de rideaux aux fenêtres. Elle était là toute seule, à préparer son dîner puis à manger, assise en buvant du thé. Elle a mangé une salade et de la soupe, je crois.

Et la solitude.

Elle la mangeait, aussi.

Elle m'a bien plu.

Je suis resté dans mon taxi tout ce temps, assis là à la regarder. Il faisait chaud et j'ai bu de l'eau tiède. Souvent, j'espérais que la femme aille bien. Elle avait l'air douce et gentille, et je me rappelle sa vieille bouilloire qui sifflait jusqu'à ce qu'elle vienne la calmer. Je suis sûr qu'elle lui a parlé, comme elle aurait parlé à un enfant, un bébé qui pleure.

C'était déprimant de voir un humain qui mange seul et se console en compagnie d'appareils ménagers qui sifflent.

Pas que je sois tellement mieux, notez bien.

Soyons honnêtes :

Je prends mes repas avec un chien vieux de dix-sept ans. On boit le café ensemble. À nous voir tous les deux, on pourrait croire qu'on est mari et femme. Pourtant...

La vieille dame m'a touché au cœur.

Quand elle s'est versé le thé, c'est comme si elle versait quelque chose en moi, assis à suer dans mon taxi. Comme si elle tenait une corde et tirait dessus un peu, juste assez pour m'ouvrir. Elle est entrée, a mis un morceau d'elle en moi, et elle est repartie.

Mais là, quelque part, je le sens encore.

Je suis là à jouer aux cartes, et son image s'étale sur la table. Il n'y a que moi qui la vois. Je la vois porter sa cuiller à la bouche d'une main tremblante. Je veux la voir rire, ou exprimer une forme de bonheur ou de satisfaction, pour me montrer qu'elle va bien. Je comprends bientôt qu'il faudra que je m'en assure moi-même.

C'est à moi d'y aller.

« C'est à toi, Ed. »

C'est à moi d'y aller et je n'y vais pas.

Il me reste deux cartes. Je dois taper.

Le trois de trèfle et le neuf de pique.

Le seul problème, c'est que ce soir, il me faut plus de cartes. Ça ne m'intéresse pas de gagner. Je crois savoir ce que je dois faire pour la vieille femme, et je fais un pari avec moi-même.

Si je ramasse l'as de carreau, j'ai raison.

Sinon, j'ai tort.

J'oublie de taper et tout le monde se moque de moi pendant que je pioche.

Première carte : dame de trèfle.

Deuxième carte : quatre de cœur.

Troisième carte : oui.

Tout le monde se demande comment je peux encore sourire, sauf Audrey – qui me fait un clin d'œil. Elle sait, sans même le demander, que je l'ai fait exprès. L'as de carreau est dans ma main.

C'est bien mieux qu'Edgar Street.

Oui, je me sens bien.

C'est mardi et je mets mon jean blanc et mes chouettes bottes couleur sable. J'enfile une chemise acceptable. Je suis allé au *Cheesecake Shop*, où une dénommée Misha m'a donné de bons conseils.

— Je vous connais, non ? elle m'a demandé.

— Peut-être. Je ne sais pas...

— Bien sûr ! Vous êtes le gars de la banque. Le héros.

L'abruti, oui, je pense, mais je dis :

— Ah ouais ! Vous étiez la fille du guichet. Vous travaillez ici, maintenant ?

— Euh, ouais. (Un peu gênée.) Je ne supportais pas le stress à la banque.

— Le braquage ?

— Non, mon patron. Un vrai connard.

— Le type avec les boutons et les auréoles sous les bras ?

— Ouais, c'est lui... Il a essayé de me fourrer la langue dans la bouche, l'autre jour.

— Ah, je dis. C'est bien les hommes. On est tous un peu comme ça.

— C'est bien vrai.

Mais Misha a été sympa du début à la fin. Comme je sortais du magasin, elle m'a lancé :

— J'espère que vous aimerez le gâteau, Ed !

— Merci, Misha, j'ai lancé, mais pas assez fort, sans doute.

Je n'aime pas me faire remarquer en public.

Et je suis parti.

J'y repense un instant en ouvrant la boîte et en regardant le fondant au chocolat. J'ai de la peine pour la fille parce que ça n'a pas dû être très sympa que le type se jette sur elle comme ça, et en plus c'est elle qui est partie. Quel salaud. Je suis toujours mort de trouille avant de mettre ma langue dans la bouche d'une fille. Et je n'ai ni acné ni auréoles sous les bras. Juste une confiance en moi de merde. C'est tout.

Bref.

J'examine le gâteau une dernière fois. Je sens bon. Je suis dans mes plus beaux habits. Prêt à partir.

J'enjambe le Portier et je ferme derrière moi. Il fait frais, le ciel est d'un gris argenté. Je me dirige vers Harrison Avenue. J'y suis à dix-huit heures, et la vieille dame s'occupe encore de sa bouilloire.

L'herbe de sa pelouse est dorée.

Elle craque sous mes pieds, comme quand on mord dans un toast. Mes bottes laissent des empreintes, j'ai vraiment l'impression de marcher sur une tartine de pain grillé géante. Les roses, qui se dressent résolument dans l'allée, semblent les seules survivantes.

La terrasse est en béton, vieux et craquelé, comme la mienne.

Le panneau moustiquaire a les bords déchirés, effrangés. Je l'ouvre et frappe à la porte. Le bruit rime avec les battements de mon cœur.

Je l'entends qui s'approche. Ses pieds font comme le tic-tac d'une horloge. Ils comptent le temps jusqu'à cet instant.

54

Elle est là.

Elle lève les yeux vers moi et, pendant un bref moment, nous nous perdons l'un dans l'autre. Elle se demande qui je suis, mais juste une fraction de seconde. Soudain, un souvenir monte à son visage et elle me sourit. Elle sourit avec une chaleur incroyable et me dit :

— Je savais que tu viendrais, Jimmy.

Elle s'avance vers moi et m'étreint dans ses bras doux et ridés.

— Je savais que tu viendrais.

On se sépare et elle me regarde encore. Une petite larme perle à son œil. Elle s'échappe, trouve une ride et glisse dessus.

— Oooh, fait la vieille dame. Merci, Jimmy. Je le savais, je le savais !

Elle me prend par la main et me conduit dans la maison.

— Entre.

Je la suis.

— Tu restes dîner, Jimmy ?

— Seulement si tu veux bien de moi.

Elle glousse :

— Si tu veux bien de moi... Tu es vraiment un as, Jimmy.

Ça, on peut le dire. Un as de carreau.

— Bien sûr que je veux bien de toi. Ce serait merveilleux de reparler du bon vieux temps, non ?

— Bien sûr.

Elle me prend le gâteau et le pose dans la cuisine. Je l'entends s'agiter et je lui demande si elle a besoin d'aide. Elle répond que je n'ai qu'à me mettre à l'aise.

Le salon et la cuisine donnent tous les deux sur la rue. Assis à la table, je regarde les gens passer, parfois vite, certains attendre leur chien, puis repartir. Sur la table, je vois sa carte de retraitée. Elle s'appelle Milla. Milla Johnson. Elle a quatre-vingt-deux ans.

Quand elle ressort de la cuisine, elle apporte le même dîner que la veille. Salade, soupe et thé.

55

Nous mangeons et elle me parle de ses voyages quotidiens.

Elle parle pendant cinq minutes avec Sid, chez le boucher, mais elle n'achète pas de viande. Elle papote et rit de ses blagues, qui ne sont pas vraiment drôles.

Elle déjeune à midi moins cinq.

Elle s'assoit dans le parc, pour regarder les enfants jouer et les skateurs faire leurs figures et leurs virages sur les pistes.

Elle prend du café l'après-midi.

Elle regarde *La Roue de la fortune* à dix-sept heures trente.

Elle dîne à dix-huit heures.

Elle est au lit à vingt et une.

Plus tard, elle me pose une question. On vient de desservir et je me suis remis à table. Milla revient et s'assoit nerveusement à côté de moi.

Elle tend ses mains tremblantes.

Vers les miennes.

Elle les prend et elle m'ouvre de son regard suppliant. Elle dit :

— Alors, dis-moi, Jimmy.

Ses mains tremblent un peu plus fort.

— Où as-tu été tout ce temps ?

Sa voix est douce, mais on entend sa douleur.

— Où as-tu été ?

J'ai quelque chose en travers de la gorge – les mots.

Enfin, je les retrouve :

— Je te cherchais.

Je dis cette phrase comme si c'était la plus grande vérité que je connaissais.

D'un air tout aussi convaincu, elle opine :

— C'est ce que je pensais.

Elle attire mes mains à elle, se penche et m'embrasse les doigts.

— Tu as toujours su ce qu'il fallait dire, Jimmy.

— Oui. Je crois.

Peu après, elle me dit qu'elle doit aller se coucher. Je suis à peu près sûr qu'elle a oublié le fondant, et je meurs d'envie d'en manger. Il est presque vingt et une heures, et je sens que je n'en verrai pas une miette. Bien sûr, j'ai honte. Je me demande quel genre de type je suis, à m'inquiéter d'un malheureux bout de gâteau.

Elle vient me voir à vingt heures cinquante-cinq et demande :

— Je crois que je devrais aller me coucher, Jimmy. Qu'est-ce que tu en penses ?

— Oui, Milla, je pense aussi.

Elle me reconduit à la porte et je l'embrasse sur la joue.

— Merci pour le dîner.

Je sors.

— Avec plaisir. Est-ce que je te reverrai ?

Je me retourne pour répondre :

— Bien sûr. Bientôt.

Cette fois, le message est d'apaiser la solitude de cette vieille dame. Cette idée se forme tandis que je rentre chez moi. Quand je vois le Portier, je le soulève et le prends dans mes bras, lui et ses quarante-cinq kilos. Je l'embrasse, tout sale et puant qu'il est, et j'ai l'impression de porter le monde à bout de bras, ce soir. Le Portier me regarde, perplexe, puis demande : *On se fait un café, mon vieux ?*

Je le pose en riant et lui fais son café, à ce vieux parasite, avec plein de sucre et de lait. Je me demande à moi-même :

— *Tu aimerais un café aussi, Jimmy ?*

— *Ah oui, je veux bien, carrément.*

Je rigole encore. Un vrai messager, jusqu'au bout des ongles.

8 Je suis Jimmy

Ça fait un moment que j'ai déposé la table basse chez maman. Je ne suis pas retourné chez elle depuis deux bonnes semaines – histoire qu'elle se calme un peu. Quand j'étais finalement venu lui livrer le meuble, elle m'avait bien chauffé les oreilles.

Je lui rends visite un samedi matin. En me voyant entrer, maman lâche :

— Tiens, un revenant ! Comment ça va, Ed ?

— Bien. Et toi ?

— Je me crève le cul au boulot. Comme d'habitude.

Maman est caissière dans une station-service. Elle fout rien de la journée mais chaque fois qu'on lui demande, elle dit qu'elle se « crève le cul au boulot ». Elle est en train de faire une espèce de gâteau mais elle ne veut pas m'en donner, parce qu'il y a quelqu'un de plus important qui va venir. Sans doute quelqu'un du Rotary Club, genre.

Je m'approche du gâteau pour mieux voir.

— Touche pas !

Je ne suis même pas assez près pour le toucher.

— C'est quoi ?

— Un cheese-cake.

— Qui c'est qui vient ?

— Les vieux Marshall.

Classique : les ploucs du bout de la rue. Mais je ne dis rien. Il vaut mieux pas.

— Comment va la table basse ? je demande.

Ma mère pousse un petit rire presque pervers et répond :

— Très bien. Va la voir.

J'obéis. Dans le salon, je n'en crois pas mes yeux. Sans rien me dire, elle a changé la table, bordel !

Je me tourne vers la cuisine et je gueule :

— Ho ! C'est pas celle que je t'ai livrée !

58

Ma mère arrive.

— Je sais. J'ai décidé que j'aimais pas l'autre.

Là, j'ai les boules. Pour de bon. Je suis sorti du boulot une heure en avance pour lui livrer l'autre, et voilà qu'elle n'est pas assez bien pour elle.

— Qu'est-ce qui s'est passé, bon Dieu?

— Je parlais avec Tommy au téléphone et il m'a dit que toutes ces cochonneries en pin, c'était ordinaire et ça ne durait pas, explique ma mère en s'appuyant contre le mur. Et crois-moi, ton frère s'y connaît pour ces trucs. Il s'est acheté une table ancienne en ville, une en cèdre. Il a réussi à faire baisser le type à trois cents et il a eu les chaises à moitié prix.

— Et alors?

— Alors, il sait ce qu'il fait. Pas comme d'autres que je connais.

— Et tu m'as pas demandé d'aller la chercher?

— Pourquoi j'aurais fait ça, grands dieux?

— Tu m'as obligé à aller chercher la dernière.

— Ouais, mais à dire vrai, Ed, tu es lamentable comme livreur.

L'ironie de la situation ne m'a pas échappé.

Plus tard, je demande :

— Tout va bien, maman? Je vais faire des courses dans une minute. Tu n'as besoin de rien?

Elle réfléchit.

— En fait... Leigh vient la semaine prochaine et je veux faire un gâteau au chocolat et aux noisettes pour elle et sa famille. Tu peux me rapporter des noisettes pilées.

— Pas de souci.

Maintenant, Ed, barre-toi. C'est ce que je pense en sortant. Et c'est ce qu'elle pensait, j'en suis sûr.

J'aime bien être Jimmy.

— Tu te souviens quand tu me faisais la lecture, Jimmy?

59

— Je m'en souviens.

Inutile de préciser que je suis de nouveau chez Milla, le soir.

Elle me tient par le bras.

— Est-ce que tu pourrais choisir un livre et me lire quelques pages ? J'adore le son de ta voix.

— Lequel ?

— Mon préféré, répond Milla.

Et merde... Je farfouille dans les livres que j'ai sous les yeux. *C'est lequel, son préféré ?*

Mais ça n'a pas d'importance.

Son préféré, ce sera celui que je choisirai.

— *Les Hauts de Hurlevent* ?

— Comment as-tu su ?

— L'instinct.

Là-dessus, je me mets à lire.

Au bout de quelques pages, elle s'endort sur son canapé. Je la réveille et je l'aide à regagner sa chambre.

— Bonne nuit, Jimmy.

— Bonne nuit, Milla.

Quelque chose s'écrit en lisière de mon esprit tandis que je rentre chez moi. C'est un bout de papier qui était dans le livre, pour servir de marque-page. Un bout de papier fin ordinaire, pris dans un calepin, tout vieux et jauni. La date indique 05/01/41, avec quelques mots d'une écriture irrégulière typiquement masculine. Un peu comme la mienne.

Ça disait :

Très chère Milla,
Mon âme ne peut pas vivre sans la tienne.
Tout mon amour,
Jimmy

À ma visite suivante, elle sort son vieil album de photos, et on les regarde. Elle montre sans cesse un homme qui la tient par la main, l'embrasse, ou est juste là. Elle effleure même son visage sur les photos, et je vois ce que c'est d'aimer quelqu'un comme Milla aimait cet homme. Elle a le bout des doigts fait d'amour. Quand elle parle, sa voix est faite d'amour.

— Tu as changé un peu, mais tu es encore bien. Tu as toujours été le garçon le plus séduisant par ici. Toutes les filles le disaient. Même ma mère me disait comme tu étais fabuleux, fort et aimant, et que je devais bien me comporter avec toi et bien te traiter.

Elle me regarde soudain, presque paniquée.

— Je me suis bien comportée avec toi, Jimmy, n'est-ce pas ? Je t'ai bien traité ?

Je fonds.

Je fonds et je la regarde dans les yeux – des yeux vieux mais magnifiques.

— Oui, Milla. Tu m'as bien traité. Tu es la meilleure épouse que j'aurais jamais pu...

Et là, elle s'effondre et pleure dans ma manche. Elle pleure et pleure, et puis elle rit. Elle tremble d'un désespoir et d'une joie immenses, et ses larmes inondent mon bras en une douce pluie tiède.

Au bout d'un moment, elle m'offre du fondant. C'est celui que j'ai apporté il y a quelques jours.

— Je ne me rappelle plus qui me l'a apporté, mais il est très bon. Tu en veux, Jimmy ?

— Avec plaisir.

Il est un peu rassis maintenant, le fondant.

Mais le goût est parfait.

Quelques soirs plus tard, nous sommes tous chez moi sur la terrasse, à jouer aux cartes. Je me débrouille bien, quand un silence brise soudain le jeu. Ensuite, on entend un bruit à l'intérieur.

— C'est le téléphone, dit Audrey.

Il y a quelque chose de bizarre. J'ai une impression de malaise.

— Alors, t'y vas ? demande Marv.

Je me lève, anxieux, et enjambe le Portier.

La sonnerie m'appelle à elle.

Je décroche.

Silence. Silence complet.

— Allô ?

Encore.

— Allô ?

La voix essaye de m'atteindre au plus profond. Elle y parvient et dit quatre mots :

— Comment ça va, *Jimmy* ?

Quelque chose se brise en moi.

— Hein ? Qu'est-ce que vous avez dit ?

— Tu m'as entendu.

La ligne se coupe et je suis seul.

Je retourne sur la terrasse, titubant.

— Tu as perdu, m'informe Marv, mais je l'entends à peine.

Je n'en ai rien à faire du jeu.

— T'as l'air en état de choc, me dit Ritchie. Assieds-toi, mon vieux.

J'obéis et je reprends ma place pour continuer à jouer.

Audrey me regarde et me demande muettement si ça va. Je lui réponds que oui, et plus tard, quand elle reste, j'ai presque envie de lui parler de Milla et Jimmy. Je suis à deux doigts de lui demander ce qu'elle pense de tout ça, mais je connais déjà la réponse. Son opinion ne changera rien, donc je peux aussi bien assumer le fait que je dois continuer. J'ai donné à Milla la compagnie dont elle avait besoin, mais il est temps maintenant de me rendre à l'adresse suivante ou de retourner à Edgar Street. Je peux toujours lui rendre visite, bien sûr, mais il est temps maintenant.

Il est temps de continuer.

Ce soir-là, je sors me promener avec le Portier, tard. On va jusqu'au cimetière voir mon père et vagabonder parmi les autres tombes.

La lumière d'une torche nous tombe dessus.

Le vigile.

— Vous savez l'heure qu'il est ? demande le type, un costaud à moustache.

— Aucune idée.

— Minuit onze. Le cimetière est fermé, mon gars.

Je fais mine de m'en aller, mais ce soir, impossible. J'ouvre la bouche :

— Euh, monsieur... je me demandais... Je cherche une tombe.

Il me regarde, l'air de réfléchir. Va-t-il m'aider ou pas ? Il décide que oui.

— Quel nom ?

— Johnson.

Il secoue la tête en riant d'un air incrédule, un peu critique :

— Tu as la moindre idée du nombre de Johnson qu'il y a dans le coin ?

— Non ?

— Beaucoup !

Il renifle dans sa moustache, comme si elle le démangeait. Elle est rouge. C'est un rouquin poil de carotte.

— On peut essayer quand même ?

— C'est quoi comme chien ?

— Croisé rottweiler-berger allemand.

— Il pue la mort, mon pote. Tu le laves jamais ?

— Bien sûr que si.

— Eh ben !

Il se détourne d'un air dégoûté.

— C'est infernal, cette odeur.

— La tombe ?

La mémoire lui revient.

— Ah ouais. Bon, on peut tenter le coup. Tu as une idée de quand il est mort, le pauvre vieux ?

— Inutile d'être irrespectueux.

— Écoute. (Il est un peu énervé, maintenant.) Tu veux que je t'aide ou pas ?

— D'accord. Désolé.

— Par ici.

On traverse presque la moitié du cimetière. On trouve quelques Johnson, mais pas celui que je cherche.

— T'es un peu difficile comme gars, non ? me dit le vigile à un moment. Et celle-là ?

63

— C'est Gertrude Johnson.
— Qui tu cherches, déjà?
— Jimmy...
Mais cette fois, j'ajoute :
— Sa femme s'appelle Milla.
Le type s'arrête net.
— Milla? Merde, je crois que je connais. Je me rappelle ce nom, parce qu'il est sur la pierre tombale aussi.
Il m'emmène en vitesse à l'autre bout du cimetière, en marmonnant : « Milla, Milla... »
Il donne un petit coup de torche sur une tombe.
On y est.

JAMES JOHNSON
1917-1942
MORT POUR SON PAYS
ÉPOUX BIEN-AIMÉ DE MILLA JOHNSON

Pendant dix bonnes minutes, je reste là, avec la lumière de la torche sur la tombe. Pendant tout ce temps, j'essaye de deviner où et comment il est mort exactement, et surtout, je prends conscience que la pauvre Milla a vécu soixante ans sans lui.
Je vois bien.
Aucun autre homme n'est entré dans sa vie. Pas comme Jimmy l'avait fait.
Elle attend depuis soixante ans que Jimmy revienne.
Et maintenant, le voilà.

 **La fille aux pieds nus**

Pourtant, il faut que je continue.
L'histoire de Milla est belle et tragique, mais j'ai d'autres messages à transmettre. Le suivant est au 6 Macedoni Street, à cinq heures trente du matin. Pendant un moment, j'envisage de retourner à Edgar Street, mais je suis encore trop effrayé de ce que j'y ai vu et

entendu. J'y reviens une fois de plus, juste pour m'assurer que rien n'a changé. Rien n'a changé.

J'arrive dans Macedoni Street avec le soleil de mi-octobre. Dans l'ensemble, ce printemps est d'une chaleur inhabituelle[1] et il fait déjà bien bon quand j'arrive dans cette rue en pente. Je vois la maison à un étage qui se dresse au sommet.

Juste après cinq heures et demie, une silhouette solitaire sort d'un côté de la maison. Il me semble que c'est une fille, mais je ne peux pas en être sûr parce qu'elle a une capuche. Elle porte un short de sport rouge, un sweat gris, mais pas de chaussures. Elle mesure environ un mètre soixante-quinze.

Je m'assois entre deux voitures, attendant que la silhouette réapparaisse.

J'arrête d'attendre et je m'apprête à partir au travail. Et je la vois enfin – c'est bien une fille – qui tourne le coin en courant. Elle a ôté son sweat à capuche, noué à la taille, et je vois son visage, ses cheveux.

Elle me prend par surprise parce qu'on arrive au coin de la rue en même temps, mais venant d'une direction opposée.

On s'arrête tous les deux un instant.

Ses yeux se posent sur moi, juste une seconde.

Elle me regarde avec ses cheveux couleur de soleil noués en queue-de-cheval, et ses yeux clairs comme de l'eau. Le bleu le plus tendre que j'aie jamais vu. Ses lèvres délicates esquissent un salut.

Et elle continue à courir.

Je ne peux que la regarder. Elle incline la tête et s'en va.

Ses jambes sont lisses, ce qui me fait penser que j'aurais pu me rendre compte plus tôt de son sexe. Ses jambes sont longues et magnifiques. C'est l'une de ces filles tout élancées. Maigre, avec une poitrine mince mais

1. L'action se déroule en Australie. Les saisons sont inversées par rapport à celles que nous connaissons dans l'hémisphère Nord. En octobre, c'est donc le printemps.

bien formée, le dos long, les hanches droites et des jambes à rallonge. Ses pieds nus sont de taille moyenne, et légers sur le sol.

Elle est splendide.

Elle est splendide et j'ai honte.

Elle n'a pas plus de quinze ans, et j'ai l'impression qu'on me marche dessus. Je suis écrasé à l'intérieur. L'amour et le désir s'affrontent en moi, et je comprends que je suis aussitôt attiré par cette fille qui court pieds nus à cinq heures et demie du matin. Impossible d'y échapper.

Je rentre chez moi en pensant à ce qu'il lui faut – ce qu'il me faut transmettre. Ça marche un peu par élimination. Si elle habite dans les hauteurs, elle n'a pas besoin d'argent. Je ne crois pas non plus qu'elle ait besoin d'un ami, mais qui sait ?

Elle court.

C'est en rapport avec ça. Forcément.

Tous les matins, je suis là, mais je me cache et elle ne me voit pas, je crois.

Un jour, je décide de faire évoluer notre relation en la suivant. Je suis en jean, bottes et vieux T-shirt blanc, et elle est loin devant moi.

La fille court bien.

J'ai du mal.

En commençant à courir, j'avais l'impression de disputer la finale du quatre cents mètres olympique. Et maintenant, j'ai l'impression d'être exactement ce que je suis : un chauffeur de taxi en banlieue qui ne fait pas assez de sport.

Je me sens minable.

Aucune coordination.

Je me traîne sur mes jambes. Mes pieds s'enfoncent dans la terre, ils la labourent. Je respire aussi fort que possible mais il y a un mur dans ma gorge. Mes poumons n'en peuvent plus. Je sens l'air qui fait de son mieux pour descendre en moi, mais pas ce n'est pas assez. Pourtant, je continue à courir. Il le faut.

Elle arrive à la lisière de la ville, là où se trouvent les installations sportives. C'est au fond d'une petite vallée. Je suis soulagé de voir que ça descend. C'est le retour qui me rend nerveux.

On arrive sur la piste. Elle saute par-dessus la barrière, ôtant son sweat qu'elle accroche là. Moi, je ralentis, les jambes flageolantes, et je m'écroule à l'ombre d'un niaouli.

La fille fait des tours.

Et autour de moi, le monde fait des tours.

J'ai le vertige et envie de vomir. Je suis mort de soif, aussi, mais j'ai la flemme d'aller au robinet. Je reste donc étalé là, à transpirer abondamment.

— *Bon Dieu, Ed. T'es une larve asthmatique, hein? C'est encore pire que je croyais.*

— *Je sais*, je réponds.

— *C'est lamentable.*

— *Je sais.*

Je sais aussi que je ne devrais pas rester vautré là. Je ne suis pas discret sous cet arbre, mais je n'ai plus la force de me cacher. Si elle me voit, elle me voit. J'arrive à peine à bouger, alors pour me cacher… J'aurai des courbatures d'enfer, demain.

Elle s'arrête un moment pour s'étirer. L'air arrive enfin à passer dans mes poumons.

Elle étire la jambe droite sur la barrière. Une belle jambe longue.

N'y pense pas. N'y pense pas, je me répète. Alors que j'en suis là dans mes réflexions, elle m'aperçoit, mais détourne aussitôt les yeux. Elle penche la tête et projette son regard au sol. Exactement comme l'autre matin. Juste une seconde.

Je comprends alors qu'elle ne viendra jamais à moi. Je comprends en la voyant étirer l'autre jambe sur la barrière. Il faut que ce soit moi qui y aille.

Elle a fini de s'étirer et prend son sweat. Je me lève péniblement et m'approche d'elle.

Elle se met à courir, mais s'arrête.

Elle sait.

Elle sent que je suis venu pour elle, je crois.

Nous sommes à six ou sept mètres l'un de l'autre. Je la regarde et elle regarde le sol, à un mètre de ma cheville droite.

— Bonjour, je dis, d'une voix irrémédiablement stupide.

Un temps.

Un souffle.

— Salut, elle répond, les yeux toujours fixés au sol à côté de moi.

Je m'avance d'un pas. Pas plus.

— Je m'appelle Ed.

— Je sais. Ed Kennedy.

Elle a une voix aiguë, mais douce, si douce qu'on pourrait tomber dedans. Elle me fait penser à Melanie Griffith. Vous voyez la voix qu'elle a, douce et aiguë ? La fille a la même. Je demande :

— Comment tu sais qui je suis ?

— Mon père a vu ta photo dans le journal. Après le braquage, tu vois ?

Je m'avance.

— Je vois.

Un peu de temps s'écoule et elle me regarde enfin.

— Pourquoi tu me suis ?

Je suis là, avec ma fatigue, et je parle.

— Je ne sais pas encore.

— T'es pas un pervers, genre ?

— Non !

Et je pense : *Ne regarde pas ses jambes. Ne regarde pas ses jambes.*

Elle m'observe du même air que la dernière fois, quand elle m'avait reconnu.

— Eh bien, je préfère ça.

Sa voix est si douce que c'en est ridicule. On dirait qu'elle est goût fraise, sa voix.

— Je suis désolé de t'avoir fait peur.

Elle ose me gratifier d'un sourire.

— C'est bon. C'est juste que... je suis pas trop bonne pour parler aux gens.

Elle détourne encore la tête, comme si sa timidité l'étouffait.

— Donc, tu crois que ça ira si on ne parle pas ?

Elle m'a parlé à toute vitesse, pour ne pas me blesser.

— Je veux dire : ça ne me dérange pas si tu viens le matin avec moi, mais je ne peux pas parler, d'accord ? Ça me met mal à l'aise.

— Pas de souci.

— Merci.

Elle regarde encore par terre, prend son sweat et me lance une dernière question :

— Tu n'es pas très fort en course, non ?

Je savoure sa voix un instant. Le goût fraise sur mes lèvres. C'est peut-être la dernière fois que je l'entendrai. Et puis je réponds :

— Non.

Nous échangeons un dernier salut, quelques secondes, avant qu'elle reparte courir. Je l'observe et j'entends ses pieds nus légers sur le sol. J'aime ce bruit. Il me rappelle sa voix.

Je vais au terrain de sport tous les matins avant de partir au travail, et elle est là. Tous les jours, sans faute. Un matin, il tombe une pluie battante et pourtant, elle est là.

Un mercredi, je prends une journée de congé (en me disant qu'il faut faire ce genre de sacrifice quand on est appelé à de plus hautes missions). Le Portier sur mes talons, je vais au lycée vers quinze heures. Elle sort avec quelques amies, ce qui me fait plaisir, parce que j'espérais bien qu'elle ne serait pas seule. Sa timidité m'inquiétait pour ça.

C'est bizarre de voir comme les gens semblent muets quand on les observe de loin. Comme dans un vieux film. On devine ce qu'ils disent. On regarde leurs lèvres bouger, on imagine le bruit de leurs pieds sur le sol. On se demande de quoi ils parlent et, surtout, à quoi ils peuvent bien penser.

Je remarque une chose bizarre : quand un garçon arrive et parle aux filles et marche avec elles, la fille qui court repasse en mode « je regarde par terre ». Quand le garçon s'en va, elle redevient normale.

Je réfléchis un instant et j'en conclus qu'elle manque sans doute de confiance en elle, comme moi.

Elle se sent probablement trop grande, trop gauche, elle ne sait pas que tout le monde sait qu'elle est belle. Si ce n'est que ça, elle ira mieux bientôt.

Mais non.

Écoute-toi, en train de raconter qu'elle ira mieux. Comment tu peux le savoir, abruti ? Parce que ça va mieux pour toi, Ed ? J'en doute beaucoup.

J'ai parfaitement raison. Je n'ai rien à dire ou à prédire sur cette fille. Je n'ai qu'à faire ce que je suis censé faire, en espérant que ça suffira.

De temps en temps, je regarde sa maison, le soir.

Rien ne se passe.

Jamais.

Je pense à la fille, à la vieille Milla, à la sinistre Edgar Street, et je me rends compte que je ne connais même pas le nom de cette fille. Je m'imagine qu'elle doit s'appeler Alison, un nom de ce genre, mais surtout, je l'appelle la-fille-qui-court.

Je vais à la rencontre d'athlétisme qui a lieu tous les week-ends pendant l'été. Elle est là. Je la trouve assise avec sa famille. Une fille plus jeune et un petit garçon. Ils portent tous un short noir et un maillot bleu clair avec un dossard cousu dessus. La fille porte le numéro 176, juste en dessous d'un slogan pour une boisson chocolatée.

On appelle les concurrents du mille cinq cents mètres moins de quinze ans, et elle se lève, en ôtant des brins d'herbe séchée sur son short.

— Bonne chance, dit sa mère.

— Oui, bonne chance, Sophie, répète son père.

Sophie.

J'aime bien.

Je l'entends dans mon esprit, et je dépose soigneusement ce nom à côté de son visage. C'est très bien assorti.

Pendant qu'elle enlève l'herbe de son short, je me rappelle qu'il y a deux autres enfants. Après leur départ, j'arrive à me concentrer complètement sur Sophie. La fille est partie faire du lancer de poids et le garçon a disparu quelque part jouer aux petits soldats avec un gosse laid comme un pou du nom de Kieren.

— Je peux aller avec Kieren, maman ? S'il te plaît ?

— D'accord, mais fais bien attention à écouter les annonces : le soixante-dix mètres arrive.

— OK. On y va, Kieren.

L'espace d'un instant, je suis content d'avoir un prénom simple et sans histoire : Ed. Pas Edward, Edmund, Edwin. Rien qu'Ed. La médiocrité pure, c'est agréable, pour une fois.

Sophie se lève et me voit. Une lueur de contentement apparaît sur son visage. Elle a l'air heureuse de me voir, mais elle se détourne quand même presque tout de suite. Elle se dirige vers le rassemblement, une paire de vieilles chaussures de course pourries à la main (j'imagine que les gosses plus grands ont le droit d'en porter pour les courses d'endurance). Son père l'appelle encore :

— Hé, Sophie !

Elle se tourne vers lui.

— Je sais que tu peux gagner – si tu le veux.

— Merci, papa.

Elle s'éloigne en vitesse en se retournant une fois vers l'endroit où je suis assis au soleil, un gâteau fourré dans la bouche. J'ai une trace de noix de coco au bord des lèvres, mais c'est trop tard pour l'enlever. Sophie ne m'accorde qu'un bref regard et repart. Je sais ce que j'ai à faire, maintenant.

Si j'étais du genre à la ramener, je vous dirais que c'est que dalle à faire. Du gâteau.

Mais ce n'est pas mon genre.

Je n'arrive pas à le dire, parce que je pense encore à Edgar Street. Je comprends que pour chaque bon message, il y en aura toujours un qui me posera problème. Je suis donc reconnaissant de cette mission-ci. Il fait beau et j'aime bien la fille. Encore plus quand je la vois courir aux côtés d'une autre grande perche qui a toujours l'air d'avoir l'avantage sur elle. Elles courent ensemble, mais à la fin l'autre finit plus fort. Elle allonge ses foulées et un homme braille sans arrêt : « Allez, Annie ! Allez, Annie ! Écrase-les, chérie ! Écrase-les ! Bats-la, chérie, tu peux le faire ! »

Je préférerais arriver deuxième que de m'entendre gueuler des conneries pareilles.

Le père de Sophie est différent.

Pendant la course, il se met à la barrière et observe intensément. Il ne crie rien. Il regarde, c'est tout. Parfois, je sens sa tension, lorsqu'il souhaite de toutes ses forces que sa fille dépasse l'autre. Quand l'autre prend l'avantage, il jette un bref regard à l'autre père, mais c'est tout. Quand la fille gagne, il l'applaudit et il applaudit Sophie aussi. L'autre père est planté là, bouffi d'un orgueil obscène, comme si c'était lui qui venait de se sortir les tripes pour gagner la course.

Sophie rejoint son père. Il la prend dans ses bras. La déception de sa fille se lit dans ses épaules affaissées.

Le père de Sophie me rappelle un peu le mien, sauf que le mien ne m'a jamais pris dans ses bras. Sans parler du fait qu'il était alcoolique. La ressemblance, c'est plutôt la façon d'être, le calme. Mon père était un calme, il ne disait jamais rien de mal à personne. Il allait au pub et y restait jusqu'à la fermeture. Il se promenait dans les rues pour dessoûler mais ça ne marchait jamais tout à fait. Pourtant, je dois dire, il se levait et allait au travail le lendemain, sans faute. Maman criait, râlait et l'injuriait parce qu'il sortait, mais il ne réagissait jamais. Il ne l'engueulait jamais en retour.

Le père de Sophie a le même air, le côté alcoolique en moins. Pour résumer, il a l'air d'un monsieur bien.

Ils reviennent ensemble voir la mère et s'assoient sur la colline. Le père et la mère se tiennent par la main. Sophie boit une boisson énergétique. C'est le genre de famille où on se dit qu'on s'aime avant d'aller se coucher, en se levant, ou avant de partir au travail.

Sophie enlève ses chaussures de course. Elle les regarde en soupirant : « Je croyais qu'elles devaient me porter chance. » C'est sa mère qui les lui a transmises, ou peut-être un autre bon coureur de sa famille. C'est tout ce que je peux supposer.

Tandis qu'ils sont assis là, je regarde ces chaussures de plus près. Elles sont jaune et bleu passé. Vieilles et usées.

Et elles ne vont pas.

La fille mérite mieux.

10 La boîte à chaussures

— Ça fait un moment qu'on t'a pas vu.

— J'ai eu des trucs à faire.

Audrey et moi sommes assis sur ma terrasse, à boire de l'alcool bon marché, comme d'habitude. Le Portier sort pour m'en demander, mais à la place, je lui fais une longue caresse.

— Tu reçois toujours ces cartes par la poste ?

Depuis le début, Audrey savait que j'avais menti en disant avoir jeté l'as de carreau. Aucune personne saine d'esprit ne casserait un carreau, pas vrai ? Ça vaut de l'argent. En fait, il faut y faire attention.

Milla. Sophie. La femme d'Edgar Street, et sa fille Angelina.

— Non, je suis encore sur la première carte.

— Tu crois qu'il y en aura d'autres ?

J'y réfléchis et je ne sais pas si j'en veux une autre ou pas.

— La première est déjà bien assez dure.

On boit.

Je passe régulièrement chez Milla et elle me montre de nouveau ses photos et je continue à lire *Les Hauts de*

Hurlevent. En fait, ça commence à me plaire. Le gâteau a été terminé il y a quelques soirs, Dieu merci, mais la vieille dame est toujours aussi gentille. Elle tremble comme une feuille, mais elle est toujours aussi gentille.

Sophie perd encore la course la semaine suivante, aux huit cents mètres cette fois. Elle ne court pas pareil dans ces vieilles chaussures abîmées. Pour espérer approcher de sa course matinale, il lui faut quelque chose de mieux. C'est là qu'elle est vraie. À part. Presque hors d'elle-même.

Tôt le samedi matin, je vais chez elle et frappe à la porte. Son père ouvre.

— Je peux vous aider?

Je suis nerveux, comme si je venais le persuader de laisser sa fille sortir avec moi. Je tiens une boîte à chaussures dans la main droite. L'homme y jette un œil. Aussitôt, je la lève et déclare :

— J'ai une livraison pour votre fille, Sophie. J'espère qu'elles sont à la bonne taille.

La boîte change de mains et l'homme a l'air étonné.

— Dites-lui juste qu'un gars lui a apporté de nouvelles chaussures.

L'homme me regarde comme si j'étais ivre mort. Il fait de gros efforts pour me prendre au sérieux.

— D'accord. Je lui dirai.

— Je vous remercie.

Je commence à m'éloigner, mais il me rappelle :

— Attendez!

— Oui, monsieur?

Il me montre la boîte, perplexe, comme pour l'introduire dans la conversation.

— Je sais.

La boîte est vide.

Quand j'arrive aux pistes, je ne me suis pas rasé et j'ai l'impression d'être un zombie. Je n'ai pas arrêté de conduire jusqu'à six heures ce matin et je suis allé direct chez Sophie puis à la réunion d'athlétisme. J'ai pris un feuilleté à la saucisse au petit déjeuner, avec du café.

On appelle Sophie pour le mille cinq cents mètres et elle y va pieds nus.

Cette idée me fait sourire.

Des chaussures pieds nus…

« Ne te fais pas marcher dessus, c'est tout. »

Quelques minutes plus tard, son père s'approche de la barrière. La course commence.

L'autre connard se met à gueuler.

Au bout d'un tour, Sophie prend un croche-pied et tombe en plein sur le dos, dans le groupe des cinq premières. Le reste s'étire sur environ vingt-cinq mètres. Elle se relève et ça me rappelle le passage des *Chariots de feu*, quand Eric Liddell tombe et redépasse tout le monde pour gagner.

Il reste deux tours à courir et Sophie est encore loin derrière.

Elle devance facilement les deux plus près d'elle, et elle court comme elle court le matin. Sans forcer. La seule chose qu'on perçoit, c'est cette impression de liberté, l'énergie vitale la plus pure. Tout ce qu'il lui faut, c'est sa capuche et son short rouge. Pieds nus, elle dépasse la troisième et, bientôt, elle rattrape son éternelle adversaire. Elle arrive à sa hauteur et tient bon. Il reste deux cents mètres.

Comme le matin. Les gens arrêtent ce qu'ils font pour regarder. Ils l'ont vue tomber, se relever et continuer. Et voilà qu'ils la voient en tête, au-delà de tout ce qui se fait pour une course normale dans cette ville. Le lancer de disque s'est arrêté, le saut en hauteur aussi. Tout s'est arrêté. Tout ce qui reste, c'est la fille aux cheveux couleur de soleil, et la voix meurtrière qui halète devant.

L'autre fille vient la chercher.

Elle met un coup de collier.

Sophie a du sang sur les genoux, après sa chute, et elle a aussi pris un coup de crampons, je crois, mais c'est comme ça. Les cent derniers mètres la tuent presque. Je

75

vois son visage serré de douleur. Ses pieds nus saignent sur l'herbe rare. Elle sourit presque de souffrance – de la beauté de cette souffrance. Elle est hors d'elle.

Pieds nus.

L'être le plus vivant que j'aie jamais vu.

Elles sprintent à l'arrivée.

Et l'autre fille gagne.

Comme toujours.

En franchissant la ligne, Sophie s'effondre et là, à terre, elle roule sur le dos et lève les yeux au ciel. Elle a mal aux bras, elle a mal aux jambes et au cœur. Mais sur son visage on voit la beauté du matin et, pour la première fois, je crois qu'elle la reconnaît. Cinq heures trente du matin.

Le père de Sophie applaudit, comme toujours, mais cette fois, il n'est pas le seul. Le père de l'autre fille applaudit, lui aussi.

— C'est une sacrée fille que vous avez là, il dit.

Le père de Sophie approuve d'un air modeste :

— Merci. Vous aussi.

V
Un être humain comme les autres

Je jette mes restes de petit déjeuner et je m'éloigne. Comme d'habitude, j'ai les doigts collants de sauce.

J'entends le bruit de ses pas dans mon dos, mais je ne me retourne pas. Je veux entendre sa voix.

— Ed ?

Elle est unique.

Je me retourne et je souris à une fille qui a du sang sur les pieds et les genoux. Il descend en zigzag jusqu'à son mollet gauche. Je le montre.

— Tu ferais bien de le faire soigner.

Elle répond calmement :
— Oui.

Une certaine gêne s'établit entre nous et je sais que je ne suis plus à ma place. Elle a les cheveux dénoués, magnifiques. On se noierait dans ses yeux, et ses lèvres parlent. C'est pour moi.

— Je voulais juste te dire merci.
— Pour t'être fait mal et marcher dessus ?
— Non.

Elle refuse mon mensonge.
— Merci, Ed.

Je cède.
— C'était un plaisir.

À côté de la sienne, ma voix semble rocailleuse.

Je m'approche et je remarque qu'elle ne détourne plus les yeux. Elle n'incline plus la tête, elle ne regarde plus par terre. Elle s'est autorisée à regarder, à être avec moi.

— Tu as une vraie beauté, je lui dis. Tu le sais, non ?

Elle rougit un peu en acceptant le compliment. Elle demande :
— Est-ce que je te reverrai ?

Pour être honnête, je crois que je regretterai ce que je vais dire :
— Pas à cinq heures et demie du matin, ça risque rien.

Elle a un petit rire silencieux.

Je m'apprête à partir quand elle demande :
— Ed ?
— Sophie ?

Elle a l'air stupéfaite que je connaisse son nom, mais elle continue :
— Tu es une sorte de saint ou quoi ?

Je ris intérieurement. Moi ? Un saint ? Je fais la liste de ce que je suis. *Chauffeur de taxi. Glandeur du cru. Mètre étalon de la médiocrité. Nain sexuel. Joueur de cartes lamentable.*

Je lui dis mes dernières paroles.
— Non, je ne suis pas un saint, Sophie. Juste un être humain comme les autres.

Nous échangeons un dernier sourire et je m'en vais. Je sens son regard sur moi, mais je ne me retourne pas.

D ◆ Edgar Street revisitée

On dirait que le matin claque des mains.
Pour me réveiller.

Dans le matin de mes yeux, j'ai trois visions, chaque fois.
Milla.
Sophie.
45 Edgar Street.
Les deux premières me portent pendant le lever du soleil. La troisième me déchire et me donne la chair de poule... jusqu'à l'os.

Je passe toutes mes fins de soirée devant des rediffusions de *Shérif, fais-moi peur.* Le gros type est toujours là à bouffer des chamallows derrière son bureau. Comment il s'appelle, déjà ? je me dis en voyant le premier épisode. Et puis Daisy est apparue sur l'écran et a demandé : « Comment ça va, Boss Hogg ? »
Boss Hogg.
Bien sûr.
Bon sang, Daisy est fabuleuse dans son jean serré. Chaque soir, mon cœur s'accélère immensément quand je la vois, mais elle part toujours plus vite qu'elle est arrivée.
Chaque fois, le Portier me regarde d'un sale œil.
« Je sais », je dis.
Mais la voilà qui revient et ça ne sert à rien de discuter. Les belles femmes sont le tourment de mon existence.
La nuit passe, les shérifs aussi.
Je roule dans mon taxi avec une migraine qui attend derrière moi. Dès que je me retourne, elle est là.

— Merci, m'sieur, je dis. Ça fera seize cinquante.

— *Seize* cinquante ? geint le vieux type en costard.

Ses mots bouillonnent dans ma tête, gonflent et redescendent.

— Faut payer, c'est tout.

Je n'ai pas la patience pour ce genre de salades, aujourd'hui.

— La prochaine fois, si c'est trop cher, vous pourrez y aller à pied.

Je suis sûr qu'il le met sur le compte de sa boîte, de toute façon.

Il me donne l'argent et je le remercie. *C'était pas si dur, non ?* je pense. Il claque la portière méchamment. Je pourrais aussi bien y avoir mis ma tête.

C'est comme si j'attendais un nouveau coup de téléphone pour me dire de retourner à Edgar Street, et plus vite que ça. J'attends quelques soirs, mais rien.

Le mardi soir, je quitte la partie chez Audrey avant la fin. J'éprouve une sensation gênante. Du coup, je me lève et je pars, presque sans dire un mot. Le moment est venu et je sais que je dois me rendre devant cette maison au bout d'Edgar Street – une maison prise en otage par la violence qui y explose presque tous les soirs.

J'y vais, et je me rends compte que je presse le pas. J'ai eu le succès qu'il me fallait.

Milla et Sophie.

Et maintenant, il faut que j'affronte ça.

Je tourne dans Edgar Street, serrant les poings dans les poches de mon blouson. Je vérifie que personne ne m'observe. Avec Milla et Sophie, je me sentais toujours à l'aise. C'étaient les biens. Je ne courais quasiment aucun risque, contrairement à ici, où toutes les réponses semblent douloureuses. Pour la femme et la fille, et pour le mari. Et pour moi.

En attendant, je sors un chewing-gum oublié dans ma poche et je le mets dans ma bouche. Il a un goût de maladie et de peur.

Le malaise se renforce lorsque l'homme arrive dans la rue et monte les marches du perron. Le silence se rapproche. Le silence passe à côté de moi, me giflant au passage.

Et la violence arrive.

Elle intervient. Elle fourre ses doigts partout, elle déchire tout. Tout part en morceaux et je me déteste d'attendre aussi longtemps pour y mettre fin. Je me méprise d'avoir choisi la facilité, soir après soir. La haine se libère en moi. Face à cette agression, mon courage m'abandonne et il tombe à genoux, tout près de moi. Il tousse et suffoque à mesure que ma haine de moi-même m'envahit.

La porte. Va à la porte. Elle est ouverte.

Mais je ne bouge pas.

Je ne bouge pas parce que ma lâcheté me piétine, au moment même où j'essaye de relever mon esprit. Il bascule, glisse de côté et tombe à terre dans un bruit sourd et étouffé. Je lève les yeux vers les étoiles, qui coulent doucement dans le ciel.

Vas-y.

Cette fois-ci, j'avance.

Je monte les marches du perron et m'arrête devant la porte. Tout tremble autour de moi. Des nuages lointains me regardent, mais ils battent en retraite. Le monde entier ne veut rien avoir affaire avec ça. Je ne peux pas lui en vouloir.

Je les entends à l'intérieur.

Il la réveille à l'instant.

Il la dérange.

Il la transperce et l'abandonne en même temps.

Il la jette à bas, la prend et la déchire. Les ressorts du lit grincent – un hurlement, un aller-retour désespéré, même s'ils ne le veulent pas. Inutile de refuser. De se plaindre. Des pleurs se glissent jusqu'à la porte où je me trouve, sautillent au-dehors et atterrissent à mes pieds.

Comment peux-tu ne pas entrer ?

Pourtant, j'attends toujours.

La porte s'ouvre un peu plus et une présence se dresse devant moi. C'est la petite fille.

Elle est là devant moi, se fourrant le poing dans l'œil pour en extirper le sommeil qui s'y est logé. Elle porte un pyjama jaune avec des bateaux rouges dessus. Elle a les orteils enchevêtrés.

Elle me regarde, mais sans crainte. Tout vaut mieux que de rester là d'où elle vient.

Dans un murmure, elle demande :

— Qui tu es ?

Je murmure à mon tour :

— Je m'appelle Ed.

— Moi, c'est Angelina. Tu es venu pour nous sauver ?

Je vois une minuscule étincelle d'espoir s'éveiller dans ses yeux.

Je m'accroupis pour bien la regarder. Je voudrais lui répondre oui, mais rien ne sort. Je vois que le silence de mes lèvres a pratiquement tué l'espoir qu'elle avait éveillé. Il est presque parti quand je réponds enfin. Je la regarde avec sincérité.

— Tu as raison, Angelina : je suis venu vous sauver.

L'espoir s'allume à nouveau. Elle s'approche et demande, étonnée :

— Tu peux ? Vraiment ?

Même une petite fille de huit ans peut voir qu'elle n'a aucune issue ou presque. Elle doit vérifier qu'elle peut me faire confiance.

— J'essayerai – et la fille sourit.

Elle sourit, se serre contre moi et dit :

— Merci, Ed.

Elle se retourne et lève un doigt, chuchotant encore plus bas :

— C'est la première chambre à droite.

Si seulement c'était si facile.

— Allez, vas-y Ed, dit la petite fille. Ils sont là…

Je ne bouge toujours pas.

La peur me lie les pieds et je sais que je ne peux rien faire. Pas ce soir. Ou jamais, d'ailleurs. Si j'essaye de bouger, je trébuche.

J'attends que la petite fille me crie dessus. Quelque chose du genre : « Mais tu m'as promis, Ed! Tu as promis!! » Là, elle ne dit rien. Elle sait à quel point son père est fort physiquement et moi maigrichon. Elle me serre encore dans ses bras, c'est tout ce qu'elle fait.

Le bruit dans la chambre nous parvient de l'intérieur. La petite fille s'enfouit sous mon blouson. Elle me serre si fort que je me demande comment ses os tiennent le coup. Elle finit par me lâcher et me dit :

— Merci d'avoir au moins essayé, Ed.

Je ne réponds rien : tout ce que je ressens à ce moment, c'est de la honte. Je regarde ses pieds faire demi-tour et s'éloigner sous le pyjama jaune. Elle se retourne encore une fois.

— Au revoir, Ed.

Derrière mon rideau de honte, j'arrive à dire :

— Au revoir.

Elle ferme bien la porte et je m'accroupis là. Je me laisse tomber en avant, la tête contre le chambranle. Je respire du sang. Le battement de mon cœur noie mes oreilles.

Je suis au lit, englouti par la nuit. Comment peut-on dormir avec les bras d'une petite gosse en pyjama jaune qui s'accrochent à vous dans le noir? Impossible.

J'ai l'impression que la folie prendra bientôt possession de moi. Si je ne reviens pas à Edgar Street d'ici deux ou trois soirs, je crains de devenir dingue. Si seulement la petite n'était pas sortie – mais je savais qu'elle sortirait. Ou au moins, j'aurais dû savoir. Elle sortait toujours pour pleurer sur le perron, suivie par sa mère, ensuite. Allongé là, je sais que je devais la rencontrer. Je voulais qu'elle me donne du courage. Qu'elle me force à entrer. Échec lamentable. En fait, ça n'aurait pas pu être plus catastrophique. Et voilà qu'une sensation encore pire se déverse en moi.

À deux heures vingt-sept, le téléphone sonne.

La sonnerie frappe l'air et je bondis. Je cours vers l'appareil, je le regarde. Ça ne s'annonce pas bien.

— Allô ?

À l'autre bout du fil, la voix attend.

— Allô ? je répète.

Elle parle enfin. Je la vois qui prononce les mots. La voix est sèche, tout à fait éraillée. Plutôt amicale, mais elle reste sérieuse. Elle me dit :

— Regarde dans ta boîte aux lettres, Ed.

Le silence nous domine et la voix m'abandonne complètement. À l'autre bout du fil, ça ne respire plus.

Je raccroche et me dirige lentement vers la porte, puis la boîte aux lettres. Les étoiles ont totalement disparu et la bruine tombe. À chaque pas, je me rapproche. J'ouvre la boîte d'une main tremblante et je cherche dedans.

Je touche un objet froid et lourd.

Mon index effleure la détente.

Je frissonne.

R  **Meurtre à la cathédrale**

Il n'y a qu'une balle dans l'arme. Une balle pour un homme. Je suis le type le plus malchanceux sur Terre. *T'es chauffeur de taxi, Ed ! Comment t'as fait pour te mettre dans ces embrouilles ? T'aurais dû te tenir tranquille, à la banque.*

Je suis assis à la table de la cuisine, une arme qui se réchauffe dans ma main. Le Portier est réveillé, il réclame son café, et tout ce que je fais, c'est regarder l'arme. En plus, celui qui est derrière tout ça ne me donne qu'une seule balle. Il ne comprend pas que j'ai toutes les chances de me faire sauter un pied avant même de commencer ? Je ne sais pas. C'est allé trop loin. Une arme à feu, bon Dieu. Je n'arriverai à tuer personne. Pour commencer, je suis lâche. Ensuite, je suis faible. Enfin, le jour du braquage, c'était évidemment un coup de chance : je ne sais même pas me servir d'un flingue, personne ne m'a jamais montré…

Je suis en colère, du coup.

Pourquoi on m'a choisi pour ça ? J'aimerais vraiment le savoir, même si je sais aussi parfaitement ce que j'ai à faire. Je me réprimande : *Tu étais bien content, avec les deux autres. Donc, celui-là aussi, tu dois le faire.*

Et si je ne le fais pas ? Peut-être que celui au téléphone viendra me chercher. C'est peut-être ça, au fond. Soit je m'exécute, soit on m'exécute.

Eh merde, j'arrive plus à dormir !

Je vais me faire une hernie, bon Dieu.

Je parcours la vieille collection de disques que mon père m'a donnée. Pour lutter contre le stress. Je fouille fébrilement dans les albums et je trouve ce que je cherche : les Proclaimers. Je le mets et le regarde tourner. Les premières notes ridicules de *Five Hundred Miles* arrivent et je vais péter un câble. Ce soir, même les Proclaimers me foutent les boules. La manière dont ils chantent est une abomination.

Je fais les cent pas dans la pièce.

Le Portier me regarde comme si j'étais fou.

Je suis fou. C'est officiel.

Il est trois heures du matin, je passe les Proclaimers trop fort, même pour eux, bon Dieu, et je suis à peu près sûr que je dois aller tuer quelqu'un. Ma vie est devenue carrément passionnante, non ?

Un flingue.

Un flingue.

Ces mots me traversent et je le regarde sans arrêt, pour m'assurer qu'il est bien réel. La lumière blanche de la cuisine s'étire dans le salon. Le Portier étire les pattes et me gratte doucement. Il veut une caresse.

« Barre-toi, Portier ! »

Mais ses grands yeux marron me supplient de me calmer.

Je cède et lui tapote le ventre. Je lui demande pardon et je vais nous faire du café. Impossible de dormir cette nuit. Après *Five Hundred Miles*, les Proclaimers s'échauffent juste pour la chanson suivante, qui parle du chemin du malheur vers le bonheur.

L'insomnie doit tuer des gens. Je reviens en taxi de la grande ville. C'est le lendemain. J'ai les yeux rouges et brûlants, à cause des vitres baissées. La chaleur de l'air me mange les yeux mais je la laisse faire. Le flingue est sous mon matelas, où je l'ai mis la nuit dernière. J'ai le flingue sous le matelas et la carte à jouer dans mon tiroir. Difficile de dire quelle malédiction est la pire.

Arrête de geindre.

En revenant sur le parking de *Taxis libres*, je vois Audrey qui embrasse un des nouveaux qui travaillent ici. Il fait à peu près ma taille, mais visiblement il fait de la muscu. Leurs langues se touchent et se massent. Il a les mains sur ses hanches ; elle a fourré les siennes dans la poche arrière de son jean.

Encore heureux que je n'aie pas le flingue avec moi. Je me dis ça, mais je sais que c'est du pipeau. Je lance au passage : « Salut, Audrey », mais elle ne m'entend pas.

Je me dirige vers le bureau pour voir mon patron, Jerry Boston. Un homme particulièrement obèse avec des mèches grasses sur sa calvitie.

Je frappe à la porte.

— Entre ! il crie. Il était temps...

Il s'arrête.

— Ah, j'ai cru que c'était Marge. Ça fait une demi-heure qu'elle doit m'apporter du café.

J'ai vu Marge fumer une cigarette sur le parking, mais je n'en parle pas. J'aime bien Marge, et ça ne me plaît pas d'être mêlé à ce genre d'histoires.

La porte se ferme dans mon dos. Nous nous regardons, Jerry et moi.

— Eh bien ? Qu'est-ce qu'il y a ? il demande.

— Monsieur, je m'appelle Ed Kennedy et je conduis l'un de vos...

— Fascinant. Qu'est-ce que tu veux ?

— Mon frère déménage aujourd'hui, je mens, et je me demandais si je pourrais ramener le taxi chez moi pour transporter quelques affaires chez lui.

Il me regarde d'un air généreux.

— Et pourquoi diable je te laisserais faire ça? (Il sourit.) Est-ce qu'il y a marqué *Déménagements* sur mes taxis? Est-ce que j'ai l'air d'une association de bienfaisance? (Il s'énerve.) Achète-toi ta bagnole, bon Dieu.

Je reste calme, mais je m'approche de lui.

— Monsieur, je conduis nuit et jour, parfois, et je n'ai jamais pris de vacances.

Pour être honnête, à cause de mes neuf mois d'expérience, mes horaires varient de la nuit au jour d'une semaine sur l'autre. Je ne suis pas sûr que ce soit légal. Les nouveaux travaillent de nuit. Les anciens, de jour. Moi, j'ai les deux.

— Je ne demande qu'une seule nuit. Je vous payerai en échange, si vous voulez.

Derrière son bureau, Boston se penche vers moi. Il me fait penser à Boss Hogg.

Son café arrive en même temps que Marge, qui me dit :

— Ah, salut, Ed. Comment ça va?

Je pense : *Ce grigou ne va pas me laisser le taxi pour la nuit*, mais tout ce que je dis, c'est :

— Pas mal, Marge, et toi?

Elle pose le café sur la table et s'en va poliment.

Gros Jerry prend une gorgée, fait : « Ah, que c'est bon » et change d'avis. Merci mon Dieu pour Marge. Pile au bon moment. Boston reprend :

— D'accord, Ed, comme tu as assez bien travaillé, je te laisse prendre le taxi. Pour une seule nuit, entendu?

— Je vous remercie.

— Tu travailles, demain?

Il jette un œil au planning et répond à sa propre question :

— Horaires de nuit.

Il réfléchit par-dessus son café et résout le problème :

— Ramène-moi le taxi demain midi. Pas une minute après. Je le ferai passer à la révision dans l'après-midi. Il en a besoin.

— Oui, monsieur.

— Et maintenant, laisse-moi boire mon café tranquille.

Je m'en vais.

Je passe devant Audrey qui est encore occupée avec le nouveau. Je dis au revoir, mais là encore, elle n'entend pas. Elle n'ira pas à la partie de cartes ce soir, et moi non plus. Marv en fera une maladie, mais il survivra, j'en suis sûr. Il demandera à sa sœur de prendre la place d'Audrey et à son vieux de prendre la mienne. Sa sœur a quinze ans ; elle est sympa, mais elle en bave à mort avec un frère comme Marv. Il fait de sa vie un enfer, de bien des manières. Par exemple, tous ses profs la détestent parce que Marv foutait un sacré bordel en classe. Ils s'imaginent tous qu'elle est nulle, alors qu'en fait, elle est plutôt intelligente.

Dans tous les cas, j'ai des trucs plus importants à faire que jouer aux cartes, ce soir. J'essaye de manger mais je n'y arrive pas. Je sors l'as de carreau et le flingue et je les contemple sur la table de la cuisine.

Les heures s'écoulent.

Le téléphone sonne. J'ai peur un instant et puis je comprends que c'est Marv, sans aucun doute. Je décroche.

— Allô ?

— Ed, t'es où, bordel ?

— Chez moi.

— Pourquoi ? Ritchie et moi, on est plantés là, on se fait chier à mort. Et elle est où, Audrey ? Elle est avec toi ?

— Non.

— Où elle est, alors ?

— Avec un type du boulot.

— Pourquoi ?

Je vous jure, on dirait un gosse. Il demande toujours « pourquoi ? » alors que ça ne sert à rien. Si Audrey n'est pas là, elle n'est pas là. Marv ne comprend pas qu'il n'y a rien à y faire.

— Marv, j'ai des tas de trucs prévus, ce soir. Je peux pas venir.

— Qu'est-ce que t'as à faire ?

Je lui dis ou pas ? Allez, je lui dis :

— D'accord, Marv. Je vais te dire pourquoi je ne peux pas venir...

— Vas-y, alors.

— D'accord. Je dois tuer quelqu'un, voilà. C'est bon, ça te va ?

Marv commence à s'énerver :

— Écoute, Ed, me raconte pas de conneries. Je suis pas d'humeur à écouter ta litanie de salades.

Ta litanie ? Depuis quand Marv possède-t-il ce genre de vocabulaire ? Il continue :

— Ramène-toi, c'est tout. Ramène-toi, sinon je te laisserai pas participer au Match annuel des insultes, cette année. J'en parlais à des copains aujourd'hui.

Le Match annuel des insultes, c'est un match de football australien ridicule, disputé sur le terrain municipal avant Noël, avec des abrutis du genre de Marv qui jouent pieds nus. Il a réussi à me baratiner pour que j'y participe ces dernières années. Et presque chaque fois, je manque de me rompre le cou.

— Eh bien, ne compte pas sur moi cette année, je lui dis. Je ne viendrai pas.

Je raccroche. Comme prévu, le téléphone se remet à sonner, mais je décroche et raccroche aussitôt. Je ris presque en imaginant Marv pester à l'autre bout de la ligne, écœuré. Et dans dix secondes, il va gueuler à sa sœur : « C'est bon Marissa ! Viens jouer aux cartes ! »

Il ne me faut pas longtemps pour me concentrer de nouveau sur ce qui m'attend. C'est la seule nuit où je peux mettre mon plan à exécution. Une nuit avec le taxi. Une nuit avec la cible. Une nuit avec le flingue.

Minuit s'approche, plus vite que je l'espérais.

J'embrasse le Portier sur la babine et je sors. Je sors sans me retourner, parce que je suis décidé à repasser par cette porte tout à l'heure. L'arme est dans la poche droite de mon blouson. La carte dans la gauche, avec une petite bouteille de vodka pleine de médicaments. J'ai mis des tas de somnifères dedans. Ça a intérêt à marcher.

La différence, ce soir, c'est que je ne vais pas à Edgar Street. Je me rapproche de Main Street et j'attends. À l'heure de la fermeture, il y a un homme qui ne rentre pas chez lui.

Il est tard quand tous les ivrognes sortent des pubs. Le mien est inratable, à cause de sa taille. Il gueule « salut » à ses copains, sans savoir que c'est pour la dernière fois. Il se rapproche dans mon rétro extérieur, puis s'éloigne. Dès qu'il est un peu plus loin, je démarre et je vais dans sa direction. Je transpire mais rien d'anormal : maintenant, je sais que je vais y arriver. Je suis dans l'instant. Aucune issue.

Je m'arrête à côté de lui et je lui demande calmement :

— Je vous ramène ?

Il me regarde et éructe :

— J'paye pas.

— Allez, vous m'avez pas l'air bien, là. Je vous ramène pour rien.

En entendant ça, il sourit, crache un coup et vient s'asseoir côté passager. Il commence à m'expliquer son adresse, mais je lui dis :

— Vous en faites pas. Je sais où vous habitez.

Une sorte de brouillard m'enveloppe, m'anesthésie. Sans lui, je ne pourrais pas continuer. Je me rappelle Angelina, et sa mère qui s'est effondrée au supermarché. Il faut que j'y arrive. *Il le faut, Ed.* Je hoche la tête.

Je sors la vodka de ma poche et lui en propose.

Il l'attrape sans y réfléchir.

Je me félicite : *Je le savais. Un type comme lui prend tout ce qu'il veut, sans même y penser.* Et un type comme moi, ça pense trop.

— Carrément, il dit, et il en prend une bonne grosse gorgée.

— Gardez-la, elle est à vous.

Il continue à boire en silence et je passe Edgar Street, en direction de l'ouest. Je fais le tour jusqu'au bout de la ville. Il y a un endroit, sur une piste, qu'on appelle la Cathédrale. C'est le sommet rocheux d'une montagne qui domine des kilomètres et des kilomètres de bush. On n'est même pas sortis de la ville qu'il s'endort. Il lâche la bouteille de vodka, qui se déverse sur lui peu à peu.

Je roule pendant plus d'une demi-heure, j'arrive sur la piste, et je continue encore une demi-heure. On arrive juste après une heure du matin. Je coupe le moteur. Nous sommes seuls, dans le silence.

Il est temps de lâcher le fauve – le plus possible, en tout cas.

Je sors et fais le tour de la voiture. J'ouvre la portière. Je le cogne au visage avec l'arme.

Rien.

Je le cogne encore.

Cinq coups plus tard, il sursaute un instant, en sentant le goût du sang dans son nez et sa bouche.

— Debout, j'ordonne.

Il hésite un instant, désorienté.

— Sors.

Je braque le flingue pile entre ses deux yeux.

— Tu te demandes peut-être s'il est chargé ? Ça pourrait bien être ta dernière pensée.

Il est encore K-O mais il écarquille les yeux. Il envisage un mouvement surprise, mais il comprend tout de suite qu'il est à peine capable de sortir de la voiture. Il finit par y arriver et je le fais marcher sur la piste, mon flingue enfoncé dans le dos.

Je lui dis :

— La balle te traversera la colonne vertébrale, et après je te laisserai là. J'appellerai ta femme et ta gamine et elles pourront venir te voir. Danser autour de toi. Ça te plairait ? Ou alors, je te permets de mourir vite, et je t'en mets une dans le crâne ? Comme tu préfères.

Il s'écroule mais je lui tombe dessus, genoux en avant. Je le coince de toute ma maigreur d'adolescent, l'arme braquée sur sa nuque.

— T'as envie de mourir ?

J'ai la voix qui tremble, mais elle reste dure.

— Parce que tu le mérites. Ça, je peux te le dire.

Je me dégage et j'aboie :

— Debout maintenant, et marche. Sinon, je te bute tout de suite.

J'entends un bruit.

Un bruit qui monte du sol.

Je le reconnais. C'est un homme qui sanglote. Mais ce soir, moi, ça m'est égal. Il faut que je le tue parce que cet homme, lui, tue sa femme et sa fille tous les soirs, lentement, presque négligemment et avec un mépris complet. Et c'est moi et moi seul, Ed Kennedy, banlieusard médiocre, qui ai la possibilité de mettre fin à ce cauchemar.

— Debout !

Je lui colle à nouveau le canon contre le corps, et on monte vers le sommet, vers la Cathédrale.

En arrivant là-haut, je l'oblige à s'arrêter à cinq mètres du rebord. L'arme toujours braquée sur sa nuque. Je suis à trois mètres derrière lui. Il ne peut rien se passer.

Sauf que.

Je me mets à frissonner.

À trembler.

Je tangue et frémis à l'idée de tuer un être humain. L'aura qui m'entourait a disparu. Mon air invincible m'a abandonné et je me rends soudain compte que je dois y aller. J'inspire. Je suis tout près de craquer.

Je vous le demande :

Vous feriez quoi, à ma place ? Dites-moi. Je vous en prie, dites-le-moi !

Mais vous êtes bien loin de ça. De vos doigts, vous tournez ces pages étranges qui relient votre vie à la mienne. Vos yeux sont en sécurité. Cette histoire, ce n'est que quelques centaines de pages supplémentaires dans votre esprit. Mais pour moi, c'est ici et maintenant. Il faut que j'en finisse et, chaque fois, je penserai au prix à payer. Plus rien ne sera pareil. Je tuerai cet homme et je mourrai moi aussi, à l'intérieur. J'ai envie de hurler.

91

J'ai envie de hurler *pourquoi*? Cette nuit, une cascade de glace tombe de la poussière d'étoiles, mais rien ne m'apaise. Je n'ai aucune issue. La silhouette s'effondre devant moi et je reste là, debout au-dessus d'elle, et j'attends.

J'attends.

J'essaye.

De trouver une meilleure solution.

Seigneur, l'arme est si dure dans ma main. Elle est tiède et froide, glissante et inflexible à la fois. Je tremble de manière incontrôlable, sachant que si je le fais, je devrai enfoncer le canon dans la chair de l'homme, ou je le raterai. Je devrai l'enterrer en regardant son sang imbiber ses vêtements. Je le regarderai mourir dans un flot de violence inconsciente – je me répète que je fais ce qu'il faut faire, mais je cherche toujours désespérément une réponse : pourquoi est-ce que ça doit être moi? Pourquoi pas Marv, Audrey ou Ritchie?

Les Proclaimers grondent dans ma tête.

Imaginez ça.

Imaginez-vous en train de tuer quelqu'un au son de deux binoclards écossais coiffés en brosse. Comment écouter cette chanson, après? Et si elle passe à la radio, qu'est-ce que je ferai? Je penserai à la nuit où j'ai tué un autre homme et pris sa vie de mes propres mains.

Je tremble et j'attends. Je tremble et j'attends.

Il se met à ronfler. Pendant des heures.

La première lueur se glisse dans l'air et, quand le soleil se rapproche à l'est, je décide qu'il est temps.

Je le réveille en le tapant avec l'arme. Cette fois-ci, il réagit immédiatement et je me remets à trois mètres derrière lui. Il se lève, essaye de se retourner mais renonce. Je m'approche et braque l'arme derrière sa tête.

— Voilà, j'ai été choisi pour te faire ça. J'ai vu ce que tu fais à ta famille et ça va s'arrêter tout de suite. Fais oui de la tête si tu m'as compris.

Lentement, il obéit.

— Tu comprends que tu vas mourir pour ce que tu as fait?

Pas de réaction, cette fois. Je le frappe à nouveau.

— Alors?

Cette fois, il fait signe qu'il a compris.

Le soleil sort la tête à l'horizon et je serre l'arme plus fort. J'ai le doigt sur la détente. La sueur coule sur mon visage.

— S'il vous plaît...

Il me supplie et se penche, presque à bout. Il a l'impression qu'il mourra s'il tombe tout à fait. Il est saisi de sanglots inquiétants.

— Je suis désolé, je suis dé... Je vais arrêter, je vais arrêter.

— Arrêter de quoi?

Il se dépêche de continuer :

— Vous savez...

— Je veux te l'entendre dire.

— Je vais arrêter de la forcer en rentrant...

— La forcer?

— D'accord. La violer.

— C'est mieux. Continue.

— Je vais arrêter. Promis.

— Comment est-ce que je peux te faire confiance, grands dieux?

— Vous pouvez.

— Ce n'est pas la réponse que j'attends. Dans une rédaction, tu aurais zéro.

J'enfonce l'arme un peu plus.

— Réponds à la question!

— Parce que si je n'arrête pas, vous me tuerez.

— Mais je *vais* te tuer!

La fièvre me reprend. Je suis couvert de sueur. J'ai du mal à croire ce que je suis en train de faire.

— Mets les mains sur la tête.

Il obéit.

— Approche-toi du bord.

Il obéit encore.

— Alors, qu'est-ce que tu ressens? Réfléchis avant de répondre. Il y aura une grande différence... selon que tu diras la vérité ou pas.

— Je me sens – comme ma femme tous les soirs quand je rentre.

— Fou de peur?

— Oui.

— Exactement.

Je m'approche de lui, je vise en prenant mon temps.

La détente transpire sous mon doigt.

J'ai mal aux épaules.

Respire. Respire.

Une sensation de paix me submerge, et j'appuie sur la détente. Le bruit me brûle les tympans et, tout comme le jour du hold-up, l'arme est tiède et douce dans ma main.

DEUXIÈME PARTIE

Les pierres du foyer

Après

Sécheresse.

Je sors de la voiture en titubant et me glisse vers la porte. J'éprouve comme une sensation de désolation complète, absolue, qui me parcourt en zigzags. Je me moque d'être un messager, à présent. Cette culpabilité me travaille. Je la repousse, mais, comme toujours, elle revient. Personne n'a dit que ce serait facile.

L'arme.

Tout ce que je sens dans ma main, c'est l'arme. Le métal tiède et doux qui se fond dans ma peau. Il est dans le coffre de la voiture maintenant, à nouveau froid comme une pierre, jouant l'innocence.

En m'approchant de la terrasse, j'entends encore son corps heurter le sol. Ça a dû lui faire un choc d'être en vie. À chaque inspiration, il hoquetait, aspirait la vie, la ramassait pour la garder. C'était fini. J'avais tiré sur le soleil, mais bien sûr il était trop loin. À cet instant, je m'étais vaguement demandé où finirait la balle.

Souvent, durant le retour, tandis que ma voiture refaisait le trajet, je regardais le siège passager. Il était plein de vide. Un homme d'après la mort était sans doute encore allongé sur la terre plate, toute plate, respirant la poussière à s'en emplir les poumons.

Je me rends compte que j'ai envie d'une seule chose : rentrer et serrer le Portier dans mes bras. J'espère qu'il me serrera fort lui aussi.

Nous partageons un café.

— C'est bon ? je lui demande.

— *Fantastique*, il répond.

Parfois, j'aimerais être un chien.

Le soleil est bel et bien levé et les gens vont au travail. Je m'assois à la table de la cuisine, persuadé que personne dans ma rue anonyme et couverte de rosée n'a passé une nuit comme la mienne. Je les imagine en train de se lever la nuit pour pisser, ou d'atteindre l'orgasme ensemble dans leur lit – tandis que je dirigeais la pointe d'une arme vers la nuque d'un autre humain. Pourquoi moi ? Je réfléchis, mais, en fait, je me plains. C'est typique – même si j'en ai parfaitement le droit. Ç'aurait été bien de faire l'amour, au lieu d'essayer de tuer quelqu'un. J'ai l'impression d'avoir perdu quelque chose, et mon café refroidit. La puanteur du Portier s'élève et vient me taper sur l'épaule. Son sommeil me réconforte, malgré mes pensées.

Le téléphone sonne peu après.

Oh non, Ed, tu ne tiendras pas le coup.

C'est eux, pas vrai ?

Mon cœur bat trop vite. Il s'emmêle.

Un pouls inadéquat.

Je m'assois.

Le téléphone sonne.

Quinze sonneries.

J'enjambe le Portier. Je contemple l'appareil et je me décide enfin à décrocher. Ma voix déraille dans ma gorge.

— Allô ?

J'entends une voix agacée à l'autre bout, mais heureusement, c'est celle de Marv. J'entends des gens qui travaillent. Des coups de marteau. Des jurons. Les fondations, et la voix de Marv, par-dessus.

Il commence :

— Eh bien, trop cool d'avoir décroché le téléphone, Ed, merci.

À cet instant, moi, je ne suis pas d'humeur à ça.

— Je commençais à croire... continue Marvin.

— Ta gueule, Marv.

Et je raccroche.

Comme c'était prévisible, le téléphone se remet à sonner. Je décroche.

— Oh, c'est quoi ton problème ?

— Rien du tout, Marv.

— Commence pas à me raconter des conneries, Ed. J'ai vraiment passé une sale soirée.

— Toi aussi, tu as essayé de tuer quelqu'un, Marv ?

Le Portier me regarde, l'air de se demander si le coup de fil est pour lui. Il retourne rapidement à son bol et se met à le lécher, cherchant les dernières traces de café.

— Tu recommences avec ce délire ?

Ce délire. J'adore quand un type comme Marv utilise ce genre de mots.

— J'ai déjà entendu des excuses pas croyables dans ma vie, Ed, mais des comme ça, jamais.

J'abandonne.

— Laisse tomber, Marv. C'est rien.

— C'est bon alors.

Marv préfère toujours quand je n'ai rien à dire. Il en arrive à ce qu'il voulait me demander depuis le début :

— Tu y as réfléchi, alors ?

— Réfléchi à quoi ?

— Tu sais bien.

Je hausse le ton :

— Non, Marv, à ce stade, je n'ai pas la moindre idée de ce dont tu parles. Il est tôt, j'ai été debout toute la nuit et, pour une raison mystérieuse, je ne suis vraiment pas prêt, émotionnellement, à t'accorder un petit tête-à-tête intime.

J'ai envie de raccrocher mais je résiste.

— Tu pourrais m'aider en me disant de quoi tu parles, au juste ?

— D'accord, d'accord.

On dirait que je suis le pire salaud sur Terre et que c'est à moi qu'il rend service, en ne me raccrochant pas au nez.

— C'est juste que les copains veulent savoir si t'es avec nous ou pas.

— Pour quoi faire ?

— Tu sais bien.

— Crache le morceau, Marv.

— Tu sais bien : le Match annuel des insultes.

Ah oui, merde, quel idiot, c'est le match de foot pieds nus. Bon Dieu, mais comment j'ai pu l'oublier ? Quel sale égoïste je fais.

— Je n'y ai pas vraiment réfléchi, Marv.

Marv n'est pas content, là, et même pire que pas content. Il bout. Il me lance son ultimatum :

— Bouge-toi, Ed. Tu dois me dire dans les vingt-quatre heures si tu peux jouer. Sinon, on trouvera quelqu'un d'autre. Il y a une grosse liste d'attente, tu sais. Ces matchs sont une tradition très prisée. On a des gars comme Jimmy Cantrell et Horse Hancock qui meurent d'envie d'essayer...

Je n'écoute plus. Horse Hancock ? Je n'ai même pas envie de me demander qui ça peut bien être, ce type. La tonalité du téléphone me fait enfin comprendre que Marv a raccroché. Je ferais bien de le rappeler plus tard pour lui dire que je jouerai. Avec un peu de chance, quelqu'un me brisera le cou au milieu d'un tas de mauvaises herbes géantes. Ça serait bien.

Dès que j'ai raccroché, je vais au taxi avec un sac plastique et je sors le coupable du coffre. Je le remets dans le tiroir et j'essaye d'oublier tout ça. En vain.

Je dors.

Les heures s'engourdissent autour de mon lit.

Je rêve de la nuit dernière, du soleil matinal grésillant et de ce géant qui tremblait. Est-ce qu'il est déjà rentré ? À pied, ou peut-être qu'il a réussi à se faire prendre en stop ? J'essaye de ne pas y penser. Chaque fois que ces pensées grimpent sur le lit, je change de côté pour les écraser. Elles s'enfuient par les interstices.

Quand je me réveille pour de bon, j'ai l'impression que c'est le milieu de l'après-midi, mais il est à peine onze heures. Le Portier m'embrasse de sa truffe humide. Je vais rendre le taxi, je rentre chez moi et j'emmène le chien se promener.

« Ouvre l'œil », je lui dis en chemin.

La paranoïa m'envahit. Je pense au type d'Edgar Street, même si je sais que c'est loin d'être mon plus gros problème. C'est l'expéditeur mystérieux de l'as de carreau qui doit m'inquiéter. J'ai un mauvais pressentiment. Ils vont savoir que j'ai terminé la carte, et vont m'en envoyer bientôt une autre.

Pique. Cœur. Trèfle.

Je me demande quelle sera la suivante dans ma boîte aux lettres. C'est le pique qui m'inquiète le plus. L'as de pique me fait peur. Il m'a toujours fait peur. J'essaye de ne pas y penser. J'ai l'impression d'être épié.

Plus tard dans l'après-midi, on marche un bon moment et on arrive chez Marv, avec un tas de types qui traînent dans l'arrière-cour.

J'appelle Marv. Au début, il ne m'entend pas et, quand il arrive enfin, je lui dis :

« Je vais jouer, Marv. »

Il me serre la main comme si je lui avais demandé d'être mon témoin de mariage. C'est important pour Marv que je participe, parce qu'on a joué tous les deux ces dernières années et il veut que ça devienne une tradition. Marv y croit, et je me rends compte que je ne devrais pas le prendre de haut. C'est comme ça.

Je regarde Marv et les autres dans sa cour.

Ils ne s'en iront jamais d'ici. Ils n'en auront jamais envie, et c'est bien comme ça.

Je parle un moment avec Marv puis je tente de partir, malgré les bières que me proposent plusieurs banlieusards à glacière. Ils sont en bermuda de bain, en maillot à bretelles et en tongs. Marv me raccompagne à la grille où le Portier m'attend. Je suis déjà à mi-chemin dans la rue quand il m'appelle.

— Hé, Ed !

Je me retourne. Pas le Portier. Il n'apprécie pas beaucoup Marv.

— Merci, hein !

— Pas de souci.

Je reprends ma marche. Je ramène le Portier à la maison, je vais jusqu'au parking de *Taxis libres* et je pointe. En revenant vers la ville, je repense encore à la nuit dernière. Elle se dresse au bord de la route, éparpillée en morceaux qui suivent la course de la voiture. Lorsqu'une image ralentit et disparaît, une autre la remplace. L'espace d'un instant, en me regardant dans le rétroviseur, je ne me reconnais pas. Je n'ai pas l'impression d'être moi. Je ne me rappelle même plus qui est censé être Ed Kennedy.

Je ne sens rien.

J'ai quand même une chance : demain, je ne travaille pas de toute la journée. Je vais m'asseoir dans le parc de Main Street avec le Portier. C'est l'après-midi, et je nous ai acheté des glaces. Un cornet, deux parfums. Mangue et orange pour moi. Chewing-gum et cappuccino pour le Portier. C'est agréable d'être assis à l'ombre. Je regarde intensément le Portier qui lèche doucement la sucrerie, attendrissant la glace de sa salive. C'est une belle âme.

Derrière moi, l'herbe crisse sous des pieds.

Mon cœur rate un battement.

Je vois une ombre. Le Portier continue de manger – c'est une belle âme, mais comme chien de garde, il est nul.

— Bonjour, Ed.

Je connais cette voix.

Je la connais et je me rétracte intérieurement. C'est Sophie. J'aperçois ses jambes athlétiques. Elle me demande si elle peut s'asseoir.

— Bien sûr. Tu veux une glace ?

— Non merci.

— Tu n'as pas envie d'en partager une avec mon ami le Portier ?

Elle se met à rire :

— Non merci… Le Portier, tu as dit ?

Nos regards se rencontrent.

— C'est une longue histoire.

Nous nous taisons, tous deux dans l'attente, et puis je me rappelle que je suis le plus âgé et que c'est donc à moi de lancer la conversation.

Mais non.

Je ne veux pas gâcher cette fille avec mon bavardage oiseux.

Elle est magnifique.

Elle caresse doucement le Portier, et on reste là pendant une demi-heure sans rien faire d'autre. Finalement, je la regarde. Sa voix me pénètre.

— Tu me manques, Ed.

— Toi aussi, tu me manques.

L'inquiétant, c'est que c'est vrai. Elle est si jeune, et elle me manque. Ou alors, est-ce que je m'accroche à elle parce que c'était un bon message ? C'est sa pureté et sa vérité qui me manquent, je crois.

Elle se pose des questions.

Je le sens, mais je fais semblant de rien :

— Tu cours toujours ?

Elle hoche poliment la tête et joue le jeu.

— Pieds nus ?

— Bien sûr.

Elle a encore une marque sur le genou gauche. On la regarde tous les deux, mais je ne vois aucun regret dans les yeux de cette fille. Elle est heureuse, et moi au moins, je me sens à l'aise en la voyant à l'aise avec moi.

Tu es si belle quand tu cours pieds nus. Mais je n'arrive pas à le lui dire.

Le Portier finit sa glace et lèche la main et les doigts caressants de Sophie.

J'entends un klaxon derrière nous et nous savons tous les deux que c'est pour elle. Elle se lève.

— Il faut que j'y aille.

103

Il n'y a pas d'au revoir.

Juste le bruit de ses pas et une question :

— Toi, ça va, Ed ?

Je la regarde et je ne peux pas m'empêcher de sourire.

— J'attends.

— Qu'est-ce que tu attends ?

— Le prochain as.

Intelligente comme elle est, elle sait quoi répondre :

— Tu es prêt ?

— Non.

Une chose est certaine, et je m'y résigne :

— De toute façon, j'en recevrai un.

Sophie s'en va alors pour de bon et je vois son père qui m'observe depuis la voiture. J'espère qu'il ne me prend pas pour une espèce de scélérat, le genre qui traîne dans les parcs et s'attaque à des adolescents innocents. En particulier après l'histoire de la boîte à chaussures.

Je sens la truffe du Portier contre ma jambe. Il lève vers moi ses magnifiques yeux de vieillard. Je lui demande :

— Alors ? Qu'est-ce que ce sera, mon ami ? Cœur, trèfle ou pique ?

— *Et une autre glace ?* propose-t-il.

Il ne m'aide pas du tout, pas vrai ?

Je mange mon cône et nous nous levons. Je sens les douleurs et les courbatures qui me restent de ce qui s'est passé il y a deux nuits, à la Cathédrale. C'est ce qui arrive, avec les tentatives de meurtre.

2 ♣ La visite

Un troisième jour se passe, et toujours rien.

Je suis allé jusqu'à Edgar Street et il n'y a aucune lumière dans la maison. La femme et la fille dorment. Aucun signe du mari. J'ai pensé retourner à la Cathédrale, pour voir s'il avait sauté ou s'il lui était arrivé autre chose.

Comment je peux être ridicule à ce point ?

J'étais censé tuer ce type et voilà que je m'inquiète pour sa santé. Je me sens coupable de tout ce que je lui ai fait, mais, d'un autre côté, je me sens coupable de ne pas l'avoir tué. Après tout, c'était ce qu'on m'avait envoyé faire. Le flingue dans ma boîte aux lettres était une indication parfaitement claire.

Peut-être que le type est arrivé jusqu'à la route et a continué son chemin.

Peut-être qu'il s'est jeté de la falaise.

Je m'arrête avant d'envisager tous les scénarios. Bientôt, je n'aurai pas le temps de m'inquiéter. Encore quelques jours.

Un soir, je reviens d'une partie de cartes et il y a une odeur différente dans la maison. Celle du Portier, mais aussi une autre. On dirait de la pâte au four. Oui, c'est ça...

Des tourtes.

Je m'approche de la cuisine avec hésitation et je remarque qu'il y a de la lumière. Quelqu'un est assis là, à manger des tourtes – prises dans mon congélateur et réchauffées. Je sens la viande cuisinée et la sauce. On sent toujours la sauce.

Avec un optimisme absurde, je cherche un objet susceptible de servir d'arme, mais il n'y a rien devant moi, sauf le canapé.

J'arrive dans la cuisine et je vois une silhouette.

Je suis stupéfait.

Il y a un type cagoulé assis à la table, en train de manger une tourte à la viande en sauce. Les questions se bousculent dans mon cerveau, mais aucune n'y reste. Ce n'est pas tous les jours qu'on découvre ça en rentrant chez soi.

Je réfléchis à ce que je vais faire, et je me rends soudain compte, avec une forte bouffée de panique, qu'il y en a un autre, derrière moi.

Non.

Une grosse lèche me réveille.

Le Portier.

Dieu merci, tu vas bien, je lui dis. Je le lui dis en fermant les yeux, soulagé.

Il me lèche encore, la langue rougie du sang qui me coule sur le visage. Il me sourit.

« Moi aussi, je t'aime. »

Ma voix est pareille à une rumeur. Je ne suis pas bien sûr qu'elle soit sortie ou pas, ni que ce soit vrai. Je comprends alors que je n'entends rien en dehors de moi. Tout se passe à l'intérieur, une sorte de bruit parasite.

Bouge. Impossible. Je suis cimenté au sol. Je commets même une erreur : essayer de me rappeler ce qui s'est passé. Seul résultat : un bruit indistinct me traverse, et au-dessus de moi, le visage du Portier est tout distordu. On dirait un prélude à la mort. Un prologue, peut-être.

Mon esprit se replie.

Pour dormir.

Je plonge en moi, pris au piège. Je traverse plusieurs épaisseurs d'obscurité dans ma chute, atteignant presque le fond, lorsqu'une main semble me relever par la gorge, me ramenant à la douloureuse réalité. Quelqu'un me traîne littéralement dans la cuisine. La lumière fluorescente me transperce les yeux, et l'odeur de la sauce et de la viande me donne envie de vomir.

On m'assoit par terre le dos au mur, à peine conscient, la tête entre les mains.

Assez vite, les deux silhouettes se mêlent au brouillard et je les aperçois dans la lumière blanche de la cuisine.

Ils sourient.

Ils me lancent des sourires derrière leurs deux cagoules très épaisses. Ils sont un peu plus grands que la moyenne, et tous deux forts et musclés, en particulier par rapport à moi.

Ils disent :

— Salut, Ed.

— Comment tu te sens, Ed ?

Dans mes pensées, je marche sur l'eau.

Je gémis :

— Mon chien...

Ma tête s'enfonce entre mes mains, et mes mots se noient. J'ai déjà oublié que c'était le Portier qui m'avait ramené à la vie.

— Il lui faudrait un bain, dit l'un des deux types.

— Il va bien ?

À voix basse. Des mots apeurés qui sortent en frissonnant, luttant pour rester dans l'air.

— Un bain, et un collier antipuces.

— Des puces ?

Ma voix se brise par terre.

— Il n'a pas de puces...

— Ah bon, et qu'est-ce que c'est, ça ?

L'un des types me prend par les cheveux et me lève doucement la tête pour me montrer un avant-bras couvert de piqûres d'insecte.

— Ça ne vient pas du Portier.

Je me demande pourquoi diable je suis aussi obstiné, vu la situation.

— Le Portier ?

Comme Sophie, les intrus s'interrogent sur son nom.

Je confirme d'un hochement de tête qui, étonnamment, me réveille un peu.

— Écoutez : puces ou pas puces, il va bien ou pas ?

Les deux types se regardent et l'un d'eux prend une bouchée de tourte.

— Daryl, dit-il tranquillement à l'autre, je ne suis pas sûr d'aimer le ton qu'emploie Ed à cet instant. J'y sens... (Il cherche le mot exact.) J'y sens...

— De l'aigreur ?

— Non.

— De l'ingratitude ?

— Non.

Ça y est, il a trouvé :

— Pire. Un manque de respect.

Il a prononcé ces derniers mots avec un mépris tranquille et absolu. Il me regarde droit dans les yeux en parlant. Ses yeux m'inquiètent plus que ses mots. Ils me suggèrent d'éclater en sanglots, en les suppliant de ne pas faire de mal à mon chien buveur de café.

Je leur demande :

— S'il vous plaît... vous ne lui avez pas fait de mal, hein ?

La lueur dure disparaît dans les yeux du type.

— Non.

Le plus beau mot que j'aie jamais entendu.

— Cela dit, comme chien de garde, c'est zéro, commente le type qui en est encore à finir sa tourte, en la sauçant dans son assiette. Tu sais qu'il a dormi pendant tout le temps où on est entrés ?

— Je n'en doute pas.

— Même quand il s'est réveillé, il n'est venu que pour réclamer à manger.

— Et alors ?

— On lui a donné une tourte.

— Cuite ou surgelée ?

— Cuite, Ed ! (Il a l'air vexé.) Nous ne sommes pas des sauvages, tu sais. En fait, nous sommes tout à fait civilisés.

— Il en reste pour moi ?

— Désolé. Le chien a eu la dernière.

Il pense qu'à bouffer, celui-là ! C'est ce que je me dis, mais je ne peux pas en vouloir au Portier. Les chiens mangent n'importe quoi. On ne peut pas lutter contre la nature.

En tout cas, j'essaye de les piéger.

Je tente le coup.

Une question rapide.

— Qui vous a envoyés ?

Une fois dans les airs, ma question perd de la vitesse. Les mots flottent. Je me mets debout d'un mouvement énergique et je m'assois sur l'une des chaises vides. Je me sens un petit peu plus à l'aise, sachant que tout cela fait partie de ce qui va arriver ensuite.

— Qui nous a envoyés ? répond l'autre type à son tour. Bien essayé, Ed, mais tu sais que nous ne pouvons pas te le dire. Rien ne nous ferait plus plaisir, mais nous ne le savons même pas nous-mêmes. Nous, nous faisons notre travail et on nous paye.

J'explose.

— Quoi ?!?

C'est une accusation. Pas une question.

— Et moi, personne ne me paye ! Personne ne me donne…

Je me fais gifler.

Avec force.

Le type se rassoit et continue à manger, trempant le dernier bout de croûte dans la grosse flaque de sauce de son assiette.

Je pense :

Ça va déborder, merci beaucoup.

Il mange calmement la croûte, en avale la moitié et dit :

— Oh, pitié, Ed, arrête de geindre ! Nous avons tous nos missions, tu sais. Nous souffrons tous. Toutes ces épreuves, nous les endurons pour le bien supérieur de l'humanité.

Il a impressionné son pote – et lui-même.

Tous deux hochent la tête d'un air approbateur.

— Bien, lui dit l'autre. Essaye de bien te rappeler tout.

— Ouais, euh, c'était quoi déjà ? Le bien supérieur de…

Il réfléchit dur mais ne trouve plus.

— L'humanité, je réponds, à voix trop basse.

— Comment, Ed ?

— L'humanité !

— Bien sûr ! Je peux t'emprunter un stylo, Ed ?

— Non.

— Pourquoi ?

— C'est pas une papeterie, ici.

— Et voilà encore ce ton !

Il se lève, me gifle encore plus fort et se rassoit tranquillement.

— Hé, ça fait mal, je dis.

109

— Merci.

Il regarde sa main, avec les traînées de sang et de crasse.

— Tu es vraiment dans un sale état, Ed, tu sais ?

— Je sais.

— C'est quoi ton problème ?

— Je veux de la tourte.

Je vous jure – et je suis sûr que vous serez d'accord avec moi, vu certaines de mes actions précédentes –, parfois, je suis un vrai gosse. Un gosse super pénible. Marv n'est pas le seul.

Le type qui m'a giflé imite ma voix enfantine :

— Je veux de la tourte…

Il va jusqu'à soupirer :

— Non mais tu t'entends, Ed ? Grandis, pour l'amour de Dieu.

— Je sais.

— Bon, c'est la première étape.

— Merci.

— On en était où, d'ailleurs ?

On se met tous à réfléchir.

En silence.

Le Portier arrive, l'air coupable comme la mort.

Il arrive quand même à me demander : *Euh, un café, ça serait pas possible, j'imagine ?* Non mais quel culot !

Pour toute réponse, je le fusille du regard et il s'en va. Il a compris qu'il n'était pas dans mes petits papiers.

Nous le regardons sortir tous les trois.

— On le sent venir, hein ? demande un des types.

— Tu peux le dire.

Celui des deux qui mange le plus lentement finit quand même par se lever et commence à rincer les assiettes dans l'évier.

— Laisse tomber, je lui dis.

— Non, non… on est civilisés, tu te rappelles ?

— Ah ouais, c'est vrai.

Il se retourne.

— J'ai de la sauce sur la cagoule ?

110

— Pas que je voie, répond l'autre. Et moi ?

Son pote se penche pour l'examiner.

— Nan, t'es propre.

— Bien.

L'autre s'agite sous sa cagoule.

— Ah, quelle saloperie ce truc. Ça gratte comme tout.

— Arrête de geindre, Keith.

— Elle gratte pas, la tienne ?

— Mais bien sûr que si ! répond Daryl, l'air stupéfait de tenir une conversation pareille. Mais moi, tu ne m'entends pas me plaindre toutes les cinq minutes, non ?

— Ça fait une heure qu'on est là.

— Ça ne change rien, rappelle-toi : il nous faut souffrir certaines choses pour le bien supérieur de...

Il claque des doigts à mon intention.

— Ah, euh, de l'humanité.

— C'est ça. Merci, Ed. Parfait. Bon travail.

— Pas de souci.

On est assez potes, maintenant. Je le sens.

— Bon, on pourrait terminer pour que je puisse enlever ce masque en laine, Daryl ?

— Et toi, Keith, tu pourrais te montrer un tout petit peu discipliné ? Tous les tueurs obéissent à une discipline impeccable, oui !

Je demande :

— Les tueurs ?

Daryl hausse les épaules.

— Oh, tu sais, c'est le nom que nous nous donnons.

— Ça m'a l'air plausible.

Daryl réfléchit.

— D'accord, Keith, tu as raison. On ferait mieux de partir vite. Tu as le pistolet, pas vrai ?

— Oui. Il était dans son tiroir.

— Bien.

Daryl tire une enveloppe de sa poche. Dessus, il y a écrit les mots *Ed Kennedy*.

— J'ai un message pour toi, Ed. Lève-toi s'il te plaît, fiston.

111

J'obéis.

— Je suis désolé, poursuit Daryl, mais j'ai des instructions. Je dois te dire une chose : pour l'instant, tu te débrouilles bien. (Il baisse la voix.) Et juste entre toi et moi – et je pourrais me faire salement amocher pour t'avoir dit ça –, nous savons que tu n'as pas tué l'autre type...

Là encore, il s'excuse, et m'expédie son poing dans les côtes.

Je suis plié en deux.

Le sol de la cuisine est répugnant.

Il y a des poils du Portier partout.

Un poing atterrit sur ma nuque, comme un marteau. Je goûte au sol.

Il rejoint ma bouche.

Je sens l'enveloppe atterrir lentement sur mon dos.

Loin, très loin, j'entends encore une dernière fois la voix de Daryl. Il dit :

— Désolé, Ed. Bonne chance.

Leurs pas résonnent dans la maison et j'entends Keith aussi :

— Je peux enlever la cagoule maintenant ?

— Bientôt !! répond Daryl.

La lumière de la cuisine s'évanouit, et je coule encore.

♣ 3 L'enveloppe

J'aimerais pouvoir vous raconter que le Portier m'aide à me relever, mais bien sûr il ne le fait pas. Il s'approche et me lèche deux ou trois fois avant que je trouve assez de forces pour me mettre debout.

La lumière plonge sur moi.

La douleur se lève.

J'essaye de rester en équilibre. Le Portier tangue et je l'appelle à l'aide désespérément. Mais tout ce que je peux faire, c'est tanguer en le regardant.

Du coin de l'œil, j'aperçois quelque chose par terre.

Je m'en souviens.

L'enveloppe.

Elle est tombée de mon dos sous une chaise de la cuisine, avec tous les poils du Portier.

Je me penche pour la ramasser, la tenant entre les doigts comme un gosse le ferait avec un truc dégoûtant, du style mouchoir sale.

Le Portier sur les talons, j'effectue une retraite vers le salon et m'effondre gracieusement sur le canapé. L'enveloppe frissonne, en une imitation moqueuse du danger qu'elle représente, comme pour dire : *Ce ne sont que des mots et du papier.* Elle ne précise pas que ces mots pourraient être des mots de mort, de viol, ou de missions horribles pleines de sang.

Ou Sophie, ou Milla, je corrige.

Dans tous les cas, on est assis sur le canapé.

Le Portier et moi.

— *Eh bien ?* demande-t-il, le menton posé par terre.

— *Je sais.*

Je dois obéir.

Je déchire l'enveloppe et l'as de trèfle en tombe, accompagné d'une lettre.

Cher Ed,

Tout semble bien se passer si vous lisez ceci. J'espère sincèrement que votre tête ne vous fait pas trop souffrir. Keith et Daryl ont certainement précisé que nous sommes tous satisfaits de vos progrès. Si mon instinct ne me trompe pas, ils ont sans doute laissé échapper que nous savons aussi une chose : vous n'avez pas tué l'homme d'Edgar Street. Bien joué. Vous avez géré cette situation de manière propre, avec une bonne exécution. Très impressionnant, vraiment. Félicitations.

De plus, au cas où vous vous poseriez la question, M. Edgar Street a pris un train pour une vieille ville minière il n'y a pas longtemps. Je suis certain que vous serez heureux de l'apprendre...

À présent, quelques autres défis vous attendent.

Le trèfle, ce n'est pas de la tarte, mon fils.
La question est : en avez-vous envie ?
Ou cette question est-elle dénuée de fondement ? Vous
n'aviez certainement pas envie de l'as de carreau.
Mais vous l'avez fait.
Bonne chance et continuez à porter les messages. Je suis
persuadé que vous l'avez compris : votre vie en dépend.
Au revoir.

Parfait.

Absolument parfait.

Je tremble à l'idée que l'as de trèfle révèle ses intentions. Ma raison tout entière me dit de ne pas le ramasser. Contre toute réalité, je vois même le Portier en train de manger la carte.

Le seul problème, c'est que je sens cette fichue carte au bout de mon gros orteil. On dirait la force de gravité, une croix attachée dans mon dos.

Elle est entre mes doigts.

Je la tiens.

Elle est devant mes yeux.

Je la lis.

Vous voyez, quand vous voulez faire quelque chose et que vous comprenez quelques secondes plus tard que vous l'avez fait ? C'est ce qui vient de se passer. Et me voilà à lire l'as de trèfle, en m'attendant à une nouvelle liste d'adresses.

Je me trompe.

Évidemment. Ça ne va pas être aussi facile. Cette fois, il n'y a aucune adresse. Aucune uniformité. Rien de certain. Chaque partie est un test, et en partie à cause de l'inattendu.

Cette fois-ci, ce sont des mots.

Rien que des mots.

Sur la carte est écrit :

Dis une prière
Aux pierres du foyer

114

Alors, vous pouvez me dire, s'il vous plaît... qu'est-ce que ça peut bien signifier ? Au moins, les adresses étaient bien nettes et sèches. Les pierres du foyer, ça pourrait être n'importe quoi. N'importe où. N'importe qui. Comment je fais pour trouver un endroit sans image, ni indication ?

Les mots murmurent.

La carte se chuchote à mon oreille, comme si mes souvenirs devaient être immédiats.

Pourtant il n'y a rien.

Rien que la carte, moi, et un chien endormi qui ronfle doucement.

Plus tard, je me réveille, en boule sur le canapé, et je vois que j'ai encore saigné de l'arrière du crâne. Il y a du sang sur le canapé, et on dirait de la rouille sur mon cou. La douleur revient, mais ni aiguë ni déchirante. Constante, c'est tout.

La carte est sur la table basse, flottant sur la poussière. Comme si elle poussait dessus.

Dehors, il fait nuit.

La lumière de la cuisine est forte.

Je me dirige vers elle, et elle m'assourdit.

Le sang couleur rouille me gratte le cou et descend dans mon dos. En chemin, je décide que j'ai soif, j'éteins et avance à tâtons vers le frigo, dans le noir. Je trouve une bière en bas et je reviens au salon. J'essaye de boire et d'avoir le moral. Dans mon cas, ça veut dire ne pas faire attention à la carte. Je tapote du pied le Portier, en me demandant quelle heure et quel jour on est, et ce qu'il pourrait y avoir à la télé si je prenais la peine de me lever pour l'allumer. Quelques livres sont posés par terre. Je ne vais pas les lire maintenant.

Quelque chose me coule dans le dos.

Ma tête saigne de nouveau.

— Une autre ?

— Une autre.

— Quelle couleur cette fois ?

— Trèfle.

— Et tu n'as aucune idée de qui les envoie ?

Audrey remarque la bière renversée sur ma veste, et le sang sur mon cou, désormais croûteux et dégoûtant.

— Bon sang, qu'est-ce qui t'est arrivé la nuit dernière ?

— T'inquiète pas.

Je me sens un peu pitoyable, pour vous dire la vérité. La première chose que j'ai faite au lever du soleil, c'est d'aller chez Audrey chercher de l'aide. Au milieu de notre conversation devant la porte d'entrée, je me rends compte à quel point je tremble. Le soleil me réchauffe, mais ma peau essaye de se libérer de moi. Elle lutte contre ma chair.

Je me demande *Je peux entrer ?*, mais ma réponse arrive au mauvais moment, alors que le type du boulot apparaît dans le fond. Il demande :

— Qui c'est, chérie ?

— Oh... hésite Audrey.

Mal à l'aise.

Puis, désinvolte :

— Oh, c'est rien qu'Ed.

Rien qu'Ed.

— En tout cas, je te vois bientôt...

Je recule un peu. J'attends.

Quoi ?

Elle.

Mais elle ne vient pas.

Enfin, elle fait quelques pas dehors et dit :

— Tu seras chez toi tout à l'heure, Ed ?

Je continue à reculer.

— Je ne sais pas.

116

C'est la vérité. Je ne sais vraiment pas. Mon jean colle à mes jambes, on dirait qu'il a mille ans. C'est presque une méduse. Ma chemise me brûle comme de la glace. Mon blouson me frotte les bras, j'ai les cheveux en bataille, et les yeux injectés de sang. Et je ne sais toujours pas quel jour on est.

Rien qu'Ed.

Je me détourne.

Rien qu'Ed s'en va.

Rien qu'Ed s'en va vite.

Il tente de courir.

Mais il trébuche.

Après un dérapage, il revient à la marche, en entendant la voix d'Audrey qui l'appelle et se rapproche.

— Ed?... Ed?!

Rien qu'Ed se retourne pour l'écouter.

— Je passe tout à l'heure, OK?

Il abandonne.

— D'accord. À plus, alors.

Et il s'éloigne. Il a une vision d'Audrey sur le pas de la porte...

Un T-shirt trop grand qui sert de pyjama. Des cheveux du matin magnifiques. Des hanches faites pour les mains. Les jambes, élancées et baignées de soleil. Les lèvres sèches, encore pleines de sommeil. Des marques de dents dans le cou.

Seigneur, je peux presque sentir le sexe sur elle.

Et je souhaite en silence de sentir pareil.

Pourtant, je ne sens que le sang séché et la boisson qui fait une tache collante sur mon blouson.

C'est une belle journée.

Pas un nuage dans le ciel.

Plus tard, je me dis devant mes corn-flakes : *Arrête de geindre – et au fait, Ed, on est mardi. Ce soir, tu travailles.*

J'évacue l'as de trèfle dans le même tiroir du haut que l'as de carreau. J'imagine les quatre as dans ce tiroir, en éventail, comme dans un jeu de cartes. Je n'aurais jamais

117

pensé qu'un jour, je n'en voudrais pas. Dans une partie, on prie pour avoir une main pareille. Ma vie n'est pas une partie de cartes.

Je suis à peu près sûr que Marv va bientôt me retomber dessus. Il va vouloir que je coure avec lui pour nous préparer au Match annuel des insultes. J'arrive même à rire un peu à cette idée – en nous imaginant en train de galoper pieds nus dans la rosée et les mauvaises herbes horribles sur les pelouses des maisons. Inutile de courir en chaussures si la partie se joue pieds nus.

Audrey arrive vers dix heures, toute lavée et sentant le propre. Elle a les cheveux noués, sauf quelques mèches superbes qui lui tombent sur les yeux. Elle porte un jean, des bottes marron et une chemise bleue avec l'inscription *Taxis libres* brodée sur la poche.

— Salut, Ed.

— Salut, Audrey.

On s'assoit sur la terrasse, les jambes pendantes. Quelques nuages sont apparus.

— Alors, qu'est-ce qu'elle dit, celle-là ?

Je me racle la gorge et déclare calmement :

— Euh… « Dis une prière aux pierres du foyer. »

Silence.

Audrey finit par demander :

— Tu as une idée ?

Elle a les yeux posés sur moi. Je les sens. Je sens leur douceur.

— Aucune.

— Et pour ta tête, et…

Elle me regarde d'un air dc dégoût inquiet.

— … tout le reste.

Elle le dit :

— Ed, tu es dans un état horrible.

— Je sais.

Mes mots tombent sur mes pieds et glissent dans l'herbe.

— Qu'est-ce que tu as fait aux adresses de la première carte, d'ailleurs ?

118

— Tu veux vraiment l'entendre ?

— Oui.

Je le dis et je le revois :

— Eh bien, j'ai dû faire la lecture à une vieille dame, permettre à une gentille fille de courir pieds nus jusqu'à ce qu'elle se fasse marcher dessus, ensanglantée et glorieuse, et...

Je continue, toujours calmement :

— J'ai dû tuer un homme qui violait sa femme à peu près tous les soirs.

Le soleil émerge d'un petit nuage

— Tu es sérieux ?

— J'en parlerais, sinon ?

J'essaye d'avoir l'air agressif, mais rien ne vient. Je n'en ai pas l'énergie.

Audrey n'ose plus me regarder, craignant de voir la réponse sur ma figure.

— Tu l'as fait ?

Je me sens coupable de lui parler sur ce ton, et même de lui dire tout ça. Elle ne peut rien pour moi. Elle ne peut même pas essayer de comprendre. Elle ne saura jamais. Audrey ne verra jamais les bras de cette gamine, Angelina, serrés autour de mon cou, ni sa mère en morceaux dans le supermarché. Elle ne saura jamais la froideur de cette arme ; elle ne saura pas que Milla voulait follement entendre qu'elle avait bien traité Jimmy – qu'elle ne l'avait pas laissé tomber. Audrey ne comprendra jamais la timidité de Sophie ni le silence de sa beauté.

Pendant une seconde ou deux, je suis perdu.

Dans mes pensées.

Dans ces personnes.

Quand j'en sors et que je me retrouve assis à côté d'Audrey, je réponds à sa question :

— Non, Audrey, je ne l'ai pas tué, mais...

— Mais quoi ?

Je sens des larmes pointer dans mes yeux. Je les garde.

— Alors, Ed ? Qu'est-ce que tu as fait ?

Lentement. Je dis les mots. Lentement.

Lentement...

— J'ai amené cet homme à la Cathédrale et lui ai collé un pistolet sur la tête. J'ai appuyé sur la détente mais je ne l'ai pas touché. J'ai visé le soleil.

Ça ne m'aide pas d'en parler comme ça.

— Il a quitté la ville et n'est pas revenu. Je ne sais pas s'il reviendra un jour.

— Est-ce qu'il le mérite ?

— Quel rapport, le mérite ? Bon Dieu, qui je suis pour décider, Audrey ?

— D'accord.

Elle pose une main sur moi, doucement.

— Calme-toi.

Je craque.

— Me calmer ? Me calmer ?! Alors que tu baises avec ce type, que Marv a prévu ce match de foot débile, que Ritchie fait Dieu sait ce qu'il fait lorsqu'il ne joue pas aux cartes, et que le reste de cette ville dort, moi, je lave son linge sale !

— Tu as été choisi.

— Alors ça, c'est rassurant !

— Et cette vieille dame, et cette fille ? Ce n'était pas bien ?

Je ralentis.

— Ouais, d'accord, mais...

— Elles ne valaient pas le coup, comparées à l'autre ?

Bon Dieu.

Je la déteste.

Je suis d'accord.

— C'est juste que... j'aurais aimé que ça soit plus facile pour moi, tu vois ?

Je fais bien attention à ne pas la regarder.

— J'aurais aimé que ce soit quelqu'un d'autre qui soit choisi. Quelqu'un de compétent. Si seulement je n'avais pas arrêté ce hold-up. J'aurais préféré ne pas subir tout ça.

Les mots jaillissent comme du lait renversé.

120

— Et j'aurais aimé que ce soit moi avec toi, et pas cet autre type. J'aurais aimé que ce soit ma peau qui touche la tienne...

Et voilà.

La bêtise sous sa forme la plus pure.

— Oh, Ed...

Audrey détourne les yeux.

— Oh, Ed...

Nos pieds pendent.

Je les regarde, puis le jean sur les jambes d'Audrey.

On reste assis là.

Audrey et moi.

Et le malaise.

Qui s'insinue entre nous.

Elle dit vite :

— Tu es mon meilleur ami, Ed.

— Je sais.

On peut tuer un homme avec des mots.

Pas d'arme.

Pas de balles.

Juste des mots et une fille.

On reste assis sur la terrasse encore un moment, je regarde les jambes d'Audrey. Ses genoux. Si seulement je pouvais me mettre en boule et y dormir. Ce n'est que le début de toute cette histoire, mais je suis déjà épuisé.

C'est le moment de prendre une décision.

Il faut que je me ressaisisse.

♣ 5   Le taxi, la putain et Alice

C'est le soir et je roule vers la ville. Dans le lointain, les immeubles font de l'ombre au crépuscule.

La soirée est tranquille, c'est le moment de réfléchir.

La personne la plus intéressante que je prends est une femme qui a l'air d'une prostituée. Elle s'assoit devant. Elle a le corps dur. Physique. Ses cheveux ondulent dans

121

ma direction et elle a une bouche splendide, malgré ses vilaines dents. Elle dit des mots blonds et doux. Et elle termine toutes ses phrases par un terme affectueux.

« Pourquoi tu fais la tête, chéri ? »

« Je n'ai jamais pris ce chemin, mignon. »

Contrairement aux clichés, elle porte un maquillage léger, de très bon goût. Elle ne mâche pas de chewing-gum. Elle porte des bottes hautes et noires, un polo blanc qui la met superbement en valeur, et une veste sombre.

Concentre-toi sur la route, Ed.

— Chéri ?

Je me tourne vers elle.

— Tu te rappelles où on va, mignon ?

Je me racle la gorge.

— Le *Quay Grand* ?

— C'est bien ça. Il faut que j'y sois à vingt-deux heures. Ça ira, trésor ?

— Bien sûr.

Je lui lance un regard amical. J'aime bien les clients comme elle.

À l'arrivée, le compteur marque onze dollars soixante-cinq, mais elle m'en donne quinze en me disant de garder la monnaie. Elle se penche à la portière.

— Tu as l'air mignon.

Je souris :

— Merci.

— Pour l'argent ou le compliment ?

— Les deux.

Là-dessus, elle me tend la main en se présentant :

— Je m'appelle Alice.

Je la lui serre.

— Eux, ils m'appellent Sheeba, mais tu peux m'appeler Alice, d'accord chéri ?

— D'accord.

— Et toi, c'est ?

— Ah...

Elle n'a pas dû voir ma carte de chauffeur sur le tableau de bord.

122

Je lâche sa main à contrecœur et je réponds :

— Ed. Ed Kennedy.

Elle me dit une dernière gentillesse :

— Eh bien, merci pour le taxi, Ed. Et ne t'en fais pas trop. Fais-toi plaisir, d'accord, mignon ?

— Pas de souci.

Elle s'éloigne et je l'imagine qui se retourne pour me demander :

— Tu pourrais venir me chercher en matinée, Ed ?

Mais non.

Elle est partie.

Alice n'habite plus ici.

Je reste seul assis dans mon taxi, à la regarder marcher jusqu'à l'hôtel.

Derrière moi, une voiture klaxonne, énervée, et un type rugit par la portière :

— Oh, le taxi, t'avances ?!

Il a raison. On est nuls.

Roulant dans la nuit, j'imagine Alice se transformer en Sheeba. J'entends sa voix, je la sens dans la chambre d'hôtel aux lumières tamisées, au-dessus de la baie de Sydney.

— C'est bon, chéri ?

— Oh, trésor...

— Oui, chéri, c'est bon, vas-y, mon mignon, continue...

Je me vois sous elle.

On m'a pris, on me fait l'amour.

Je la sens.

Je la connais.

Je goûte à sa bouche de champagne.

Sans voir ses vilaines dents.

Je ferme les yeux et je la goûte.

Je touche sa peau nue.

Le polo blanc par terre.

Sa veste à côté de nous.

123

Les bottes oubliées – en triangle près de la porte.

Je me sens en elle.

— Oh, halète-t-elle, Ed, oh, oui, Ed...

Je m'y enfonce.

— Oh, Ed...

— C'est rouge! me hurle le type sur la banquette arrière.

Je freine comme un fou.

— Enfin, mon pote!

— Désolé.

Je prends une profonde inspiration.

C'était sympa d'oublier l'as de trèfle et Audrey un moment, mais je retourne à la réalité. La voix de l'homme a emporté ces deux souvenirs.

— C'est vert, là, mon gars.

— Merci.

Je roule.

6♣ Les pierres

Chez moi.

Je rentre. Le soleil pointe à l'horizon. Aucune circulation. Je me gare sur le parking de *Taxis libres*.

Comme toujours, je retourne à ma bicoque.

Le Portier est content de me voir.

Nous buvons le café obligatoire ensemble et je sors la carte du tiroir. J'essaye de la regarder d'un œil neuf, de la prendre à l'improviste pour qu'elle me révèle ses secrets.

Cette nuit au volant aurait pu me faire basculer d'un côté ou de l'autre, mais je me sens prêt maintenant. Je veux me débarrasser de ma grande bouche lamentable qui geint et trouve des excuses, et continuer ma vie. Dans le salon où la lumière grandit, je me mets face au mur. *Arrête d'en vouloir aux cartes, Ed. Accepte-les.* Je sors sur la terrasse et j'embrasse du regard ma petite vue limitée du monde. Ce monde, je veux m'en emparer et, pour la toute première fois, j'ai l'impression d'en être capable.

Pour l'instant, j'ai survécu à tout. Je suis encore debout. D'accord, je suis debout sur une terrasse minable, collée à une baraque merdique, et qui suis-je pour dire que le monde n'est pas pareil ? Mais Dieu sait que le monde s'empare de nous, lui. Le Portier est au garde-à-vous à côté de moi ou, en tout cas, il fait de son mieux. Il a même l'air fiable et obéissant. Je me penche vers lui et je lui dis : « Il est l'heure. »

Combien de gens ont cette chance ?

Et sur les quelques-uns qui l'ont, combien la saisissent ?

Je m'accroupis et pose la main sur l'épaule du Portier (ou ce qui en tient lieu chez un chien), et on part trouver les pierres du foyer.

Au milieu de la rue, on s'arrête.

On s'arrête parce qu'on a un tout petit problème.

On n'a aucune idée d'où elles se trouvent.

Le reste de la semaine passe tranquillement – en alternant parties de cartes, travail et farniente avec le Portier. Le jeudi soir, je tape dans le ballon avec Marv sur le terrain du quartier, et après, je le regarde se soûler chez lui.

« Juste un peu plus d'un mois avant le grand match », dit Marv en sirotant la bière de son père.

Il n'achète jamais la sienne. Jamais.

Marv, il vit encore chez ses parents. La maison est pas mal à l'intérieur, je dois dire. Parquet. Vitres propres. C'est sa mère et Marissa qui font tout, bien sûr. Marv, son fainéant de frère et leur vieux ne lèvent pas le petit doigt. Marv paye un petit loyer et met tout le reste à la banque. Parfois, je me demande pour quoi il économise. Au dernier pointage, il a dit qu'il arrivait à trente mille.

— Quel poste tu veux, Ed ? Dans l'équipe.

— Aucune idée.

— Je veux jouer demi, me confie Marv, mais je vais sans doute encore jouer ailier. Et toi, tout maigrichon que tu es, tu seras demi avant.

— Merci beaucoup.

— C'est pas vrai ?

Un point pour lui. Il continue :

— Cela dit, quand tu te sors les doigts, tu sais tout à fait jouer.

C'est là que je devrais dire à Marv qu'il joue bien lui aussi, mais non. Je reste bouche close.

— Ed ?

Rien.

Je repense à l'as de trèfle, et à l'endroit où peuvent bien être ces pierres du foyer.

— Ed ?

Marv tape dans ses mains.

— T'es là ?

L'espace d'un instant, j'ai envie de lui demander s'il a entendu parler des pierres du foyer, mais quelque chose m'arrête. Il ne comprendra pas, et je sais à coup sûr que si je dois être le messager, je dois agir seul.

— Tout va bien, Marv. Je pense à des trucs, c'est tout.

— Ça va te tuer. Tu ferais mieux de ne pas penser du tout.

D'un certain côté, j'aimerais bien. Je ne m'inquiéterais jamais de quoi que ce soit d'important. Je serais heureux, d'un bonheur pitoyable comme celui de notre ami Ritchie. Rien ne le touche, et il ne touche rien.

— T'en fais pas, Marv. Ça ira.

Marv a envie de parler, ce soir. Il me demande :

— Tu te rappelles cette fille que je voyais ?

— Suzanne.

Marv prononce le nom complet :

— Suzanne Boyd. (Il hausse les épaules.) Je me rappelle quand elle est partie avec sa famille sans m'en dire un mot. Ça va faire trois ans maintenant… J'y ai repensé à en devenir dingue. (Il fait écho à mes pensées.) Quelqu'un comme Ritchie, il n'en aurait rien à faire. Il la traiterait de salope, irait boire une bière et parier aux courses.

Puis Marv baisse les yeux avec un sourire morose.

126

— Et voilà, fini.

J'ai envie de lui parler.

J'ai envie de lui demander, pour cette fille, s'il l'aimait et si elle lui manque encore.

Pourtant, rien ne sort de ma bouche. Qu'est-ce que nous montrons de nous aux autres ?

Un long silence suit, que je finis par briser. Comme quelqu'un qui part en vrille et se lance. Ici, c'est une question que je lance à mon ami.

— Marv ?

— Quoi ?

Tout à coup, il me transperce du regard.

— Comment tu te sentirais si tu devais aller quelque part tout de suite, mais sans savoir comment y arriver ?

Marv étudie la question. Il semble avoir oublié la fille pour l'instant.

— Comme si je ratais le Match annuel des insultes ?

Je laisse filer :

— Par exemple.

— Eh bien...

Il réfléchit de toutes ses forces, en grattant d'une main épaisse sa barbe blonde de deux jours. Oui, le match est important à ce point-là.

— Eh bien, je serais tout le temps en train d'imaginer ce qui se passe, en sachant que je ne peux rien y faire parce que je suis trop loin.

— Agaçant ?

— Tout à fait.

J'ai regardé des cartes. J'ai trouvé de vieux livres qui appartenaient à mon père et j'ai lu des récits sur la région. Et pourtant, rien ne m'a dit où je pourrais trouver les pierres du foyer. Les jours et les nuits partent en morceaux. Je les sens usés aux coutures. À chaque instant, j'ai l'impression qu'il y aura un nouvel événement et qu'il faudra m'y adapter. Ou m'arrêter.

On joue aux cartes.

Je suis allé quelquefois à Edgar Street et rien n'a changé. L'homme n'est toujours pas revenu. Je ne pense pas qu'il reviendra.

La mère et la fille avaient l'air heureuses quand je les ai vues. J'en reste là.

Un soir, je vais chez Milla lui faire la lecture.

Elle est ravie de me revoir et je dois vous dire que c'est bon d'être de nouveau Jimmy. Je bois du thé et j'embrasse la joue ridée de Milla en partant.

Le samedi, je vais voir Sophie courir. Elle arrive encore deuxième, mais, tenant parole, elle court pieds nus. Elle me voit et m'adresse un signe de tête. Rien n'est dit, parce que c'est pendant la course. Je suis derrière la barrière, sur la ligne droite. À cet instant fugace, nous nous reconnaissons, et cela suffit.

« Tu me manques, Ed. »

Je l'entends cet après-midi-là dans le parc. Même aujourd'hui, en voyant son visage au passage, je sais qu'elle me dit : *Je suis contente que tu sois venu.*

Je suis content aussi, mais je pars dès que la course est finie.

Et au travail, ce soir… ça arrive.

Je trouve les pierres du foyer.

Ou, pour être honnête :

C'est elles qui me trouvent.

En ville, je cherche Alice du regard, en particulier à proximité du *Quay* ou du *Cross*. Mais elle n'est nulle part, ce qui est un peu décevant. Les seuls clients réguliers sont des vieux types qui connaissent toujours un meilleur itinéraire, ou des yuppies en costard qui passent leur temps à regarder leur montre ou à téléphoner.

Il est tard. Vers quatre heures du matin, je prends un jeune homme sur le chemin du retour. Il me fait signe, je l'évalue du regard. Il a l'air assez normal, pas du tout le genre à vomir. La dernière chose dont j'ai envie, c'est qu'on me vomisse dans le taxi juste avant la fin de mon service. Ça peut vous bousiller la nuit en quelques regrettables secondes.

Je me gare et il monte.

— Où on va ? je demande.

— Roule, c'est tout.

Je sens la menace dès l'instant où il ouvre la bouche.

— Roule jusqu'à chez moi.

Je suis nerveux, mais j'arrive encore à demander :

— Où c'est, chez vous ?

Il se tourne vers moi, inquiétant.

— C'est là où tu vis, toi.

Ses yeux sont d'un jaune étrange, comme ceux d'un chat. Des cheveux noirs coupés court. Des vêtements noirs, et encore deux mots :

— Roule, Ed.

Naturellement, j'obéis.

Il connaît mon nom, et je sais qu'il m'amène là où veut l'as de trèfle.

On roule en silence un moment, regardant défiler les réverbères. Il est assis à l'avant, et chaque fois que j'essaye de le regarder, je n'y arrive pas. Je sens toujours ses yeux. Prêts à me griffer.

J'essaye de lancer la conversation.

— Alors, je commence.

Lamentable, je sais.

— Alors quoi ?

J'essaye une autre technique. Je tente le coup :

— Vous connaissez Daryl et Keith ?

— Hein ? Qui ça ?

La dérision dans sa voix m'horrifie – pourtant, j'insiste vaillamment :

— Vous savez bien... Daryl et...

— C'est bon mon pote, j'avais entendu. (Sa voix durcit.) Dis encore d'autres noms comme ça, et je te jure que tu n'arriveras même pas chez toi.

À ce stade, je me demande pourquoi tous les gens qui me rendent visite sont soit violents, soit raisonneurs, soit les deux ? J'ai beau faire de mon mieux, je finis toujours par avoir des gens comme ça dans ma baraque ou mon taxi.

Pour des raisons évidentes, je ne dis plus un mot. On s'approche. Je me contente de rouler en tentant de lui

129

jeter quelques regards en douce, mais en vain. On arrive dans Main Street.

— Va tout au bout, Ed.

— Au bout de la rivière ?

— Fais pas le malin. Roule, c'est tout.

Je passe devant chez moi.

Chez Audrey.

Jusqu'à la rivière.

— Ici.

Je me gare.

— Parfait, merci.

— Ça fera vingt-sept dollars cinquante.

— Quoi ?

Ça demande du courage de l'ouvrir. Ce type a l'air prêt à me tuer.

— J'ai dit : vingt-sept dollars cinquante.

— Je paye pas.

Je le crois.

Je le crois parce qu'il reste assis là, avec ses pupilles noires qui se dilatent au milieu de tout ce jaune. Ce type ne va pas me payer. Aucune discussion. Inutile de batailler – mais j'essaye quand même :

— Pourquoi pas ?

— Je les ai pas.

— Je vais garder votre veste alors.

Il s'approche, et pour la première fois, presque amical :

— Ils avaient raison : t'es un sacré petit entêté, hein ?

— Qui vous l'a dit ?

Pas de réponse.

Ses yeux deviennent fous, il ouvre la portière et s'éjecte du taxi.

Une pause.

Je me sens pris au piège, puis je bondis à mon tour du taxi et je le course. Vers la rivière.

L'herbe molle et les mots.

« Reviens ici ! »

Des pensées étranges.

Des pensées du genre : *Revenir, Ed ? « Reviens ici »,* *c'est si banal. C'est ce que crient tous les chauffeurs de taxi dans cette situation. Tu dois trouver de nouvelles répliques. C'est un miracle que tu n'aies pas ajouté « voyou » à la fin...*

Mes jambes se raidissent.

L'air me frôle la bouche mais n'y entre pas.

Je cours.

Je cours – et j'éprouve une sensation familière, une nausée.

C'était quand j'étais gosse, et que je coursais mon petit frère Tommy. Celui qui vit en ville, avec de meilleures perspectives d'avenir, et qui s'y connaît mieux que moi en tables basses. Bien sûr, il était plus rapide que moi, même à l'époque. Meilleur. Il l'a toujours été et c'en était gênant. C'était une honte d'avoir un petit frère plus rapide, plus costaud, plus malin, meilleur en tout. Mais il l'était. Aussi simple que ça.

On allait pêcher dans la rivière, en amont, et on faisait la course à qui arriverait le premier. Pas une fois je n'ai gagné. Bien sûr, je me disais que j'aurais pu, si j'avais vraiment essayé.

Donc une fois...

J'ai vraiment essayé.

Et j'ai perdu.

Ce jour-là, Tommy a aussi trouvé de nouvelles ressources, et m'a battu d'au moins cinq mètres.

J'avais onze ans.

Lui, dix.

Presque une décennie plus tard, me voilà encore à courser quelqu'un de plus rapide, de plus costaud, de meilleur.

Au bout de un kilomètre, mes poumons se bloquent.

Il se retourne.

Mes jambes me lâchent.

Je m'arrête.

C'est fini.

Un rire s'échappe de ses lèvres, à vingt mètres devant moi.

« Pas de chance, Ed », et il se retourne.

131

Il a disparu.

Je regarde ses jambes se fondre dans l'obscurité, en fouillant dans mes souvenirs.

Un vent sombre se fraye un chemin dans les arbres.

Le ciel est nerveux. Bleu et noir.

Mon cœur applaudit dans mes oreilles, d'abord pareil à une foule rugissante, puis il ralentit de plus en plus, solitaire et sarcastique à fond.

Clap clap clap.

Clap.

Bien joué, Ed.

Bel abandon.

Je suis là dans l'herbe haute et, pour la première fois, j'entends la rivière. On dirait qu'elle boit. Je la regarde et je vois des étoiles dedans. On les dirait peintes à la surface de l'eau.

Le taxi. Il est resté ouvert. Les clés sont aussi dessus – la pire faute qu'un chauffeur de taxi puisse commettre en poursuivant un mauvais payeur. Un péché mortel, en fait. Il faut toujours prendre les clés. Et toujours verrouiller la voiture. Mais moi, je ne l'ai pas fait.

Je vois le taxi dans ma tête.

Seul sur la route.

Les deux portières ouvertes. Je murmure :

« Il faut que j'y retourne. »

Mais je n'y vais pas.

Je reste immobile jusqu'à la première lueur, et je vois mon frère et moi en train de faire la course.

Je me vois derrière lui.

Je nous vois pêchant tous les deux sur la berge, puis remontant la rivière, dépassant les dernières maisons. Plus loin, là où il faut grimper, où on pêchait assis sur les pierres.

Les pierres.

Les pierres lisses.

Comme…

Au début j'avance lentement, puis j'accélère. J'accélère en remontant la rivière.

Je suis mon frère et moi, puis je grimpe.

132

Je grimpe en m'aidant de mes pieds et de mes mains, tandis que l'eau dévale la pente à grand bruit. Le monde s'éclaire, il prend forme et couleur. On dirait qu'on le peint autour de moi.

Mes pieds me démangent.

Ils se réchauffent.

Je les vois.

Je nous vois.

Là! Les pierres. Les pierres géantes. Mon Dieu, je nous vois là, jetant nos lignes avec espoir, et riant parfois. En nous jurant de n'en parler à personne.

J'y suis presque.

Dans le lointain, les portières du taxi sont toujours ouvertes.

Le soleil s'est levé – un pochoir orange sur un ciel de carton.

J'arrive au sommet et je m'agenouille.

Je souffle.

Heureux.

J'entends la rivière, je lève la tête, et je sais que je suis à genoux sur les pierres du foyer.

Il y a trois noms gravés dans la pierre.

Je les vois un peu plus tard en levant les yeux, et je m'en approche.

Les noms sont :

THOMAS O'REILLY
ANGIE CARUSSO
GAVIN ROSE

Pendant un moment, la rivière gronde dans mes oreilles et la sueur coule sous mes bras. Elle descend du côté gauche, passe sur ma cage thoracique, arrive en haut du pantalon.

Je cherche un papier et un stylo en sachant que je ne les ai pas, comme on donne une fausse réponse à une question dans l'espoir improbable qu'elle devienne vraie tout à coup.

C'est confirmé : je n'ai rien sur moi. J'écris donc les noms dans ma tête et je les repasse à l'encre. Puis je les grave.

Thomas O'Reilly.

Angie Carusso.

Gavin Rose.

Aucun de ces noms ne m'est familier, ce qui est bien. Ce serait sans doute encore plus dur si je connaissais les gens à qui on m'envoie.

Je regarde une dernière fois et je m'éloigne, répétant les noms pour ne pas les oublier.

Il me faut presque trois quarts d'heure pour revenir au taxi.

Quand j'y arrive, les portières sont fermées mais pas verrouillées, et les clés ne sont plus sur le contact. Je m'assois au volant et je baisse le pare-soleil. Elles tombent sur mes genoux.

7♣ Le prêtre

« O'Reilly, O'Reilly... »

Je parcours l'annuaire de la ville. Il est midi. J'ai dormi.

Il y a deux T. O'Reilly. L'un dans un bon quartier. L'autre dans la zone.

C'est celui-là. Dans la zone.

Je le sais.

Pour m'en assurer, je vais d'abord à l'adresse des beaux quartiers. Une belle maison en crépi avec une grosse allée pour la voiture. Je frappe à la porte.

— Ouais ?

Un grand type m'ouvre et me fixe derrière le panneau grillagé. Il porte un short, une chemise et des pantoufles.

— Désolé de vous déranger, mais...

— Vous vendez quelque chose ?

— Non.

— Vous êtes témoin de Jéhovah ?

— Non.

Il est stupéfait.

— Alors, dans ce cas, vous pouvez entrer.

Son ton a changé aussitôt et son regard devient amical. Je réfléchis à son offre, mais je la décline.

134

Nous restons donc séparés par le panneau grillagé. Je me demande comment m'y prendre, et je décide que l'approche la plus directe est sans doute la meilleure.

— Monsieur, êtes-vous Thomas O'Reilly?

Il s'approche et prend un moment pour répondre.

— Non mon gars, moi, c'est Tony. Thomas, c'est mon frère. Il habite dans un trou pourri d'Henry Street.

— D'accord, désolé pour le dérangement. Merci.

Je m'apprête à partir.

— Hé, attends.

Il ouvre la porte et me suit dehors.

— Qu'est-ce que tu veux à mon frère?

Un instant.

— Je ne sais pas encore.

— Tant que tu y es, tu pourrais me rendre un service quand tu le verras?

— Pas de souci.

— Tu pourras lui dire que la cupidité ne m'a pas encore englouti?

La phrase reste suspendue entre nous, comme un ballon privé d'air.

— Bien sûr. Pas de problème.

Je suis presque à la grille quand Tony O'Reilly me rappelle une dernière fois. Je me tourne vers lui.

— Je dois te prévenir, je pense...

Il se rapproche.

— Mon frère est prêtre.

Nous restons tous deux complètement silencieux pendant quelques secondes, pendant que je réfléchis à ça. Je dis enfin :

— Merci.

Et je m'éloigne.

Je m'en vais en pensant : *C'est toujours mieux qu'un type qui bat et qui viole sa femme.*

— Combien de fois je dois te le dire?

— Tu es bien sûr?

— Ce n'est pas moi, Ed. Si c'était moi, je te le dirais.

135

Je suis au téléphone avec mon frère Tommy. Après avoir été amené à la rivière et aux pierres du foyer, j'ai pensé à lui. À ma connaissance, Tommy est la seule autre personne qui sait, puisque nous n'en avons parlé à personne. Nous pensions toujours que c'était une bonne cachette, un endroit aussi loin en amont. Mais bon, peut-être que quelqu'un était au courant mais n'a rien dit. On savait tous les deux nager.

Avant ça, j'ai parlé des cartes à Tommy, ce à quoi il a répondu :

— Comment ça se fait que ce genre de choses t'arrive toujours à toi, Ed ? Dès qu'un truc bizarre passe dans les parages, c'est toujours sur toi qu'il tombe. On dirait que tu attires les conneries.

On a ri.

J'y ai repensé.

Chauffeur de taxi. Loser du coin. Pilier de la médiocrité. Nain sexuel. Joueur de cartes lamentable. Et maintenant, *aimant à conneries.*

Reconnaissons-le.

Je commence à avoir une bonne liste, là.

— Comment tu vas, Tommy, d'ailleurs ?

— Ça va bien. Et toi ?

— Pas mal.

Fin de la conversation.

Ce n'est pas Tommy.

On n'a pas trop joué aux cartes ces derniers temps, donc Marv organise une grande soirée. Le lieu choisi sera chez Ritchie. Ses vieux viennent de partir en vacances.

Avant d'aller chez Ritchie, je me dirige vers Henry Street pour trouver Thomas O'Reilly. En m'approchant, je sens mon estomac se nouer et mes mains chercher mes poches. La rue est dans un état effrayant, et elle a toujours été connue pour ça. C'est le royaume des toits aux tuiles brisées, des fenêtres brisées, des gens brisés.

Même la maison du père O'Reilly est douteuse. Je le vois déjà de loin.

Un toit de tôle rougi par la rouille.

Des murs en fibrociment blanc sale.

Une peinture craquelée et mal en point.

Un grillage défoncé qui lutte pour rester debout.

Et une grille à l'agonie.

J'y suis presque – et là, je me rends compte que je n'y arriverai jamais...

Trois gros costauds sortent d'une ruelle et me demandent des trucs. Ils ne sont nullement menaçants, mais je me sens seul et mal à l'aise rien qu'en leur présence.

— Hé, mec, t'as pas quarante cents ? me demande l'un d'eux.

— Ou des cigarettes ? fait le suivant.

— T'as vraiment besoin de ton blouson ?

— Allez, quoi – une cigarette, une seule. Je sais que tu fumes. Ça te tuera pas de m'en prêter une...

Je reste figé un instant, puis je fais demi-tour.

Vite fait.

Chez Ritchie, tandis que les autres jouent en bavardant, je revis sans cesse ce moment.

— Alors, Ritchie, où sont partis tes parents ? demande Audrey.

Un long silence, pendant qu'il réfléchit à la question.

— Aucune idée.

— Tu plaisantes, pas vrai ?

— Ils me l'ont dit mais j'ai oublié, sans doute.

Audrey hoche la tête d'un air incrédule et Marv se marre derrière la fumée de son cigare.

Je pense à Henry Street.

Ce soir, c'est moi qui gagne. Ça change.

Je perds quelques parties mais, dans l'ensemble, je remporte la plupart des manches.

Marv parle avec satisfaction du Match des insultes qui arrive. Il nous demande entre deux bouffées de cigare :

— Vous avez entendu, Ritchie et Ed ? Les Faucons ont un nouveau joueur cette année. À ce qu'on dit, il fait dans les cent cinquante.

Ritchie demande :

— Cent cinquante quoi ? kilos ?

Comme nous, Ritchie a joué ces dernières années, ailier, mais il s'y intéresse encore moins que moi. Pour vous donner une idée, pendant les arrêts de jeu, il va boire une ou deux bières dans le public.

— C'est bien ça, Ritchie, confirme Marv. C'est du sérieux, là. Des balèzes de cent cinquante.

— Tu joues, Ed ?

La question vient d'Audrey. Elle sait que oui, mais elle me pose la question pour se sentir mieux vis-à-vis de moi. Depuis l'incident de rien-qu'Ed, elle ne sait pas vraiment quoi me dire. Je la regarde avec un petit sourire. Elle comprend que ça va entre nous.

— Oui. J'y serai.

Elle sourit à son tour. *C'est bien*. C'est bien que ça aille entre nous. Audrey n'en a rien à faire du Match annuel des insultes. Elle a horreur du football.

Plus tard, la partie terminée, elle passe chez moi et on boit un coup dans la cuisine. Je demande :

— Ça va toujours bien avec le nouveau mec ?

Je jette des miettes de toast dans l'évier. En me retournant pour entendre sa réponse, je remarque du sang séché par terre. Du sang de ma tête, au milieu de tous ces poils de chien. Partout des rappels.

— Pas mal, répond Audrey.

Je veux lui dire comme je suis désolé pour le sketch de l'autre matin, mais je me tais. Pour l'instant, ça va et c'est inutile de revenir sur quelque chose que je ne peux pas changer. Deux ou trois fois, je suis à deux doigts de le faire, mais je laisse tomber. C'est mieux comme ça.

Je remets le grille-pain à sa place et j'aperçois mon reflet dedans – même s'il est un peu sale. J'ai le regard tellement flou qu'il a l'air blessé. L'espace d'un instant, je vois la nature pitoyable de ma vie. Cette fille que je ne peux pas avoir. Ces messages que je ne me sens pas capable de transmettre... Et puis je vois mon regard se durcir. Je vois une version future de moi-même, qui

138

retourne à Henry Street pour rencontrer le père Thomas O'Reilly. Je prendrai mon vieux blouson crado, pas d'argent ni de cigarettes, comme la dernière fois. Simplement, la prochaine fois, je prévois d'arriver à la porte d'O'Reilly.

Il faut que je le voie. Je m'adresse à Audrey :

— Je sais où je dois aller.

Elle sirote le jus de raisin que je lui ai donné et pose la question :

— Où ça, alors ?

— Rencontrer encore trois personnes.

Je vois les noms gravés sur la pierre géante, mais je ne les indique pas à Audrey. Comme j'ai dit, c'est inutile.

Elle meurt d'envie de demander les noms.

Je le vois bien.

Pourtant, pas un son ne sort de sa bouche, et je dois admettre qu'Audrey ne force jamais les choses. Elle sait que je ne lui dirai rien si elle insiste trop.

La seule chose que je lui révèle, c'est l'endroit où j'ai trouvé les noms.

— J'ai eu un client qui s'est enfui sans payer et c'est là qu'il est allé...

Audrey m'écoute avec étonnement.

— Qui que ce soit, il se donne beaucoup de mal...

— Ils semblent aussi me connaître incroyablement bien – presque aussi bien que je me connais moi-même.

— Oui mais... qui te connaît vraiment bien, Ed ?

C'est exactement ça.

— Personne, je dis.

— *Pas même moi ?* demande le Portier en entrant.

Je le regarde et réponds :

— *Écoute, mon pote... c'est pas avec quelques tasses de café que tu pourras me connaître.*

Parfois, je ne suis même pas sûr de me connaître.

Mon reflet trouve à nouveau mon regard. Il me dit : *Mais tu sais quoi faire.*

Je suis d'accord.

Le lendemain soir, après le travail, je vais à Henry Street et j'arrive à la porte du père O'Reilly. Je dois dire que sa maison donne un nouveau sens au mot « atroce ».

Je me présente et, sans plus de cérémonie, le père m'invite à entrer.

Sans même réfléchir, je lui dis dans le hall :

— Bon Dieu, ça ne vous tuerait pas de nettoyer un peu de temps en temps, non ?

C'est moi qui viens de dire ça ?

Mais inutile de m'inquiéter : le père réagit immédiatement.

— Vous vous êtes regardé ? C'est quand la dernière fois que vous avez lavé votre blouson ?

— Exact.

Je lui suis reconnaissant d'avoir répliqué si vite.

Il perd ses cheveux, le père, et il a dans les quarante-cinq ans. Pas aussi grand que son frère, avec des yeux vert bouteille et d'assez grandes oreilles. Il porte une soutane et je me demande pourquoi il vit ici et pas à l'église. Je croyais que les prêtres habitaient toujours les églises pour que les gens puissent s'y rendre s'ils avaient besoin d'aide ou de conseils.

Le père m'emmène dans la cuisine et on s'assoit à la table.

— Thé ou café ?

Il le dit comme si je n'avais pas le choix : il faut que je prenne quelque chose. J'ai juste le choix entre les deux.

— Café.

— Lait et sucre ?

— S'il vous plaît.

— Combien de sucres ?

Je suis un peu gêné de répondre :

— Quatre.

— Quatre sucres ! Vous êtes qui, David Helfgott ?

— C'est qui ça ?

— Mais enfin : le pianiste à moitié dingue. (Il a l'air stupéfait que je ne le connaisse pas.) Il prenait une dizaine de cafés par jour avec dix cuillers de sucre dans chaque.

140

— Il était bon ?

— Oh oui. (Le père allume la bouilloire.) Dingue, mais bon.

Ses yeux vitreux sont pleins de bonté. Une bonté gigantesque.

— Et vous, Ed Kennedy, vous êtes dingue mais bon, vous aussi ?

— Je ne sais pas.

Le prêtre se met à rire, plus pour lui-même.

Le café prêt, il l'apporte et s'assoit avec moi. Il me demande :

— Vous vous êtes fait embêter pour donner des clopes ou de l'argent, dans la rue ?

— Ouais. Y en a même un qui m'a demandé mon blouson.

— Vraiment ? Dieu sait pourquoi. Le mauvais goût, j'imagine.

Je regarde mes bras.

— Il est si mal que ça, mon blouson ?

— Non. Je te faisais marcher, mon fils.

J'examine à nouveau mes manches, et le tissu autour de la fermeture Éclair. Le daim noir est presque translucide.

Un silence gêné s'installe entre nous. Il est donc temps que je passe aux choses sérieuses. Le prêtre doit le sentir aussi, parce qu'il a une expression de curiosité, patiente, et d'attente.

Je m'apprête à parler quand une dispute éclate dans l'une des maisons voisines.

Une assiette se brise.

Des hurlements sautent la grille.

La dispute s'aggrave, des voix et des portes claquent.

Le père remarque mon inquiétude :

— Juste une seconde, Ed.

Il va à la fenêtre et l'ouvre en grand. Il hurle :

— Soyez sympa, tous les deux, calmez-vous !

Il insiste :

— Hé, Clem !

Un murmure se glisse jusqu'à la fenêtre, suivi d'une voix :

— Oui, mon père ?

— Qu'est-ce qui se passe, aujourd'hui ?

La voix répond :

— Elle m'énerve encore, mon père !

— Oui, c'est évident, Clem, mais pourquoi...

Une autre voix arrive. Une voix de femme.

— Il est retourné au pub, mon père. Il ne fait que boire et jouer tout le temps !

Le père prend une voix vénérable. Ferme et honorable.

— C'est vrai, Clem ?

— Euh, ouais, mais...

— Mais rien, Clem. Reste à la maison ce soir, d'accord ? Regardez la télévision en vous tenant la main.

Voix numéro un :

— D'accord, mon père.

Voix numéro deux :

— Merci, mon père.

Le père O'Reilly revient me voir, l'air accablé.

— Je te présente les Parkinson. Des nuls pas possibles.

Ce commentaire me choque. Je n'ai jamais entendu un prêtre parler ainsi. En fait, je n'ai jamais parlé à un prêtre, mais ils ne sont sûrement pas tous comme ça.

— Ça arrive souvent ?

— Deux fois par semaine. Au moins.

— Comment vous faites pour vivre avec ça ?

Il ouvre simplement les bras en montrant ses habits de prêtre.

— C'est pour ça que je suis là.

On parle un moment, le père et moi.

Je lui parle du taxi.

Il me parle de la prêtrise.

Son église, c'est la vieille, à la lisière de la ville, et je comprends pourquoi il a choisi de vivre ici. L'église est bien trop loin pour qu'il aide vraiment quelqu'un, et donc ici c'est le mieux pour lui. Il est partout, de tous les côtés

142

et sous tous les angles. C'est là que le père doit vivre. Pas dans une église, à récolter la poussière.

Parfois, je me pose des questions sur sa façon de parler – et j'ai la confirmation quand il me parle de l'église. Il reconnaît que si c'était une boutique ou un restaurant, elle aurait fermé il y a des années.

— Les affaires vont mal ces derniers temps ?

— La vérité ?

Ses yeux vitrés semblent se briser et me blessent.

— C'est la merde.

Je dois quand même lui poser la question :

— Vous pouvez vraiment parler comme ça ? En étant sacré et tout ?

— Quoi ? Parce que je suis prêtre ? Bien sûr. Dieu sait ce qui est important.

À ce stade, ça me soulage qu'il ne se lance pas dans un sermon sur Dieu qui nous connaît tous, etc. Le père Thomas ne prêche jamais. Nous savons tous les deux que nous n'avons plus rien à dire, mais il me regarde quand même d'un air décidé.

— Mais ne nous laissons pas entraîner dans la religion pour l'instant, Ed. Parlons d'autre chose. Parlons de la raison pour laquelle tu es ici.

On est face à face, assis à la table.

On se regarde.

Après un long silence gêné, je me confesse au père. Je lui explique que je ne sais toujours pas pourquoi je suis ici. Je ne lui parle pas des messages que j'ai déjà portés, ni de ceux qu'il me reste. Je lui dis seulement que j'ai quelque chose à faire ici et que ça me viendra.

Il m'écoute avec une grande attention, les mains jointes, le menton posé dessus.

Un moment s'écoule, et il comprend que je n'ai plus rien à dire. Alors, il parle d'une voix très calme et claire :

— Ne t'inquiète pas, Ed. Tu finiras certainement par savoir ce que tu dois faire. Et j'ai l'impression que cela t'est déjà arrivé.

— C'est vrai.

— Je te demanderai juste de te rappeler une chose.

Je vois bien qu'il essaye de ne pas trop la jouer religieux.

— Aie la foi, Ed, d'accord ?

Il me raccompagne jusqu'à la rue. En chemin, on rencontre les taxeurs de cigarettes, d'argent et de blousons. Le père les réunit tous les trois et leur déclare :

— Écoutez bien, les gars. Je vous présente Ed. Ed, voici Joe, Graeme et Joshua. (Je leur serre la main à tous.) Les gars, voici Ed Kennedy.

— Enchanté, Ed.

— Salut, Ed.

— Ça va, Ed ?

Le père reprend, plus sévère :

— Maintenant, jeunes gens, je veux que vous vous rappeliez quelque chose. Ed est un de mes amis personnels et vous ne devez lui demander ni cigarettes ni argent. Et encore moins son blouson. (Il me fait un sourire.) Enfin, Joe, regarde-moi ce blouson. C'est une catastrophe, non ? Il est carrément horrible.

Joe s'empresse d'opiner :

— Oh oui, mon père.

— Bien. Nous nous comprenons donc ?

Ils comprennent tous.

— Bien.

Là-dessus, je vais avec le père jusqu'au coin de la rue.

On se serre la main et on se dit au revoir. Le père a presque disparu quand je me rappelle son frère. Je reviens vers lui en courant.

— Hé, mon père !

Il se retourne.

— J'ai failli oublier.

Je m'arrête à quinze mètres de lui. Il me regarde d'un peu plus près.

— Votre frère. Il m'a dit de vous dire que la cupidité ne l'a pas encore englouti.

144

Le regard du prêtre s'éclaire alors, avec une légère trace de regret.

— Mon frère Tony...

Les mots sont doux et sautillent vers moi.

— Je n'ai pas vu mon frère Tony depuis longtemps. Comment va-t-il ?

— Pas mal.

J'ai répondu d'un air confiant que je ne comprends pas. Mon intuition me dit que c'est la bonne réponse. On reste là tous les deux, dans la gêne et les ordures de la rue.

— Ça va aller, mon père ?

— Oui, Ed. Merci de t'en préoccuper.

Là-dessus, il s'éloigne et, pour la première fois, je ne le vois plus comme un prêtre.

Je ne le vois même plus comme un homme.

À cet instant, c'est un simple humain qui rentre chez lui, dans Henry Street.

Contraste complet.

Je suis chez Marv. On regarde *Alerte à Malibu* avec le son en sourdine. On n'en a rien à faire de l'histoire ou des dialogues.

On écoute son groupe préféré, les Ramones.

— Je peux mettre quelque chose d'autre ? demande Ritchie.

— Ouais, t'as qu'à mettre Pryor, dit Marv.

Ces temps-ci, on appelle tout le monde Richard Pryor, même Jimi Hendrix. Ritchie met *Purple Haze* et demande :

— Où est Audrey ?

— Ici.

Elle vient d'entrer. Ritchie se contracte.

— C'est quoi cette odeur, là ? Je la connais.

Marv la reconnaît sans aucun doute et me pointe du doigt. Accusateur :

— Tu as emmené le Portier, pas vrai ?

— J'étais obligé... Il avait l'air si seul quand je suis parti.

145

— Tu sais qu'il n'est pas le bienvenu ici.

Le Portier nous regarde derrière la porte ouverte.

Il aboie sur Marv.

C'est la seule personne sur qui il aboie. Marv fait remarquer :

— Il ne m'aime pas.

Nouvel aboiement.

— C'est parce que tu le regardes de travers et que tu le casses tout le temps. Il le comprend, tu sais.

On se dispute encore un moment puis Audrey nous arrête en distribuant les cartes.

— Messieurs ?

Je m'assois et je ramasse mon jeu.

Au troisième tour, je récupère l'as de trèfle.

Le père O'Reilly.

— Qu'est-ce que tu fais ce dimanche, Marv ?

— Comment ça, qu'est-ce que tu fais ce dimanche ?

— À ton avis ?

Ritchie intervient :

— T'es vraiment une andouille, Marv. Ed te demande tout simplement si tu es pris ce dimanche.

Marv se tourne vers Ritchie. Ce soir, il est plein d'agressivité parce que j'ai amené le Portier.

— Commence pas à me courir toi aussi, Pryor.

Il se tourne vers Audrey.

— Et toi aussi, tu peux te taire.

Audrey est stupéfaite.

— Et j'ai fait quoi, moi ?

J'interviens :

— En tout cas, je demande pas seulement à toi, Marv, mais à tous les trois.

Je pose mes cartes, face contre table.

— J'ai besoin d'un service.

— Quel genre ? demande Marv.

Ils sont tout ouïe.

— Eh bien, je me demandais si on pourrait pas tous aller... (je dis la suite très vite) à l'église.

— Hein ?!

146

— Où est le problème ?

Marv essaye de récupérer :

— Enfin bordel, pourquoi tu veux qu'on aille à l'église ?

— Eh bien, il y a un prêtre qui...

— C'est pas un de ces Chester, là, les évangélistes ?

— Non.

— C'est quoi un Chester ? demande Ritchie, mais personne ne lui répond.

Il laisse tomber.

Ensuite, c'est au tour d'Audrey, pour insuffler enfin un peu de raison dans tout ça. Elle demande :

— Alors, pourquoi, Ed ?

Elle a sans doute compris que l'as de trèfle était derrière toute l'histoire.

— Le prêtre est sympa et ça pourrait être bien, même si c'est juste pour rigoler.

— Et lui ? Il y va, lui ?

Marv montre le Portier.

— Bien sûr que non.

Ritchie me sauve alors. C'est peut-être un gratteur d'allocs, et un joueur, et il a le tatouage le plus naze du monde, mais il est partant pour tout. De son ton affable, Ritchie déclare :

— Pourquoi pas, Ed. J'irais bien à l'église avec toi... pour rigoler, hein ?

— Bien sûr.

Audrey dit qu'elle est d'accord aussi.

C'est le tour de Marv, qui se sait en situation délicate. Il ne veut pas y aller mais, s'il refuse, il aura l'air d'un sacré salaud. Il pousse un grand soupir :

— Bon Dieu, j'y crois pas. C'est bon, Ed, je viendrai.

Avec un rire morose, il ajoute :

— Dimanche à l'église. Nom de Dieu.

Je ramasse mes cartes.

— Exactement.

Tard le soir, le téléphone se remet à sonner. Je ne le laisse pas m'intimider.

147

— Allô ?

— Salut, Ed.

C'est maman. Poussant un soupir de soulagement, je me prépare au tir de barrage. Ça fait un moment que je n'ai pas eu de ses nouvelles. Elle doit avoir au moins quinze jours, voire un mois d'insultes en retard.

— Comment tu vas, maman ?

— Tu as téléphoné à Kath ? C'est son anniversaire.

Kath, c'est ma sœur.

— Oh merde.

— Oh merde, tu peux le dire, Ed. Alors bouge-toi le cul et appelle-la.

— D'accord, je…

La ligne sonne dans le vide.

Personne ne flingue une conversation au téléphone comme ma mère.

La seule erreur que j'ai faite, c'est de ne pas avoir pensé aussitôt à demander le téléphone de Kath, juste au cas où je ne le retrouverais pas. J'ai le désagréable pressentiment de l'avoir perdu – intuition qui se confirme après avoir fouillé dans tous les tiroirs et les recoins de la cuisine. Le numéro n'est nulle part et elle n'est pas dans l'annuaire.

Oh non.

Eh oui, vous avez deviné.

Rappeler maman. Redoutable épreuve.

Je fais son numéro.

— Allô ?

— Maman, c'est moi.

— Qu'est-ce que c'est encore, Ed ?

Elle soupire pour me montrer son exaspération.

— C'est quoi le numéro de Kath ?

Je suis sûr que vous pouvez imaginer la suite.

Le dimanche arrive plus vite que j'aurais cru.

On est assis au fond de l'église.

Ritchie est plutôt heureux et Audrey contente. Marv a la gueule de bois – il a encore bu la bière de son père – et moi, je suis nerveux sans savoir pourquoi.

148

À part nous, il n'y a qu'une dizaine de personnes dans l'église, en fait. Le vide est assez déprimant. Le tapis est mangé de trous, et les bancs ont l'air morose. Seuls les vitraux semblent sacrés et saints. Les autres gens sont vieux et sont assis tout courbés comme des martyrs.

En arrivant, le père O'Reilly nous dit :

— Merci à tous d'être venus.

L'espace d'un instant, il a l'air abattu. Puis il remarque les quatre personnes au fond.

— Et nous souhaitons spécialement la bienvenue aux chauffeurs de taxi de ce monde.

Son crâne chauve luit à la lueur d'un vitrail.

Il lève les yeux vers moi, pour me saluer.

Je ris. Je suis le seul.

Ritchie, Marv et Audrey se tournent tous vers moi. Marv a les yeux injectés de sang, quelque chose de terrible.

— Dur, hier soir ? je demande.

— Affreux.

Le père scrute ses ouailles en se concentrant. Je le vois puiser en lui pour trouver l'énergie. Il commence son sermon.

Après, la cérémonie terminée, on se retrouve tous dehors.

« C'étaient quoi, ces conneries sur le bon pasteur ? » demande Marv, allongé dans l'herbe.

Même sa voix a la gueule de bois.

Nous sommes assis sous un énorme saule qui pleure autour de nous. Pendant la messe, on a fait circuler le plateau pour la quête. J'ai mis cinq dollars, Ritchie n'avait pas d'argent, Audrey a donné quelques dollars, et Marv a fouillé dans ses poches et mis une pièce de vingt cents et un capuchon de stylo.

Je l'ai regardé.

— Quoi ?

— Rien, Marv.

— Je te le fais pas dire.

149

Assise sous l'arbre, Audrey chantonne toute seule et Ritchie est adossé au tronc. Marv s'endort, et moi j'attends.

Une présence se dresse derrière nous. Je sais que c'est le père O'Reilly avant même qu'il parle. C'est l'effet qu'il fait. Calme, solide et rieur.

Il est derrière moi et il dit :

— Merci d'être venu, Ed. (Ensuite, il regarde Marv.) Il a l'air encore plus à la ramasse que toi, ce gars. (Le regard pétillant.) Pour l'amour de Dieu !

On se met tous à rire, sauf Marv. Marv se réveille. Il se gratte le bras.

— Oh, salut mon père. Chouette sermon.

— Merci. Merci à tous d'être venus. Je vous vois la semaine prochaine ?

— Peut-être, je réponds – mais Marv, lui, décide de répondre pour lui :

— Ça risque pas.

Le père le prend bien.

Je ne sais pas exactement ce dont le père O'Reilly a besoin, mais je sais ce que j'ai prévu. Une fois chez moi, je m'assois avec le Portier, lisant ou contemplant les photos encadrées au-dessus de la télé. Je prends ma décision.

Je vais la remplir, cette église.

La seule question, c'est : comment ?

♣ Juvéniles

Quelques jours passent et je réfléchis à la façon d'attirer des gens dans cette église. Je pourrais demander à Audrey, Marv et Ritchie de faire venir toute leur famille et leurs amis, mais d'abord, aucun d'eux n'est si fiable que ça, et ensuite, j'aurai déjà bien assez de mal à les faire revenir, eux.

Au début de la semaine, je roule beaucoup, retournant le problème dans ma tête.

Et puis j'emmène un client à l'aéroport et j'ai une idée. On est presque arrivés et il me dit :

— Hé, mon gars, en fait, j'ai un peu de temps devant moi. Tu pourrais nous arrêter à ce pub, là ?

Je regarde dans le rétro et la lumière se fait.

— Mais bien sûr ! je lui dis.

— Juste une bière dans un vrai pub. J'ai horreur de ces bars d'aéroport.

Je m'arrête et il sort.

— Ça te dirait d'en boire une ? il demande. C'est ma tournée.

— Non, j'ai un autre client dans pas longtemps. Mais je peux revenir vous chercher dans une demi-heure si ça vous va.

— Tout à fait.

Il a l'air content de lui.

En toute franchise, moi aussi, parce que je vais vous dire, en réalité :

Dans ce pays, il y a un seul truc qui peut attirer la foule, sans l'ombre d'un doute. Ce que c'est ?

La bière.

La bière gratuite.

Je vais voir le père O'Reilly. J'entre en coup de vent et je lui dis qu'on peut organiser une grosse fête pour le dimanche prochain. Je lui expose mon idée.

— De la bière gratuite, des trucs pour les gosses, et à manger. Euh, je vous ai dit, pour la bière gratuite ?

— Oui, Ed, je crois que oui.

Il réfléchit calmement.

— Ça m'a l'air super, Ed, mais tu oublies quelque chose.

Aujourd'hui, mon enthousiasme est inébranlable.

— Quoi ?

— Il nous faut de l'argent pour tout ça.

— Je croyais que l'Église catholique était pleine aux as – avec les dorures et tous les trucs dans les cathédrales…

Il rit :

— Et dans mon église, tu as vu de l'or, Edward ?

Edward ?

Je crois que le père est la seule personne à qui je permettrais de m'appeler comme ça. Même sur mon acte de naissance, je m'appelle Ed, tout simplement.

Je continue :

— Vous êtes sûr que vous n'avez pas de l'argent qui traîne ?

— Pas vraiment, Ed. J'ai tout mis dans des fonds d'aide aux mères célibataires adolescentes, aux alcooliques, aux sans-abri, aux toxicomanes et pour mes vacances aux Fidji.

Je suppose qu'il plaisante, pour les vacances aux Fidji.

— D'accord, alors. Je rassemblerai l'argent moi-même. J'ai un peu d'argent de côté. Je peux sortir cinq cents.

— Cinq cents ?! C'est beaucoup, Ed. Tu n'as pas l'air du genre à avoir beaucoup d'argent.

Je file en vitesse.

— Ne vous inquiétez de rien, mon père. (Je me mets à rire.) Ayez un peu la foi, c'est tout.

Alors, là, je dois dire…

Ça aide vraiment d'avoir des amis immatures dans un cas pareil. On sait comment passer le mot très vite. On ne s'embête pas avec des affiches. Ni avec une annonce dans les journaux du coin. Il n'y a qu'une seule solution. Un truc qui marquera tous les esprits en ville…

Les graffitis.

Tout à coup, Marv est intéressé par l'idée d'aller à l'église le dimanche. Je lui dis mon plan et je sais sans aucun doute que je peux compter sur lui. C'est un domaine où Marv excelle et qu'il adore. Se comporter comme un adolescent, c'est parfois sa spécialité.

On pique les barbecues de ma mère et de Ritchie, je téléphone pour réserver un château gonflable, et j'emprunte un karaoké à un des potes de Marv qui travaille dans un pub. On récupère aussi quelques barils de bière, des saucisses acceptables en promo chez le boucher, et on est bons.

Il est temps de peindre.

On achète les bombes à la quincaillerie du quartier le jeudi après-midi et on descend en ville à trois heures du matin. Marv arrête péniblement sa voiture devant chez moi et on décide de continuer à pied jusqu'au centre. On écrit en lettres géantes sur la route, des deux côtés de Main Street :

PORTES OUVERTES CHEZ LE PRÊTRE
CE DIMANCHE À 10 HEURES
SAINT-MICHAEL

DE QUOI MANGER, DE QUOI BOIRE,
DE QUOI CHANTER
ET
LA BIÈRE EST OFFERTE

NE RATEZ PAS
UNE FÊTE D'ENFER !

Je ne sais pas pour Marv, mais moi j'ai un sentiment de complicité, à genoux sur le goudron. On se sent jeune en écrivant les mots. Je jette un coup d'œil à mon ami. Marv le pinailleur. Marv le grigou. Marv et la fille qui a disparu.

Le travail terminé, il me donne une claque sur l'épaule et on se tire, comme de beaux voleurs. On court en riant et le moment est si intense que j'ai envie de sauter dedans pour qu'il m'emporte.

J'adore le rire de cette nuit.

Nos pieds courent et je ne veux pas que ça s'arrête. Je veux courir en riant dans l'éternité. Je veux éviter ces moments de gêne, quand la réalité des choses s'enfonce comme une fourchette dans notre chair, nous laissant plantés là tous les deux. Je veux rester ici et maintenant, et ne jamais aller ailleurs, là où on ne sait ni quoi dire ni quoi faire.

Pour l'instant, contentons-nous de courir.

On court droit dans le rire de la nuit.

Le lendemain arrive et tout le monde en parle. Absolument tout le monde.

Les flics sont allés voir le père, en lui demandant s'il sait quelque chose. Il reconnaît être au courant de cet événement, mais ne sait rien des techniques publicitaires utilisées par certaines de ses ouailles.

Le vendredi après-midi, chez lui, il me raconte tout. Il a dit aux flics :

— Comme vous pouvez l'imaginer, j'ai certains paroissiens assez douteux. Quelle église des pauvres n'en a pas ?

Ils l'ont cru, bien sûr. Qui ne croirait pas cet homme ?

— Entendu, mon père, mais si vous apprenez quelque chose, tenez-nous au courant, d'accord ?

— Bien sûr, bien sûr.

Au moment où les flics partaient, le père leur a posé une dernière question :

— Vous viendrez dimanche ?

Apparemment, les flics aussi ne sont que des humains.

— Bière gratuite ? Impossible de dire non.

Fantastique.

Donc, tout est prêt. Tout le monde vient. Les familles. Les ivrognes. Les pires salauds. Les athées. Les satanistes. Les gothiques du coin. Tout le monde. C'est la magie de la bière gratuite. On peut compter dessus. Aussi sûr que deux et deux font quatre.

Je travaille encore le vendredi soir, mais j'ai le samedi de libre.

Ce jour-là, deux choses se passent.

La première, c'est que le père vient chez moi. Je lui propose de la soupe à déjeuner. Au milieu du repas, il s'arrête et je vois une émotion sur son visage.

Il lâche sa cuiller et me dit :

— Je dois te dire quelque chose, Ed.

Je m'arrête aussi.

154

— Oui, mon père ?

— Tu sais, on dit que d'innombrables saints n'ont rien à voir avec l'Église et ne connaissent pas Dieu. Mais on dit que Dieu accompagne ces gens, sans même qu'ils s'en rendent compte.

Son regard entre en moi, suivi par ses mots.

— Tu es l'un d'eux, Ed. C'est un honneur de te connaître.

Je suis abasourdi.

On m'a appelé des tas de choses plein de fois – mais personne ne m'a jamais dit que c'était un honneur de me connaître.

Je me rappelle soudain Sophie qui demandait si j'étais un saint ; j'avais répondu que je n'étais qu'un être humain comme les autres.

Cette fois-ci, je m'autorise à l'entendre.

— Merci, mon père.

— Tout le plaisir est pour moi.

La seconde chose qui arrive, c'est que je rends quelques visites en ville. D'abord, je vais voir Sophie, très rapidement. Je lui demande si elle peut venir dimanche, à quoi elle répond :

— Bien sûr, Ed.

— Amène ta famille.

— Sans faute.

Ensuite, je vais chez Milla et je lui demande si elle voudrait bien m'accompagner à l'église ce dimanche.

— J'en serais absolument ravie, Jimmy.

Bref, elle trouve l'idée palpitante.

Enfin.

La dernière visite.

Je frappe à la porte de Tony O'Reilly, sans trop d'optimisme.

— Oh, dit-il, c'est toi.

Mais il a l'air assez content de me voir.

— Tu as donné mon message à mon frère ?

— Oui. Au fait, je m'appelle Ed.

Je suis un peu gêné. J'ai horreur de dire aux gens ce qu'ils doivent faire, ou même de le leur demander. Pourtant, je commence :

155

— Je me disais…

— Quoi ?

Je reprends ma phrase mais en la modifiant :

— Je pense que vous savez quoi, Tony.

— Oui, je sais. J'ai vu l'annonce sur la route.

— Alors ?

Il ouvre le panneau grillagé et j'ai peur qu'il vienne m'insulter, mais non. Il m'invite à entrer et on s'assoit dans son salon. Il porte à peu près la même tenue. Short, maillot de corps et pantoufles. Il n'a pas l'air trop méchant, mais je me méfie beaucoup des types habillés comme ça. Tous les plus grands criminels portent des shorts, des maillots de corps et des tongs.

Sans me demander, il sort une boisson fraîche.

— Un sirop à l'orange, ça va ?

— Bien sûr.

Il y a même de la glace pilée dedans. Il doit avoir un de ces super frigos qui savent tout faire.

J'entends des gosses courir derrière, puis je vois leur visage apparaître et disparaître par la fenêtre : ils sont sur un trampoline.

— Petits saligauds, glousse Tony.

Il a le même humour que son frère.

On regarde une émission sportive très intéressante sur le tir à la corde pendant quelques minutes. Et puis la pub arrive sur la télé grand écran, et Tony reporte son attention sur moi.

— Dis-moi, Ed… tu dois te demander pourquoi il y a ce fossé entre mon frère et moi.

Impossible à cacher :

— Oui, je me demande.

— Tu as envie de savoir ce qui s'est passé ?

Je le regarde.

En toute honnêteté.

— Non, ça ne me regarde pas.

Tony pousse un lourd soupir et prend une gorgée. Je l'entends écraser les derniers bouts de glace entre ses dents. Je ne m'en rends pas compte, mais je lui ai donné la bonne réponse.

156

L'un des gosses arrive en pleurant.

— Papa, y a Ryan qui…

— Ah, arrête de pleurnicher et dégage ! crie Tony.

Le gosse se demande s'il ne va pas pleurer plus fort, mais il se reprend presque aussitôt.

— C'est doux, papa ?

— Oui.

L'espace d'un instant, je crois que le gosse demande à son père s'il est gentil et affable. En fait, il veut du sirop.

— Je peux en avoir ?

— Le mot magique ?

— S'il te plaît ?

— Bien. Avec une phrase.

— Je peux avoir du sirop, s'il te plaît ?

— Oui, c'est mieux, George. Maintenant, barre-toi à la cuisine et fais-en, tu veux.

Le gamin est rayonnant.

— Merci, papa !

— Foutus gosses, rigole Tony. Plus aucune éducation…

— Je sais.

On rigole.

On rigole et Tony dit :

— Tu sais, Ed… si tu cherches bien, tu pourrais me voir, demain.

Je m'en réjouis intérieurement, mais sans le montrer. C'est bien.

— Merci, Tony.

— Oh, papaaaa ! hurle George dans la cuisine. Je l'ai renversé !

— Ah bordel, je le savais !

Tony se lève.

— Il faut que je nettoie ses conneries. Je ne te raccompagne pas ?

— Pas de souci.

Je quitte la grande maison à télé grand écran, soulagé. Un résultat agréable.

Je dors bien mieux que je ne l'aurais cru et je me lève tôt. Hier soir, j'ai lu un beau livre étrange appelé *Table of Everything* (*La Table de tout*). Je le cherche : il est tombé entre le lit et le mur. Je me rappelle que c'est aujourd'hui le jour. Portes ouvertes chez le prêtre. Je me lève.

Audrey, Marv et Ritchie arrivent chez moi à huit heures et on part à l'église. Le père est déjà là à faire les cent pas en relisant son sermon.

D'autres gens arrivent.

Le pote de Marv, avec la bière en fût et le karaoké.

Les gens du château gonflable.

On installe les barbecues et on demande à Ritchie et à quelques copains à lui de surveiller la bière le temps du sermon.

À dix heures moins le quart, on commence à avoir vraiment du monde, et je me rappelle que je dois aller chercher Milla.

— Hé, Marv... je peux t'emprunter ta voiture dix minutes ?

Je n'arrive pas à croire que je lui demande ça.

— Quoi ?

Il va en profiter un maximum, je le vois bien.

— Toi, tu veux emprunter ma poubelle, toi ?

Je n'ai pas le temps de discuter.

— Oui, Marv. Je retire tout ce que j'ai dit sur elle.

— Et ?

Et ?

J'ai compris.

— Et je n'en dirai plus jamais du mal.

Avec un petit sourire victorieux, il me lance les clés.

— Prends-en soin, Ed.

Alors ça, je n'en avais pas besoin. Marv sait que je ne peux rien répondre. Il laisse même passer quelques secondes, ce salaud, mais je ne dis rien. Il conclut :

— C'est bien, mon garçon.

Et je pars.

Milla m'attend anxieusement et ouvre la porte dès qu'elle me voit.

— Bonjour, Jimmy.

— Bonjour, Milla.

Je lui ouvre la portière, et on part à l'église. Une brise agréable passe par la vitre cassée.

Il est dix heures moins cinq quand on arrive et je suis stupéfait. L'église est pleine. J'aperçois même maman qui entre, en robe verte. À mon avis, elle se fout de la bière. Elle n'a pas envie de rater l'événement, c'est tout.

Je repère un des quelques sièges restants et je demande à Milla de le prendre.

— Et toi, Jimmy? demande-t-elle nerveusement. Où est-ce que tu vas t'asseoir, toi?

— Ne t'inquiète pas. Je trouverai bien.

Mais je ne trouve pas. Je rejoins les gens debout au fond, en train d'attendre l'arrivée du père O'Reilly.

Dix heures sonnent. Les cloches de l'église prennent possession de la congrégation, et tout le monde – les gosses, les dames poudrées avec sac à main, les ivrognes, les adolescents et les piliers, et tous ceux qui sont là tous les dimanches, tous font silence.

Le père arrive.

Il arrive et tout le monde attend ses mots.

Il se contente de contempler la foule un moment. Puis son sourire tout simple apparaît sur son visage et il dit : « Bonjour à tous » et tout le monde explose, criant et applaudissant. Le père a l'air plus animé que jamais. Ce que je ne sais pas, c'est qu'il a quelques tours dans son sac, lui aussi.

Il n'a pas encore parlé.

Ni prié.

Il attend que le silence revienne, sort un harmonica de sa robe et entame un morceau plein d'énergie. Au milieu, trois hommes à l'air fatigué arrivent, l'un tapant sur un couvercle de poubelle, l'autre jouant du violon, et le dernier avec un harmonica, lui aussi. Un gros.

Ils jouent, la musique résonne dans l'église et une atmosphère que je n'ai jamais ressentie avant se répand dans la foule.

Lorsqu'ils s'arrêtent, la foule rugit encore et le père attend.

Il dit enfin :

— Ce chant était pour Dieu. Il vient de Lui et il Lui est dédié. Amen.

— Amen, répète la foule.

Le père parle encore un moment. J'adore ce qu'il dit et sa façon de le dire. Il ne parle pas comme tous ces prêcheurs apocalyptiques, où c'est surtout des conneries. Le père parle avec une sincérité qui m'hypnotise. Pas de Dieu, mais des gens de cette ville qui se réunissent. Qui font des choses ensemble. Qui s'entraident. Et qui se retrouvent, ensemble, de manière générale. Il les invite à le faire dans son église tous les dimanches.

Il fait monter les trois gars, Joe, Graeme et Joshua, pour lire quelques passages au pupitre. Ils sont bien nuls et ils ont du mal à lire, mais on les applaudit comme des héros quand ils ont fini, et on voit la fierté briller sur leur visage. On est loin des taxeurs d'argent, de cigarettes et de blousons.

Je me demande où peut être Tony. Je scrute la foule. Sophie croise mon regard et on se fait signe. Elle se concentre sur le sermon. Je ne vois Tony nulle part.

À la fin, le père nous fait chanter un vieux classique – la seule chanson que tout le monde connaît –, *Il tient le monde entier entre Ses mains*. Tous chantent et marquent le rythme et à la fin, je vois Tony.

Il se fraye un chemin dans la foule pour venir me voir.

— Salut, Ed.

Il a un gamin à chaque main.

— Vous avez du sirop ? il demande. Pour les gosses.

— Pas de souci.

Quelques minutes plus tard, le père me voit avec Tony, debout dans le fond.

Il est en train de terminer, et on n'a toujours pas prié. Thomas O'Reilly s'y résout finalement.

Il dit :

— Mes amis, je vais prier à présent, d'abord à haute voix, puis en silence – alors, vous pourrez dire la prière que vous voudrez.

Courbant la tête, le père dit :

— Merci, Seigneur. Merci pour ce moment de gloire et pour toutes ces personnes magnifiques. Merci pour la bière gratuite (tout le monde rigole) et merci pour la musique et les mots que Tu nous as donnés aujourd'hui. Surtout, Seigneur, merci que mon frère puisse être ici aujourd'hui, et merci pour certaines personnes en ce monde qui ont un goût horrible en matière de blouson... Amen.

— Amen, répètent les gens.

Je réagis avec retard :

— Amen.

Et, comme beaucoup de ces gens, je prie pour la première fois depuis des années.

Je prie : *Qu'Audrey aille bien, Seigneur, et Marv et maman et Ritchie et toute ma famille. Je T'en prie, prends mon père dans Tes bras et s'il Te plaît, aide-moi à porter mes messages. Aide-moi à le faire bien...*

Les derniers mots du père arrivent une minute plus tard.

— Merci à tous. Et que la fête commence.

La foule rugit.

Une dernière fois.

Ritchie et Marv s'occupent du barbecue. Audrey et moi, de la bière. Le père O'Reilly, de la nourriture et des boissons pour les enfants, et personne ne manque de rien.

Une fois que tout a été bu et mangé, nous sortons le karaoké, et beaucoup de gens se mettent à chanter toutes sortes de trucs. Je reste un long moment avec Milla, qui retrouve aussi quelques filles, comme elle le dit, avec qui elle est allée à l'école. Elles sont toutes assises sur un banc et aucune d'elles n'a les jambes assez longues pour toucher le sol. Milla balance les siennes en les croisant

161

aux chevilles, et c'est la plus belle chose que je vois de toute la journée.

Je convaincs même Audrey de chanter avec moi. *Eight Days a Week* des Beatles. Et bien sûr, Ritchie et Marv font un triomphe en reprenant *You Give Love a Bad Name* de Bon Jovi. Cette ville vit dans le passé, je vous jure.

Je danse.

Je danse avec Audrey, Milla et Sophie. J'adore les faire tourbillonner en entendant le rire dans leur voix.

La fête finie, je ramène Milla chez elle, je reviens et on nettoie.

La dernière image que j'emporte de cette journée, c'est Thomas et Tony O'Reilly, assis sur les marches de l'église, en train de fumer tous les deux. Ils ne se reverront sans doute pas avant plusieurs années, mais je ne peux rien demander de plus.

Je ne savais pas que le père fumait.

9 ♣ Les flics débarquent

Ce soir-là, j'ai des visiteurs – d'abord le père O'Reilly, puis la police.

Le père frappe à la porte et reste là sans rien dire.

— Qu'est-ce qu'il y a ? je lui demande.

Mais le père ne dit rien. Il reste là à me regarder. Il cherche en moi une réponse à ce qui s'est passé aujourd'hui. À la fin, je crois qu'il laisse tomber les mots. Il s'avance, pose les mains sur mes épaules et me regarde dans les yeux, très sérieux. Je vois l'émotion agiter la peau de son visage, qui se tend d'une manière très douce et très sainte.

Je crois que c'est la première fois depuis longtemps que le père doit dire merci à quelqu'un. D'habitude, c'est lui que les gens remercient. C'est sans doute pour ça qu'il a l'air aussi perdu, et que la gratitude sur son visage a du mal à m'atteindre. Je dis enfin :

— Pas de souci.

Un bonheur tranquille s'étend entre nous. Nous le retenons un moment.

Lorsqu'il s'en va, je le regarde remonter la rue jusqu'à ce qu'il disparaisse.

La police arrive vers dix heures et demie. Ils ont des brosses et une espèce de solvant.

— C'est pour enlever la peinture sur la route, ils me disent.

— Merci beaucoup.

— De rien, vraiment.

Et me revoilà à trois heures du matin dans la grand-rue de cette ville ; cette fois, j'efface la peinture de la route. Je demande à Dieu : « Pourquoi moi ? »

Dieu ne répond rien.

Je ris sous le regard des étoiles.

C'est bon d'être vivant.

10♣ Mission facile et glace

Mes bras et mes épaules me font un mal de chien les quelques jours suivants, mais je pense toujours que ça valait la peine.

Pendant ce temps, je trouve Angie Carusso. Il n'y a que quelques Carusso dans l'annuaire et je les élimine un par un avant de tomber sur elle.

Elle a trois gosses et semble être l'une de ces mères adolescentes typiques de cette ville. Elle a deux garçons et une fille et elle travaille à la pharmacie à temps partiel. Elle a les cheveux courts et châtain foncé, et elle est pas mal, dans sa tenue de travail. Un de ces trucs blancs et cliniques qui descendent aux genoux et qu'on voit partout dans les pharmacies. J'aime bien.

Tous les matins, elle prépare ses gosses pour l'école et les y amène. Trois jours par semaine, elle va au travail. Les deux autres, elle rentre chez elle.

163

Je l'observe de loin, et je remarque qu'elle est payée le jeudi. Un de ces après-midi-là, elle récupère ses enfants et les amène au même parc où je m'étais assis avec le Portier quand Sophie était venue me parler.

Angie achète une glace à chacun des enfants et ils l'engloutissent à une vitesse incroyable. Dès qu'ils ont fini, ils en veulent une autre.

— Non, vous connaissez la règle, leur dit Angie. Vous en aurez une autre la semaine prochaine.

— S'il te plaît?

— S'il te plaît?

L'un d'eux commence à faire une crise et j'espère avoir l'occasion d'intervenir pour le calmer. Heureusement, il s'arrête tout de suite, parce qu'il veut aller sur un toboggan.

Angie les regarde un moment, puis ça l'ennuie trop et elle les entraîne plus loin.

Je sais.

Je sais déjà.

Celle-là, c'est facile.

C'est du gâteau – non, de la glace.

Je la regarde partir et ce sont ses jambes qui m'attristent. Je ne sais pas pourquoi. Peut-être parce qu'elles vont moins vite que son allure naturelle. Elle adore ses gosses, mais ils la ralentissent. Elle marche un peu de travers pour pouvoir tenir la main à sa fille.

— Qu'est-ce qu'il y a à dîner, maman? demande un des garçons.

— Je ne sais pas encore.

Elle écarte doucement une mèche sombre de ses yeux et continue, écoutant sa fille. Elle parle à Angie d'un garçon à l'école qui n'arrête pas de l'embêter.

Et moi, je regarde toujours les petits pas des jambes vagabondes d'Angie.

Elles m'attristent toujours.

Après ça, j'ai pas mal de travail de jour, et je marche beaucoup en soirée. Mon premier arrêt est à Edgar Street

164

où je vois la lumière allumée. La mère et sa fille sont en train de dîner. Il me vient soudain à l'idée que sans l'homme, elles risquent de ne pas avoir assez d'argent pour vivre. D'un autre côté, il en buvait sans doute beaucoup, et je suis à peu près sûr que la mère préfère être un peu plus pauvre, mais débarrassée de lui.

Je passe aussi par chez Milla et ensuite, je vais rendre visite au père O'Reilly, qui plane encore après la messe des Portes ouvertes. Il a eu nettement moins de monde à la messe de la semaine suivante, mais l'église était tout de même beaucoup plus pleine qu'avant.

Enfin, je vais à toutes les adresses où habite quelqu'un du nom de Rose. Il y en a huit, et je trouve ce que je cherche à la cinquième.

Gavin Rose.

Il a dans les quatorze ans, de vieilles nippes et un rictus permanent. Il a les cheveux raisonnablement longs et ses chemises de coton ressemblent presque à des haillons flottant sur son dos.

Il va au collège.

Il est dur comme un ado rebelle.

Il a des yeux bleus comme l'eau propre des toilettes, et une dizaine de taches de rousseur collées sur le visage.

Ah, et encore un truc :

C'est un salaud fini.

Par exemple, il va dans des petites épiceries et se montre grossier avec les marchands qui ne parlent pas bien anglais. Il leur vole des trucs – tout ce qu'il peut cacher sous son bras ou dans son pantalon. Il pousse les gamins plus petits et leur crache dessus dès qu'il en a l'occasion.

Je l'observe au collège, en faisant attention de ne pas me faire repérer par Sophie. Certaines vieilles peurs me reviennent et je frémis à l'idée qu'elle me remarque et croie que j'aime bien traîner autour des établissements scolaires. En faisant le mateur.

Je vois surtout Gavin Rose chez lui.

Il vit avec sa mère et son frère aîné.

Sa mère est une ivrogne et une fumeuse invétérée qui porte des bottines fourrées, et son frère est tout aussi horrible que lui. D'ailleurs, impossible de savoir lequel des deux est le pire.

Ils habitent tout au fond de la ville, pas loin d'une crique pleine d'écume sale alimentée par la rivière. La caractéristique principale de l'endroit, c'est que les frères Rose ne font que s'y battre. Si j'y vais le matin, ils se disputent. Si j'y vais le soir, ils échangent des coups de poing. Et ils s'injurient en permanence.

Leur mère n'arrive pas à les contrôler.

Pour tenir le coup, elle boit.

Elle s'écroule endormie sur le canapé, tandis que le dernier *soap opera* se déverse sur l'écran et sur elle.

En une semaine, j'ai vu ces garçons se battre au moins une dizaine de fois – et un soir, mardi, c'est le pire. Ça jaillit par la porte, sur le côté de la maison, et le frère aîné, Daniel, démonte la tête à Gavin. Gavin est plié en deux et Daniel le relève par le col.

Il fait la leçon à son frère en lui agitant la tête.

— Je... t'ai dit... de pas... toucher... à mes affaires ! Pigé ?!

Il le jette par terre, avant de rentrer d'un pas décidé.

Gavin reste là. Au bout de quelques minutes, il se met à genoux. Je le regarde depuis le trottoir d'en face.

Il se tâte le visage pour voir s'il y a du sang, puis il pousse un juron et se met à trottiner dans la rue, tout en crachant la haine que lui inspire son frère, qu'il veut tuer. Il s'arrête tout au bout de la pente et s'assoit au bord du caniveau, là où des buissons traînent autour de la route.

C'est à moi.

Je m'approche et me dresse devant lui et, je dois vous le dire, la nervosité grimpe. Le gamin est mauvais et il ne me fera pas de cadeau.

Au-dessus de nous, un lampadaire nous regarde.

166

Un petit vent rafraîchit la sueur sur mon visage et, lentement, je vois mon ombre marcher sur Gavin Rose.

Il lève les yeux.

— Oh, tu veux quoi toi?

Des larmes brûlantes lui cuisent le visage. Il a un regard mordant.

— Rien.

— Ben alors barre-toi, branleur de mes deux – ou je te pète la tronche.

Il a quatorze ans. Tu te rappelles Edgar Street? Là, c'est du gâteau.

Je lui dis :

— Vas-y alors, parce que je bouge pas.

Mon ombre le recouvre complètement et il ne fait pas un mouvement. C'est ce que je pensais : que de la gueule. Il arrache de l'herbe et la lance dans la rue, comme si c'étaient des cheveux. Il a des mains féroces.

Je m'assois au bord du caniveau à quelques mètres de lui et je brise le silence qui a suivi sa menace.

— Qu'est-ce qui s'est passé? je demande, sans le regarder.

Ça marchera si je ne le regarde pas.

Sa réponse est succincte :

— Mon frère est un connard fini et je veux le tuer.

— Eh bien, tant mieux pour toi.

Il explose :

— Tu te fous de ma gueule?

— Non, je réponds, refusant toujours de le regarder.

Espèce de petit salaud.

Il se répète :

— Je veux le tuer. Je veux le tuer. Je veux. Le tuer. Lui!

Ses cheveux en bataille lui noient le visage. Ses taches de rousseur brillent sous le lampadaire.

Je le regarde et je réfléchis à ce que je dois faire.

Je me demande si ces frères Rose ont déjà subi l'épreuve du monde extérieur.

C'est ce qui va leur arriver.

Jeudi après-midi semble bien se dérouler.

Angie Carusso suit sa routine au travail et récupère ses enfants à l'école. Elle les amène au parc et ils discutent des glaces qu'ils vont acheter. L'un d'eux, rusé, propose d'en prendre une moins chère pour en avoir deux. Angie lui répond qu'il n'a droit qu'à une seule de toute façon. Du coup, il reporte son choix sur une glace plus chère.

Ils entrent dans la boutique et j'attends dans le parc, assis sur l'un des bancs à l'écart, en attendant qu'ils reviennent. Quand ils arrivent, je vais dans la boutique moi aussi et j'essaye de trouver quel genre de glace Angie Carusso aimerait.

Dépêche-toi, ou ils seront partis. Finalement, j'en prends une à deux parfums. Menthe aux pépites de chocolat et fruit de la passion, dans un cornet.

Je retourne au parc. Les gosses sont encore en train d'engloutir leurs glaces, tous assis sur le banc.

Je m'approche.

Je trébuche sur mes mots, étonné qu'ils sortent correctement.

— Excusez-moi, je...

Angie et les enfants se tournent tous vers moi. De près, Angie Carusso est belle, un peu gauche.

— Je vous ai vue ici quelquefois et j'ai remarqué que vous ne preniez jamais de glace pour vous.

Elle me regarde comme si j'étais fou.

— J'ai pensé que vous en méritiez une aussi.

Je la lui tends maladroitement ; des filets verts et jaunes coulent déjà le long du cône.

Elle la prend d'un geste vif, l'air stupéfait et presque abattu. Elle regarde la glace plusieurs secondes. Puis, de la langue, elle récupère ce qui coule sur le cornet.

Quand elle l'a bien nettoyé, elle tente une bouchée comme si c'était le péché originel. Je peux ou je peux pas ? Elle me regarde d'un air inquiet, avant de mordre dans la menthe-chocolat. Ses lèvres deviennent vert clair

168

juste au moment où ses garçons dévalent le toboggan. Seule la fille reste. Elle remarque :

— On dirait que toi aussi t'as eu une glace, maman.

Angie lui caresse les cheveux.

— Oui, Casey, on dirait bien, pas vrai ? Allez, va jouer avec tes frères.

Casey s'en va et on se retrouve seuls, elle et moi, sur le banc.

C'est une journée tiède et moite.

Angie Carusso mange sa glace et je ne sais pas quoi faire de mes mains. Elle passe la bouche sur la boule menthe et sur celle au fruit de la passion, lentement, savoureusement. De la langue, elle pousse la glace au fond du cornet, pour qu'il ne se vide pas. On dirait qu'elle ne supporte pas un cornet vide.

Tout en mangeant, elle surveille ses enfants. Ils ont à peine remarqué ma présence, plus occupés à appeler leur mère et à jouer à celui qui va le plus haut sur la balançoire. Angie dit au cornet :

« Ils sont splendides, la plupart du temps. Quand j'étais petite, j'étais la plus facile. Maintenant, j'ai trois gosses et je suis seule. »

Elle regarde les balançoires. Elle s'imagine à quoi elles ressembleraient si les enfants n'étaient pas là. La culpabilité la retient, momentanément. Mais cette idée semble être là, constamment. Jamais loin, malgré son amour pour eux.

Je comprends que rien ne lui appartient plus et qu'elle, elle appartient à tout.

Elle pleure, momentanément, en les regardant. Ça au moins, elle se le permet. Il y a des larmes sur son visage et de la glace sur ses lèvres.

La glace n'a pas le goût qu'elle avait avant.

Pourtant, en se levant, Angie Carusso me remercie. Elle me demande comment je m'appelle, mais je réponds que ce n'est pas important.

169

— Mais si, elle proteste.

Je cède.

— C'est Ed.

— Eh bien, merci, Ed. Merci vraiment.

Elle me remercie encore deux ou trois fois, mais les plus belles paroles que j'entends de toute la journée arrivent juste au moment où je me dis que c'est fini. C'est la petite fille, Casey. Elle s'enroule sur la main d'Angie et dit :

— La prochaine fois, je te donnerai un peu de la mienne, maman.

Je me sens triste et vide, mais j'ai aussi l'impression d'avoir fait ce qu'il y avait à faire. Une glace pour Angie Carusso, juste une fois.

Je me rappellerai toujours la couleur sur ses lèvres.

D♣ Du sang et des Rose

Je dois m'occuper des Rose maintenant et comme je l'ai dit, je ne pense pas qu'ils aient subi l'épreuve du monde. On ne leur a jamais demandé comment ils réagiraient si quelqu'un de l'extérieur interrompait leurs disputes à coups de poing.

J'ai leur adresse.

J'ai leur numéro de téléphone, et je suis prêt.

Au début de la semaine suivante, j'ai pas mal de travail en journée, et je vais chez les Rose tous mes soirs de libres. Chaque fois, ils passent leur temps à se disputer. Ils ne se battent pas vraiment, alors je rentre chez moi, déçu. Sur le chemin du retour, je cherche la cabine téléphonique la plus proche de chez eux et j'en trouve une à quelques rues de là.

Les deux nuits suivantes, je dois travailler, ce qui me semble une bonne chose. Ils se sont rentrés dedans tout récemment et il leur faut peut-être encore quelques jours pour se préparer à recommencer. Tout ce qu'il me faut, c'est que Gavin sorte à nouveau de la maison. Mon boulot ne va pas être agréable.

Ça arrive un dimanche soir.

Je suis là depuis presque deux heures quand la maison se met à trembler : Gavin sort en coup de vent.

Il retourne au même endroit et s'assoit au bord du caniveau.

Moi aussi, je retourne le voir.

Mon ombre effleure à peine la sienne. Il dit : « Encore toi ! », mais il ne me voit même pas.

Je l'attrape par le col.

Je suis hors de moi.

Je me vois traîner Gavin Rose dans les buissons et le jeter par terre, dans l'herbe et les branches mortes.

Je lui envoie une grêle de coups de poing, je lui fais un trou dans le ventre.

Le gamin pleure et me supplie. Il hoquette :

« Me tue pas, me tue pas... »

Je vois ses yeux et je détourne les miens, tout en lui mettant mon poing dans le nez pour éliminer toute vision qu'il aurait pu avoir. Il a mal, mais je continue. Quand j'en aurai fini avec lui, il faut qu'il soit incapable de bouger.

Je sens sa peur.

Elle coule de lui.

Elle monte à mes narines et me bouche le nez.

Je me rends compte que ça pourrait très mal tourner, mais c'est la seule possibilité, je crois.

Il est temps d'expliquer qu'avant Edgar Street, je n'avais jamais levé le petit doigt sur quelqu'un. Ça n'est vraiment pas terrible, en particulier avec un jeunot qui n'a aucune chance. Mais ça ne doit pas m'arrêter. Je continue à tabasser Gavin Rose comme un possédé. Il fait sombre et le vent se lève, soufflant dans les broussailles.

Personne ne peut l'aider.

Sauf moi.

171

Et comment je m'y prends ?

Je lui donne un dernier coup de pied et je vérifie qu'il ne pourra pas bouger pendant au moins cinq ou dix minutes.

Je le lâche, soufflant lourdement.

Gavin Rose n'ira nulle part.

Je sors rapidement des buissons, du sang sur les mains. Je passe devant la maison des Rose, où j'entends la télévision.

En tournant le coin, je vois la cabine, et je découvre un gros problème : il y a quelqu'un dedans.

Une très massive adolescente avec un anneau dans le nombril crie dans la cabine :

« Ça m'est égal ce qu'elle dit, elle. Ça n'a rien à voir avec moi... »

Je ne peux pas m'en empêcher.

Je me dis : *Sors de là, pétasse.*

Mais elle parle de plus belle.

Une minute. Je lui donne une minute, puis j'y vais.

Elle me voit, mais visiblement s'en fiche éperdument. Elle me tourne le dos et continue à bavarder.

C'est bon, j'y vais. Je tape à la cabine.

Elle se retourne et fait :

— Quoi ?!

On dirait un coup de feu.

J'essaye d'être poli.

— Désolé de vous déranger, mais j'ai vraiment besoin de passer un coup de fil urgent.

— Va chier, mon pote !

Elle n'a pas l'air contente, c'est le moins qu'on puisse dire.

— Écoutez...

Je lui montre mes mains pleines de sang.

— Un de mes amis vient d'avoir un accident et il faut que j'appelle une ambulance...

Elle revient au téléphone : « Kel ? Ouais, c'est moi. Écoute, je te rappelle dans *une minute.* »

Elle me jette un regard infect.

— C'est bon.

Elle raccroche et sort en prenant son temps. À l'intérieur, je sens sa sueur mélangée à son déodorant. Pas très séduisant, mais ce n'est pas non plus au niveau du Portier.

Je ferme la porte et je fais le numéro.

Au bout de trois sonneries, Daniel Rose décroche.

— Ouais, allô?

Je chuchote en articulant bien :

— Écoute-moi bien. Si tu vas jusqu'aux arbres au bout de la rue, tu trouveras ton frère en bien mauvais état. Je te conseille vivement d'y aller.

— C'est qui?

Je raccroche.

— Merci, je dis à la fille en sortant.

— J'espère que t'as pas laissé de sang sur le téléphone.

Sympa, cette fille.

Je reviens dans la rue des Rose, et j'arrive juste à temps pour voir.

Daniel Rose aide son frère à revenir chez eux. Je suis loin, mais je le vois qui le soutient, une main autour de ses épaules. Pour la première fois, on dirait des frères.

Je leur imagine même quelques mots : *Allez, Gav, tu vas y arriver. On va te ramener et te soigner.*

Il y a du sang sur mes mains et au bout de la rue. J'espère qu'ils comprendront tous deux ce qu'ils font et ce qu'ils prouvent.

Je veux le leur dire, mais tout ce que j'ai à faire, c'est de transmettre le message. Je ne le déchiffre pas, je n'ai pas à le leur expliquer. Ils doivent le faire eux-mêmes.

J'espère qu'ils en seront capables. Je rentre chez moi, me laver et voir le Portier.

R♣ Le trèfle en face

Eh bien, je suis très content de moi, je dois dire. Il y avait trois noms gravés sur les pierres du foyer, et je suis certain d'avoir fait tout ce que je devais.

Je vais à la rivière avec le Portier, en amont, là où les noms sont dans la pierre. En grimpant, ça devient un peu dur pour le Portier et je le regarde, déçu :

— Il fallait que tu viennes, hein ? Je t'avais bien dit que ce serait dur pour toi, mais est-ce que tu m'as écouté ?

— *Je t'attends ici*, il répond.

Il s'allonge, je le caresse et je reprends mon chemin.

Je grimpe sur les grosses pierres, gonflé de fierté. C'est fantastique de revenir ici victorieux, après l'incertitude de ma première visite.

On est en fin d'après-midi, il ne fait pas trop chaud, et je transpire à peine. Je pose les yeux sur les noms.

Je remarque aussitôt une différence. Ce sont les mêmes noms, mais on a gravé des marques à côté, visiblement à chaque mission accomplie.

Je suis très heureux de voir le premier.

Thomas O'Reilly. Grosse marque.

Angie Carusso. Une autre.

Et puis...

Quoi ?

Je regarde la pierre avec incrédulité. Le nom de Gavin Rose est là, tout seul, dénué de marque.

Je me gratte la colonne vertébrale : *Qu'est-ce qui me reste à faire ? Gavin Rose, il est on ne peut plus fini.*

La réponse ne doit pas être bien loin.

Quelques jours passent et la fin novembre approche. Le Match annuel des insultes aussi. Marv m'appelle souvent, toujours inquiet de mon manque d'intérêt apparent.

Décembre arrive et, deux nuits avant le match, je suis encore anxieux à cause de Gavin Rose et de cette marque invisible dans la pierre. J'y suis retourné, et toujours rien. J'ai espéré que celui qui s'en occupait avait juste pris du retard, mais c'est impossible qu'il ait laissé passer trois ou quatre jours. Le chef, quel qu'il soit, ne le permettrait pas.

J'ai du mal à dormir.

Je suis irritable avec le Portier.

Je n'ai toujours pas dormi après jeudi, et je vais voir la pharmacie de nuit en haut de Main Street pour qu'on me donne quelque chose, n'importe quoi, pour m'aider à dormir. J'aurais dû garder quelques-unes des pilules que j'avais données à l'homme d'Edgar Street.

En sortant, je remarque un groupe de garçons qui traînent sur le trottoir d'en face.

En m'approchant de chez moi, il devient évident qu'ils me suivent. À un carrefour, en attendant que le feu passe au vert pour les piétons, j'entends la voix de Daniel Rose.

« C'est lui, Gav ? »

J'essaye de les repousser mais ils sont trop nombreux. Au moins six. Ils me traînent dans une ruelle et s'occupent de moi comme je me suis occupé de Gavin. Ils me bourrent de coups de poing, me tiennent au sol et se relayent. Du sang coule sur mon visage et des ecchymoses apparaissent sur mes côtes, mes jambes et mon ventre.

Ils se font plaisir.

« Ça t'apprendra à emmerder mon frère. »

C'est Daniel Rose qui me fait la conversation. Il me décoche un méchant coup de pied dans les côtes. Une loyauté qui fait mal.

« Allez, Gav, mets-lui le dernier. »

Gav obéit.

Il m'envoie sa botte dans le ventre et m'enfonce son poing dans la figure.

Ils s'enfuient dans la nuit.

Quant à moi, j'essaye de me lever, mais je n'y arrive pas.

Je me traîne jusqu'à chez moi : comme si j'avais bouclé la boucle, depuis la réception de l'as de trèfle.

J'entre en titubant. Le Portier me regarde, stupéfait. Presque inquiet. J'arrive péniblement à lui sourire pour le rassurer. J'imagine que pendant tout cet épisode, on

175

grave une grosse marque dans la pierre à côté du nom de
Gavin Rose. C'est terminé.

Je me regarde dans le miroir de la salle de bains.
Deux yeux au beurre noir.
Mâchoire enflée.
Du sang qui me coule sur la gorge.
Je me regarde et fais de mon mieux pour sourire.
Bien joué, Ed.
Je contemple encore quelques secondes mon visage
brisé et ensanglanté.
Je regarde le trèfle en face.

TROISIÈME PARTIE

Une période éprouvante pour Ed Kennedy

♠ Le match

Un moustique chante dans mon oreille et je suis presque content de bénéficier de sa compagnie. Je suis même tenté de chanter avec lui.

Dans le noir, j'ai du sang sur le visage, et le moustique pourrait facilement boire sans piquer. En s'agenouillant, il goûterait le sang sur mes lèvres et ma joue droite.

Je sors du lit. Le sol est frais et agréable sous les pieds. Mes draps semblent tissés de sueur, et je m'appuie contre le mur dans le couloir. De la sueur coule sur mes chevilles, puis sous ma plante de pied.

Je ne me sens pas trop mal.

Je regarde la pendule. Un rire s'échappe de ma bouche. Je vais prendre une douche froide. L'eau glacée est brûlante sur mes bleus et mes coupures, mais tout est bon. Il est presque quatre heures du matin et je n'ai plus peur. Je mets un vieux jean et rien d'autre, et je retourne au lit chercher les deux as. J'ouvre le tiroir et je prends les cartes dans mes doigts. Je relis gaiement les histoires de ces cartes dans la lumière jaune de ma chambre. Je pense avec émotion à Milla et Edgar Street, et je souhaite une vie géniale à Sophie. Je ris avec le père O'Reilly, Henry Street et les Portes ouvertes chez le prêtre. Et puis Angie

179

Carusso ; j'aurais espéré en faire davantage pour elle. Et ces salauds de Rose.

Quelle sera la prochaine carte ?

Je m'attends à du cœur.

J'attends.

Le jour, et l'as suivant.

Cette fois, je veux que ça aille vite.

Je veux la carte tout de suite. Ni obscurité ni énigmes. Qu'on me donne les adresses, c'est tout. Qu'on me donne les noms et qu'on m'y envoie. C'est ça que je veux.

Une seule chose m'inquiète : chaque fois que j'ai voulu que ça se passe d'une certaine manière, ça s'est passé d'une autre. Parfaitement conçu pour me mettre à l'épreuve face à l'inconnu. Je veux que Keith et Daryl repassent cette porte. Je veux qu'ils me donnent la prochaine carte en critiquant l'odeur et les puces du Portier. J'ai même laissé la porte ouverte pour qu'ils puissent entrer de façon civilisée.

Mais je sais qu'ils ne viendront pas.

Je retrouve mon livre et je vais au salon. Je prends les as avec moi. Je les garde à la main pendant ma lecture.

Quand je me réveille, je suis par terre, les deux cartes près de la main gauche. Il est déjà presque dix heures et il fait chaud. Quelqu'un cogne à ma porte.

C'est eux. Je crie :

— Keith ? Daryl ? C'est vous ?

— C'est qui ce Keith ?

Je lève la tête. Marv se tient devant moi. Je me frotte les yeux et je lui demande :

— Qu'est-ce que tu fais ici ?

— C'est comme ça que tu parles à tes amis ?

Il voit bien mon visage, maintenant, et les traînées noir et jaune sur mes côtes. Je le vois qui pense : *Oh mon Dieu*, mais il ne dit rien. Il répond à ma question par une réponse à une autre question. Agaçant, et typique de Marv. Au lieu de dire ce qu'il fait ici, il m'explique comment il est entré.

— La porte était ouverte et le Portier m'a laissé passer, pour changer.

— Tu vois ? Je t'ai dit qu'il était sympa.

Je vais à la cuisine, Marv derrière moi. Il me demande ce qui est arrivé.

— Comment tu t'es fait ça, Ed ?

J'allume la bouilloire.

— Café ?

— *Oui, s'il te plaît.*

Bien sûr, le Portier vient d'arriver.

— Merci, répond Marv.

Tout en buvant, je raconte à Marv ce qui s'est passé :

— Des jeunes mecs. Ils m'ont vu et ils m'ont pris par-derrière.

— T'as réussi à leur mettre quelques gnons ?

— Non.

— Pourquoi ?

— Ils étaient six, Marv.

Marv hoche la tête d'un air écœuré.

— Bon Dieu, ce monde devient fou.

Il décide de revenir à un sujet plus normal :

— Tu crois que ça ira, pour jouer cet après-midi ?

Mais bien sûr.

Le Match des insultes.

C'est aujourd'hui.

Je réponds très clairement :

— Oui, Marv. Je vais jouer.

Soudain, je suis tout à fait d'humeur à participer au match. Malgré mon état lamentable, je me sens plus fort que jamais, et je caresse bel et bien l'idée de me faire encore taper. Ne me demandez pas pourquoi. Je ne le comprends pas moi-même.

Marv se lève et se dirige vers la porte.

— Allez, viens. Je t'offre le petit déjeuner.

— Vraiment ?

Ça ne lui ressemble pas du tout.

En partant, je veux savoir la vérité :

— Tu m'inviterais, si j'avais déclaré forfait pour le match ?

Marv ouvre sa portière et monte.

— Bien sûr que non.

Au moins, il est honnête.

Sa voiture refuse de démarrer. Marv me fixe du regard :

« Pas un mot. »

On ricane un peu tous les deux.

C'est une bonne journée. Je le sens.

On marche jusqu'à un café merdique au bout de Main Street. Ils servent des œufs, du salami et une espèce de pain tout plat. La serveuse est une grosse femme avec une grande bouche et un torchon à la main. Je trouve qu'elle a une tête de Margaret.

— Vous voulez quoi, les gênes ?

On est cloués sur place.

— Les gênes ? demande Marv.

Elle nous lance un regard du genre : *J'ai pas le temps de rigoler.* Elle s'ennuie à crever.

— Bien sûr. Vous êtes des gênes tous les deux, non ?

C'est là que je comprends : elle veut dire « jeunes ».

— Hé, je dis à Marv. Jeunes.

— Quoi ?

— Les *jeunes*.

Marv parcourt le menu.

Margaret se racle la gorge.

Je commande vite, pour ne pas l'agacer davantage.

— Je prendrai un milk-shake à la banane, si ça vous va.

Elle fronce les sourcils.

— On n'a plus de lait.

— Plus de lait ? Comment on peut être en panne de lait dans un café ?

— Écoute, c'est pas moi qui l'achète. Je n'ai rien à voir avec le lait. Tout ce que je sais, c'est qu'on n'en a plus. Pourquoi tu prends pas quelque chose à manger ?

Elle adore son travail, cette dame. Je le sens.

— Vous avez du pain ?

— Ne faites pas les malins, les gênes.

Je regarde autour de moi, pour voir ce que mangent les autres.

— Je vais prendre la même chose que le type, là.

On regarde tous les trois. Marv s'inquiète :

— Tu es sûr ? Ça m'a l'air assez limite, Ed.

— Au moins ils en ont, hein ?

Et là, Margaret se fâche pour de bon :

— Écoutez, vous deux.

Elle se gratte le cuir chevelu avec son stylo. J'attends presque qu'elle se cure les oreilles avec.

— Si on n'est pas assez bien pour vous, les gênes, vous pouvez tout à fait vous barrer et aller ailleurs.

Elle est susceptible, c'est le moins qu'on puisse dire.

Je cède :

— C'est bon. Donnez-moi la même chose que le type, et juste une banane en plus, OK ?

Marv approuve :

— Bonne idée. Du potassium pour le match.

Du potassium ? Je ne suis pas sûr que ça aide vraiment.

Margaret se tourne vers Marv.

— Et vous ?

Il s'agite sur sa chaise.

— Et pourquoi pas votre galette de pain, avec votre meilleure sélection de fromages ?

Évidemment. Marv ne peut pas s'empêcher de la ramener avec quelqu'un comme ça. C'est dans sa nature.

Mais Margaret est bonne. Elle supporte des connards comme nous toute la journée.

— Le seul fromage, ici, c'est vous.

Je dois dire qu'on rigole tous les deux pour l'encourager. Elle fait semblant de ne rien remarquer.

— Autre chose pour vous, les gênes ?

— Non merci.

— Bien. Ça fera vingt-deux cinquante.

— *Vingt-deux dollars cinquante ?*

183

Impossible de cacher notre exaspération.

— Eh ben ouais. C'est classe ici, vous savez.

— C'est évident. La qualité du service est inégalable.

Et nous voilà assis en terrasse, en pleine canicule, à attendre notre petit déjeuner en transpirant. Margaret prend un malin plaisir à nous oublier tout en servant les commandes des autres clients. On est prêts à lui demander où a disparu la nôtre, mais on sait que ça nous fera juste poireauter plus longtemps. Les gens en sont carrément à prendre leur déjeuner avant que notre petit déjeuner arrive et, quand Margaret revient enfin, elle le dépose sur notre table comme si c'était du compost.

— Oh, super, adorable, dit Marv. Vous vous êtes surpassée.

Margaret se mouche et s'en va avec une indifférence sauvage.

On attaque le petit déjeuner et Marv demande :

— C'est bon, ce que tu as ? Ou plus exactement, c'est quoi ?

— Des œufs au fromage avec un truc.

— Les œufs, tu les aimes, au moins ?

— Non.

— Alors pourquoi tu en as demandé ?

— En fait, dans l'assiette du type, ça ne ressemblait pas à des œufs.

— D'accord. Tu veux du mien ?

J'accepte son offre et je mange un bout de son pain plat. Pas trop mal, en fait. Je demande enfin à Marv pourquoi il a choisi précisément ce jour-ci pour m'inviter à petit-déjeuner. Ça ne m'est jamais arrivé avant. Je ne suis jamais sorti prendre le petit déjeuner de ma vie. En plus, Marv n'aurait jamais l'idée de payer pour moi. C'est tout simplement impensable. En temps normal, il préférerait mourir.

Je le regarde dans les yeux.

— Marv... pourquoi on est là ?

Il hoche la tête.

— Je...

— Tu veux être sûr que j'irai au match cet après-midi, hein ? Tu veux m'amadouer.

Marv ne peut pas me mentir sur ce coup-là, et il le sait :

— En gros, c'est ça.

— J'y serai. Seize heures précises.

— Bien.

Le reste de la journée s'écoule. Heureusement, Marv me laisse quelques heures seul, donc je rentre chez moi et je dors encore.

L'heure approche. Je vais au terrain de foot avec le Portier, qui a senti mon bonheur récent, malgré mon apparence désastreuse.

On s'arrête chez Audrey.

Il n'y a personne.

Peut-être qu'elle est déjà au terrain. Elle a une sainte horreur du football, mais elle y va toujours, chaque année.

Il est presque quinze heures quarante-cinq quand j'arrive sur le site. Je me rappelle ma rencontre avec Sophie, sur la piste d'athlétisme. Du coup, le match a l'air lamentable – ce qu'il est, d'ailleurs. La foule se rassemble déjà sur le terrain de football, mais la piste est déserte, seulement habitée par les images de la fille aux pieds nus.

J'en contemple la beauté aussi longtemps que je peux, puis je me détourne pour affronter le reste.

Plus je me rapproche, plus ça sent la bière. Il fait bien chaud. Dans les trente-deux degrés.

Les deux équipes sont chacune rassemblées à un bout du terrain, et la foule de quelques centaines de personnes grossit lentement. C'est toujours un événement, le Match des insultes. Il a lieu le premier samedi de décembre chaque année, et je pense que c'est la cinquième édition. Pour moi, c'est la troisième année.

Je laisse le Portier à l'ombre d'un arbre. Je m'approche de l'équipe. Ceux qui remarquent mon état s'attardent

185

sur mon visage. Leur intérêt disparaît vite, pourtant. Ce sont des gens habitués à voir du sang et des meurtrissures.

En moins de cinq minutes, on me lance un maillot bleu à rayures rouges et jaunes. Numéro 12. J'enlève mon jean pour mettre un short noir. Ni chaussettes ni chaussures – telles sont les règles du Match des insultes. Ni chaussures ni protections. Juste un maillot, un short et une grande gueule. C'est tout ce qu'il vous faut.

Notre équipe s'appelle les Poulains. En face, c'est les Faucons. Ils portent un maillot vert et blanc avec un short de la même couleur, même si tout le monde s'en moque. On a déjà de la chance d'avoir des maillots, les vrais clubs du coin nous en ont refilé, et on en a récupéré des vieux.

Il y a des types de quarante ans dans le match. Des gros pompiers ou des mineurs bien laids. Puis il y a des formats intermédiaires ; quelques jeunes, comme Marv, Ritchie et moi ; et quelques-uns qui savent bel et bien jouer.

Ritchie est le dernier de l'équipe à se pointer.

« Ça alors, un convenant », dit l'un des gros types.

L'un de ses potes lui dit que c'est censé être « un revenant », mais franchement, le gros lard est trop lourd pour comprendre. Il a ce qu'on appelle par chez nous une moustache à la Merv Hughes. Si vous ne savez pas ce que c'est, disons que c'est gros, broussailleux, et franchement pas recommandable. Le plus triste dans l'histoire, c'est que c'est notre capitaine. Je crois que son vrai nom est Henry Dickens. Aucun lien avec Charles.

Ritchie pose son sac et demande :

« Salut les gars, comment ça va ? »

Puis il baisse les yeux et en fait, tout le monde s'en fout de savoir comment vont les autres. Il est quinze heures cinquante-cinq et la plupart des gars de l'équipe boivent de la bière. On m'en lance une mais je la garde pour plus tard.

Je vais me dégourdir les jambes tandis que la foule continue à s'entasser sur le terrain. Ritchie vient me voir. Il me regarde de bas en haut, et dit :

— Nom de Dieu, Ed, t'as l'air à la rue. T'as du sang partout et la gueule en vrac.

— Merci.

Il s'approche.

— Qu'est-ce qui s'est passé ?

— Oh, rien que des jeunes gars qui s'amusaient sans méchanceté.

Il me donne une tape dans le dos – assez fort pour me faire mal.

— Ça t'apprendra, pas vrai ?

— Pourquoi ?

Ritchie me fait un clin d'œil en finissant sa bière.

— Aucune idée.

Quand Ritchie est comme ça, il est adorable. Il ne s'intéresse pas beaucoup aux choses qui arrivent, ni à leurs causes. Il voit que je n'ai pas particulièrement envie de parler de l'incident, donc il le prend à la blague et on laisse ça derrière nous.

C'est un bon pote, Ritchie.

Je trouve curieux que personne ne m'ait au moins conseillé d'appeler la police après ce qui m'est arrivé. Mais ça ne se fait pas, par ici. Les gens se font braquer ou tabasser tout le temps et, dans la plupart des cas, soit ils ripostent tout de suite, soit ils encaissent.

Dans mon cas, j'encaisse.

Je m'étire mollement en observant l'équipe adverse. Ils sont plus costauds que nous. Je regarde en particulier le gros dont Marv m'a parlé. Il est colossal et, pour être honnête, je n'arrive pas à dire si c'est un homme ou une femme. En fait, de loin, il ressemble à Mimi, l'énorme femme du *Drew Carey Show*.

Et là.

Le pire.

Je regarde son numéro.

C'est le numéro 12, comme le mien.

— C'est lui que tu dois marquer, me dit une voix derrière moi.

Je sais que c'est Marv. Ritchie vient nous rejoindre.

— Bonne chance, Ed, il dit en réprimant un sourire.

Un rire nerveux s'échappe de mes lèvres.

— Ah, bon Dieu, il va m'aplatir. Littéralement.

Marv demande :

— T'es sûr que c'est un homme ?

Je m'étire pour toucher mes orteils.

— Je lui demanderai quand il sera sur moi.

Bizarrement, pourtant, je ne suis pas plus inquiet que ça.

La foule s'agite.

— Allez, on y va, dit Merv.

J'ai bien dit Merv, pas Marv – c'est bien le gros à moustache que j'appelle Merv, parce que je ne suis pas sûr du tout qu'il s'appelle bien Henry. Je crois que ses potes l'appellent Merv, de toute façon, à cause de sa moustache.

On forme bloc, tous ensemble, pour se motiver avant le match. Un beau mélange d'aisselles qui puent, d'haleine bièreuse, de dents manquantes et de barbes de trois jours.

— Bien, dit Merv, quand on va y aller, qu'est-ce qu'on va faire ?

Personne ne répond.

— Alors ?

— Je sais pas, répond enfin quelqu'un.

Merv gueule :

— On va les éclater, ces connards !

Grognements d'approbation – sauf Ritchie qui bâille.

Quelques autres gueulent aussi, mais ça ne fait pas clameur guerrière. Ils poussent des jurons, reniflent, et en sont presque à éventrer les Faucons.

Et ce sont des grandes personnes. On ne grandit jamais.

L'arbitre donne un coup de sifflet. Comme toujours, c'est Reggie La Motta, qui est très réputé en ville pour être un parfait ivrogne. Sa seule raison d'arbitrer le

188

match, c'est les deux bouteilles d'alcool gratuites qu'on lui file. Une de chaque équipe.

« Allez, on va les tuer, ces mecs » : sur ce consensus général, l'équipe arrive au pas de course.

Je reviens en vitesse à l'arbre où j'ai laissé le Portier. Il dort. Un petit garçon le caresse.

Je lui demande :

— Tu veux bien surveiller mon chien ?

— D'accord. Je m'appelle Jay.

— Lui, c'est le Portier.

Là-dessus, je file me mettre en rang avec les autres.

Reggie commence :

— Alors, écoutez bien, les gars.

Il a la voix pâteuse. Le match n'a même pas commencé et l'arbitre est déjà bourré. En fait, c'est plutôt drôle.

— Si vous me refaites la moindre connerie comme l'an dernier, je me barre et vous vous arbitrerez tout seuls.

Quelqu'un répond :

— T'auras pas tes deux bouteilles alors, Reg.

— Mon cul, oui.

Reggie se fâche :

— Bon, pas de bêtises, vous m'entendez ?

Tout le monde est d'accord.

— Merci, Reggie.

— C'est bon, Reg.

Tout le monde s'avance et on se serre la main. Je prends celle de mon numéro adverse qui me fait de l'ombre tellement il me dépasse. J'avais raison. C'est bien un homme, mais il ressemble à Mimi du *Drew Carey Show* comme deux gouttes d'eau. Avec une bonne couche de mascara, ça irait bien.

— Bonne chance, je dis.

Mimi répond d'une voix râpeuse :

— Donne-moi quelques minutes, et je te mets en pièces.

Que le jeu commence.

Les Faucons donnent le coup d'envoi et, bientôt, j'ai la balle.

Je me fais arrêter net.

Je recommence.

Je me fais encore stopper par la grosse Mimi, qui m'enfonce la tête dans le sol en m'insultant dans le creux de l'oreille. C'est tout à fait l'esprit de ce match. Le public passe son temps à pousser des oooh et des aaah, en criant des blagues ou des obscénités – tout ça en buvant de la bière et du vin et en mangeant des hot-dogs achetés au type qui revient chaque année pour en vendre. Il installe sa boutique sur la touche, et propose même des sodas et des sucettes aux gamins.

Les Faucons marquent à plusieurs reprises, prenant une bonne avance.

— Qu'est-ce qui se passe, bon Dieu ? demande quelqu'un devant les poteaux.

C'est le gros Merv. En tant que capitaine, il se sent obligé de dire quelque chose.

— Enfin bordel, il y en a qu'un qui se bouge et c'est... Hé, c'est quoi ton nom déjà ?

Je sursaute : c'est à moi qu'il parle.

Surpris, je réponds :

— Ed. Ed Kennedy.

— Eh ben, Ed, c'est le seul qui court vraiment et qui tacle. Alors on se bouge, là.

Je continue à courir.

Mimi continue à m'insulter et à jouer les monstres ; je me demande s'il finira par s'essouffler un jour. Quelqu'un d'aussi gros par une chaleur pareille, il ne va plus tenir très longtemps, c'est forcé.

Reggie siffle la mi-temps. Je suis au sol. Tout le monde va se prendre une bière. Chaque joueur se persuadera alors, avec difficulté, de revenir en jeu.

Pendant la pause, je suis allongé à l'ombre, près du Portier et du petit garçon. Audrey arrive. Elle ne me pose aucune question sur mon état, parce qu'elle sait que c'est encore mon travail de messager. Ça devient une habitude, donc je n'en parle pas. Elle me demande :

— Tu vas bien ?

Je pousse un soupir de bonheur.

— Tout à fait. J'adore la vie.

Le vent tourne dans la seconde mi-temps et on riposte. Ritchie marque à deux reprises. Égalité.

Marv joue bien aussi, et le match est serré pendant un moment.

Mimi commence enfin à se fatiguer et, pendant un arrêt de jeu pour blessure, Marv vient me motiver, tout en regard intense et cheveux blonds collants :

— Hé ! T'as pas encore fait mal au gros travelo, là.

— T'as vu sa masse, Marv ? Enfin quoi, il est plus gros que la maman de Gilbert Grape !

— Qui ça ?

— Tu sais, dans le livre… (Je laisse tomber.) On en a fait un film. Avec Johnny Depp, tu te rappelles pas ?

— En tout cas, Ed… vas-y et bourre-le un peu !

J'obéis.

On aide un joueur à sortir du terrain. Je vais voir Mimi.

On échange un regard.

Je lui dis :

— La prochaine fois que tu as le ballon, fonce-moi dessus.

Et je m'éloigne. Je me chie dessus, littéralement.

Le match reprend et Mimi y va.

Il prend son élan, il me charge et, sans savoir comment, je sais que je vais y aller. Il fonce sur la balle, je le marque, je m'avance et tout ce que j'entends, c'est le bruit. Une grosse collision et tout qui tremble. Le public part en délire et je me rends compte que je suis encore debout – c'est Mimi qui est roulé en boule par terre.

Tout le monde m'entoure en disant : « Super bien joué », mais soudain j'ai la nausée. Je me sens très mal de ce que j'ai fait. Dans le dos de Mimi, le gros numéro 12 me fixe, solitaire et immobile. Quelqu'un demande :

191

— Il est vivant?

La réponse vient :

— Qu'est-ce qu'on en a à foutre?

Je vomis.

Je sors lentement du terrain. Tout le monde discute de comment évacuer Mimi pour pouvoir reprendre le match.

— Allez chercher la civière.

— On n'en a pas. Et d'ailleurs, vous avez vu sa masse? Il est trop gros. Il nous faudrait une grue, bordel.

— Ou une pelle mécanique.

Une infinité de suggestions. Des gens comme eux, ça ne les dérange pas du tout de s'attaquer à quelqu'un. Taille, poids, odeur... tout ce que vous voudrez. Si vous avez un défaut, ils vous le diront, même si vous êtes aplati par terre.

La dernière voix que j'entends est celle du gros Merv.

— C'est le plus bel argument percutant que j'aie vu depuis longtemps.

On sent une grande joie dans sa phrase, et les autres sont d'accord avec lui.

Je continue de marcher. Je me sens toujours très mal. Coupable.

Le match est fini pour moi.

Le match est fini, mais un autre commence.

Je reviens à l'arbre et le Portier a disparu.

Une peur familière s'éveille en moi.

2 ♠ Vingt dollars pour le chien et la carte

Paniqué, je regarde de tous côtés pour retrouver mon chien et le gosse.

Il y a un petit ruisseau derrière le terrain et je décide de commencer par là. Je cours aussi vite que je peux vu mon état, oubliant le match, et du coin de l'œil, je vois une fille aux cheveux jaunes se diriger vers moi. Je crie à Audrey :

« Le Portier ! Il a disparu ! »

Je me rends compte à quel point j'aime ce chien.

Elle m'accompagne un moment, puis prend une autre direction.

Rien au ruisseau.

Je reviens sur l'étendue herbeuse du terrain. Le match avance et j'entends encore le public, quelques kilomètres au fond de mon esprit.

Audrey, qui a exploré le ruisseau plus loin, demande :

— Rien ?

— Non.

On s'arrête.

Calme.

C'est la meilleure manière. Je me retourne vers l'arbre où le Portier était assis, et je le vois qui revient avec le gosse. Ce dernier tient un soda et un long bâton de réglisse. Il y a quelqu'un d'autre avec eux.

Elle me voit.

Une femme assez jeune. Elle croise mon regard furieux, se penche en vitesse et attrape le gosse. Elle lui donne quelque chose, elle lui parle puis elle s'en va aussitôt.

Je dis à Audrey :

« C'est la carte suivante. »

Je file. Je cours plus vite que j'ai jamais couru.

J'arrive au niveau du chien et du garçon. Je m'arrête et je vois que j'avais raison. Le gosse tient une carte à jouer, mais je ne distingue pas de quelle couleur. Je me remets en chasse. La jeune femme a disparu dans la foule, mais je cours quand même, parce que je suis sûr – absolument sûr – que cette personne sait au moins *qui* est derrière tout ça.

Mais elle s'est évanouie.

Elle a disparu et je reste là sur la ligne de touche, hors d'haleine.

Je pourrais continuer, mais c'est inutile. Elle est partie et il faut que je récupère la carte. Pour ce que j'en sais, le gamin pourrait la déchirer.

Heureusement, il la tient toujours. Il la tient bien. On dirait qu'il ne la laissera pas partir sans se battre.

Il s'avère que j'ai parfaitement raison.

— Non, il dit.
— Écoute...

La dernière chose que je veux, c'est perdre mon temps avec ce gosse.

— Donne-moi la carte, c'est tout.
— Non !

Et il essaye de pleurer.

— Qu'est-ce qu'elle t'a dit, la dame ?
— Elle a dit... (il s'essuie les yeux) que la carte appartient au propriétaire du chien.

— Eh bien, c'est moi, ça.
— Non ! Il est à moi ! Le chien est à moi !

Je pense : *Pitié, donnez-moi Daryl, Keith, une autre raclée, quand vous voudrez, mais tout sauf ce gosse.*

Je m'adapte :

— Très bien. Je te donnerai dix dollars pour le chien et la carte.

Le gosse n'est pas idiot :

— Vingt.

Je suis agacé, c'est le moins qu'on puisse dire, mais je demande vingt dollars à Audrey qui me les donne.

— Je te rembourserai.
— Pas de souci.

Je donne le billet au gosse et je reçois le Portier et la carte. Le gosse savoure sa victoire :

— C'est un plaisir de faire affaire avec vous.

J'ai envie de l'étrangler.

Ce n'est pas ce que j'attendais.

« C'est pique. »

Les cheveux d'Audrey effleurent mon épaule. Le Portier me marche sur le pied. Je le gronde :

— Et toi ! Tu es resté planqué tout ce temps.
— *C'est bon, c'est bon*, il répond, et il a une quinte de toux.

194

Et bien sûr, un bout de réglisse lui sort de la gueule. Il prend un air coupable.

Je lui dis méchamment :

— Ça t'apprendra.

Il fait semblant de rien.

— Il va bien ? demande Audrey.

— Bien sûr. Il m'enterrera, ce sale glouton.

Mais je souris en secret.

♠ 3 Creuse

Apparemment, on a gagné le match, et le gros Merv nous invite à fêter la victoire chez lui. Marv m'appelle en soirée et m'ordonne de venir, parce que tout le monde m'a élu meilleur joueur pour avoir aplati le gros Mimi.

« Il faut que tu viennes, Ed. »

Donc j'y vais.

En chemin, je passe encore une fois par chez Audrey, mais elle n'est pas là. Elle doit être sortie avec son copain. Ça me décourage presque d'aller chez Merv, mais je finis par me décider et j'y vais.

Personne ne me reconnaît.

Personne ne me parle.

Au début, je ne vois même pas Marv, puis il me retrouve sur la terrasse.

— Tu es venu. Comment ça va ?

Je regarde mon ami et je réponds :

— Mieux que jamais.

Derrière nous, on entend les gens soûls qui braillent des hourras ; dans la chambre du devant, il y a des gens qui font ce que les gens font dans les chambres.

On s'assoit un moment et Marv me raconte la fin du match. Il se demande où j'ai disparu, mais je lui explique juste que je me sentais mal et que je n'ai pas pu continuer. On parle longuement du coup que j'ai mis à Mimi. Marv me confie :

— C'était glorieux.

195

— Eh bien, merci.

J'essaye de repousser la culpabilité qui me monte du ventre. Je suis encore désolé pour lui, ou pour elle, enfin pour Mimi quoi.

Une dizaine de minutes plus tard, je sens que Marv a envie de retourner à l'intérieur.

J'ai la nouvelle carte dans ma poche.

L'as de pique.

Je scrute la rue, en quête de ce que l'avenir me réserve. Je suis content. Marv me demande :

— Qu'est-ce qu'il y a ? Qu'est-ce qui te fait sourire, le gêne ?

Le gêne. On rigole ensemble.

— Allez, viens. Qu'est-ce qu'il y a, Ed ?

— Il est temps de chercher.

Je m'éloigne.

— Faut que j'y aille, Marv. Désolé. À plus.

Je m'en veux, parce que ces temps-ci, j'ai tout le temps l'impression de tourner le dos à Marv. Ce soir, il me laisse un peu d'espace. Il comprend enfin que ce qui est important pour lui ne l'est pas forcément pour moi.

— Salut, Ed.

À sa voix, je sais qu'il est content, lui aussi.

La nuit est sombre mais très agréable, et je rentre chez moi. Je m'arrête sous un lampadaire clignotant pour examiner encore l'as de pique. Je l'ai déjà fait plusieurs fois, chez moi et devant chez Merv. Je suis surtout étonné du choix de la couleur, parce que je me serais attendu au cœur. Le cœur aurait suivi une suite rouge-noir, et j'aurais cru que le pique, la couleur qui a l'air la plus dangereuse, viendrait en dernier.

La carte porte trois noms :

Graham Greene
Morris West
Sylvia Plath

Ces noms me sont familiers, même si je ne sais pas trop pourquoi. Ce ne sont pas des gens que je connais, mais j'en ai entendu parler. J'en suis sûr. Chez moi, je regarde dans l'annuaire local : il y a un Greene et quelques West, mais aucun avec un G ou un M en début de prénom. Cela dit, il pourrait y avoir d'autres personnes avec ces noms de famille à la même adresse. Demain, j'irai voir en ville.

Je me détends dans le salon avec le Portier. J'ai fait des frites au four et on se les partage. De nouvelles douleurs apparaissent après le Match des insultes ; à minuit, je peux à peine bouger. Je reste là, le Portier à mes pieds, attendant le sommeil.

Ma tête part en arrière.

L'as de pique glisse de ma main, dans une fente du canapé.

Je rêve.

C'est une longue nuit. Pris au piège dans un monde onirique, je n'arrive pas à savoir si je dors ou si je suis conscient. Quand je me réveille le lendemain matin, je suis toujours au Match des insultes, en train de poursuivre la femme qui a apporté la carte, et de me disputer avec le gosse – de marchander.

Ensuite, je rêve que je suis retourné à l'école, mais personne d'autre n'est là. Il n'y a que moi, et l'air de la classe est d'un jaune poussiéreux. Je suis assis là, des livres éparpillés sur ma table, et des mots sur le tableau. Les mots sont écrits à la main et je n'arrive pas à les déchiffrer.

Une femme entre.

Une enseignante avec de longues jambes maigres, une jupe noire, un chemisier blanc et un gilet mauve. Elle a presque cinquante ans, mais elle a un côté sexy. Elle m'ignore, jusqu'à ce qu'une forte sonnerie retentisse, comme si la cloche était juste à côté de la classe. C'est la première fois que la femme se rend compte de mon existence.

Elle lève les yeux.

197

— Il est temps de commencer, Ed.

Je suis prêt :

— Oui ?

— Tu peux lire les mots derrière moi, je te prie ?

— Je ne peux pas.

— Et pourquoi donc, grand Dieu ?

Je me concentre sur les mots mais je n'arrive toujours pas à les déchiffrer. Elle me regarde d'un air désapprobateur. Je ne la vois pas, mais je sens sa déception, les yeux rivés à mon pupitre. Je reste ainsi un long moment, bouleversé d'avoir déçu cette femme.

Quelques minutes plus tard.

J'entends un bruit.

Un fouet qui claque, suivi de crissements dans mon oreille.

Je lève les yeux, et je ressens un choc – l'air est chassé de mes poumons : la prof est pendue devant le tableau noir.

Elle est morte.

Elle se balance.

Le plafond a disparu, et la corde est solidement nouée à une poutre.

Horrifié, je suffoque, l'air que j'aspire, paniqué, a perdu son oxygène. J'ai les mains collées à la table, je dois forcer pour me lever, essayer de m'enfuir. Ma main droite tombe sur la poignée de la porte et, lentement, je m'arrête et me retourne vers la femme pendue.

Lentement.

Presque sournoisement.

Je me rapproche d'elle.

Au moment précis où elle a l'air vaguement paisible, ses yeux s'ouvrent brutalement et elle parle.

Elle est étranglée et enrouée, sa voix.

« Tu reconnais les mots maintenant, Ed ? »

Je regarde le tableau derrière elle. Et là, je vois le titre en haut, et je comprends ce qu'il veut dire :

Femme stérile.

198

À cet instant, le corps tombe à mes pieds, et je me réveille.

Maintenant, c'est le Portier qui est à mes pieds, et le soleil apporte un air jaune et poussiéreux dans le salon.

Le rêve me frappe quelques secondes après que j'ai ouvert les yeux et revu la femme, les mots et le titre. Je la sens tomber à mes pieds et j'entends ce qu'elle a dit. « Tu reconnais les mots maintenant, Ed ? »

Je murmure :

« Femme stérile. »

Je sais que j'ai déjà entendu ça. En fait, je sais que j'ai lu un poème intitulé *Femme stérile*. Je l'ai lu à l'école parce que j'avais une prof d'anglais dépressive. Elle adorait ce poème, et je me rappelle certains vers encore aujourd'hui. Des mots comme « le moindre bruit de pas », « un musée sans statues », et la comparaison de sa vie à une fontaine qui jaillit puis retombe sur elle-même.

Femme stérile.

Femme stérile.

Ça me revient. Je me lève d'un bond, trébuchant presque sur le Portier qui, d'ailleurs, n'est guère impressionné. Il me regarde genre : *Hé, mon pote, tu viens de me réveiller.*

— Femme stérile, je lui dis.

— *Et alors ?*

Je répète le titre, en lui attrapant joyeusement le museau, parce que je connais la réponse à l'as de pique, maintenant. Ou en tout cas, je suis sur la voie.

Le poème *Femme stérile* a été écrit par une femme qui s'est suicidée, j'en suis sûr – elle s'appelait Sylvia Plath.

Je cherche la carte sous le canapé et je retrouve son nom, le troisième sur la liste. *Ce sont des écrivains. Ce sont tous des écrivains.* Graham Greene, Morris West et Sylvia Plath. Ça m'étonne de n'avoir jamais entendu parler des deux premiers, mais bon, on ne peut pas connaître tous ceux qui ont écrit un livre. Mais Sylvia, j'en suis sûr. Je l'appelle même par son prénom maintenant. C'est dire si je suis fier de moi.

199

Je savoure l'instant, avec l'impression d'avoir résolu un grand mystère par hasard. Je me sens incroyablement raide, mes côtes me font un mal de chien, mais j'arrive quand même à manger des céréales avec du lait franchement douteux, et des tonnes de sucre.

Il est dix-neuf heures trente lorsque je découvre un truc : je n'ai résolu qu'une partie du problème. Je n'ai toujours aucune idée de l'endroit où je dois aller, ni des gens que je dois voir.

Je vais commencer par la bibliothèque. Dommage qu'on soit dimanche. Elle n'ouvrira que tout à l'heure.

Audrey passe me voir.
On regarde un film qu'elle conseille fortement.
Il est bien.
J'évite de lui demander où elle était hier soir.

Je lui parle du pique, des noms, et je lui dis que je vais à la bibliothèque cet après-midi. Je suis à peu près sûr qu'elle est ouverte le dimanche, entre midi et quatre.

Elle boit le café que j'ai fait et je regarde le rouge de ses lèvres. Si seulement je pouvais me lever, m'approcher et les embrasser. Je veux sentir leur chair, leur douceur contre la mienne. Je veux respirer en elle, avec elle. Je veux mordiller son cou et toucher son dos de mes doigts, les faire passer dans l'adorable douceur de ses cheveux blonds.

Sérieusement.

Je ne sais pas ce qu'il y a, ce matin.

Et bientôt, je comprends pourquoi j'ai ce sentiment – je *mérite* quelque chose. Je passe mon temps à arranger la vie des gens, même si c'est pour un instant. Je fais mal aux gens qui en ont besoin, alors qu'infliger la douleur, c'est totalement contraire à ma nature.

Je pense : *Je mérite au moins quelque chose. Audrey pourrait m'aimer juste une seconde, tout de même*, mais je sais qu'il ne se passera rien. Elle ne m'embrassera pas. Elle m'effleurera à peine. Je cours partout en ville, je me fais piétiner, tabasser, injurier, et pourquoi? Qu'est-ce que j'en retire? Qu'est-ce qu'il y gagne, Ed Kennedy?

Je vais vous dire...

Rien.

En fait, je mens.

Je mens et je fais le vœu, à cet instant, d'arrêter. J'ai déjà vécu tout ça et je pensais avoir vraiment tourné la page après l'as de trèfle.

Je m'arrête.

J'arrête tout.

Et je fais un truc débile...

Je me lève sans réfléchir et je m'approche d'Audrey et je l'embrasse sur la bouche. Je sens ses lèvres rouges et sa chair et l'air en elle, et les yeux fermés je la sens l'espace d'une seconde. Je la sens tout entière et ça me traverse en un éclair. Ça me transperce, me dépasse et passe au-dessus de moi et je brûle et j'ai froid et je tremble, je suis abattu.

Je suis abattu par le bruit de ma bouche qui glisse de la sienne avant que le silence se dresse entre nous, titubant.

J'ai le goût du sang.

Puis je vois le sang sur les lèvres d'Audrey, sur le visage étonné d'Audrey.

Bon Dieu, je n'ai même pas su l'embrasser correctement – sans m'ouvrir et saigner sur elle.

Je ferme les yeux.

De toutes mes forces.

J'arrête tout et je dis : « Désolé, Audrey. (Je me détourne.) Je ne savais pas ce que je faisais. Je... » Les mots s'arrêtent eux aussi. Ils se coupent avant qu'il soit trop tard, et nous restons là tous les deux dans la cuisine.

Tous les deux avec du sang sur les lèvres.

Elle ne ressent pas la même chose pour moi et je peux l'accepter, mais est-ce qu'elle comprendra un jour que personne ne l'aimera aussi fort que moi ? Elle s'essuie le sang de la bouche et je lui redis à quel point je suis désolé. Audrey accepte mes excuses, toujours aussi gracieuse, et m'explique qu'elle ne peut pas faire ce genre de choses avec moi, tout simplement. Je pense qu'elle préférerait que ça n'ait aucun sens ni vérité, juste comme ça vient, sans aucun risque. Si elle ne veut vraiment l'amour de personne, je dois le respecter. Elle me dit :

— Ne t'inquiète pas, Ed – et elle est sincère.

Un truc super, c'est que ça va toujours entre Audrey et moi. Quoi qu'il arrive, on y arrive. J'y réfléchis un instant, et, pour être parfaitement honnête, je me demande combien de temps ça peut durer. Pas éternellement, sans doute.

Plus tard, au moment de partir, elle me dit :

— Fais-moi un sourire, Ed.

Je lui en fais un.

— Bonne chance avec le pique.

— Merci.

La porte se ferme.

Il est presque midi. Je mets mes chaussures et je vais à la bibliothèque. Je me sens encore idiot.

C'est vrai, j'ai lu un tas de livres, mais je les ai tous achetés, surtout chez les bouquinistes. La dernière fois que je suis allé dans une bibliothèque, il y avait encore les grands classeurs à fiches. Même à l'école, où les ordinateurs étaient de série, je me servais encore de ces classeurs. J'aimais sortir la fiche d'un auteur et voir la liste des ouvrages.

Quand j'entre dans la bibliothèque, je m'attends à voir une vieille dame derrière le comptoir, mais c'est un jeune type de mon âge, aux cheveux longs et bouclés. Il fait un peu le malin, mais je l'aime bien. Je lui demande :

— Vous avez ces cartes, là ?

— Quel genre de cartes ? Cartes à jouer ? Cartes de bibliothèque ? Cartes bleues ? (Il s'amuse bien.) Que voulez-vous dire, au juste ?

Je vois bien qu'il essaye de me faire passer pour un nul et un illettré, mais je n'ai pas vraiment besoin de lui pour ça.

— Vous savez bien, les cartes avec les écrivains, les auteurs, tout ça.

— Ah !

Il rigole carrément.

— Ça fait un moment que vous n'êtes pas allé en bibliothèque, non ?

— Oui.

Ça y est : je me sens nul et illettré. Je pourrais aussi bien porter une pancarte avec *Plouc intégral* marqué dessus. J'en profite :

— Mais j'ai lu Joyce, Dickens et Conrad.

— Qui ça ?

Je reprends le dessus :

— Quoi ? Vous ne les avez pas lus ? Et vous vous prétendez bibliothécaire ?

Il reconnaît sa défaite avec un petit sourire malin :

— *Touché* [1].

Touché.

Je ne supporte pas cette expression.

Cela dit, le gars devient beaucoup plus serviable :

— On n'utilise plus de cartes. Tout est dans l'ordinateur. Venez.

On va aux ordinateurs et il me dit :

— Donnez-moi un nom d'auteur.

Je bafouille – je ne veux pas lui dire un des noms sur l'as de pique. Ils sont à moi. Je lui dis Shakespeare.

Il le tape et tous les titres apparaissent sur l'écran. Puis il clique sur le numéro à côté de *Macbeth* et me dit :

— Le voilà. Vous avez saisi ?

J'ai compris.

— Merci.

— Criez si vous avez besoin de moi.

— Pas de souci.

Il s'en va et je me retrouve seul avec les touches, les auteurs et l'écran.

---

1. En français dans le texte. *(N.d.T.)*

D'abord, je vais voir Graham Greene. Je suis l'ordre de la carte. Je cherche un papier dans mes poches, mais tout ce que j'ai, c'est une serviette mal en point. Il y a un stylo accroché à la table. Je tape le nom et tous les titres de Graham Greene apparaissent sur l'écran.

Certains sont géniaux.

Le Facteur humain.

Le Rocher de Brighton.

Le Fond du problème.

La Puissance et la Gloire.

Notre agent à La Havane.

Je les écris tous sur la serviette, avec le numéro du premier – ce sont tous les mêmes.

Ensuite, je tape Morris West. Certains de ses titres sont aussi bons, voire meilleurs.

Le Poisson du diable.

Les Souliers de saint Pierre.

Les Enfants du soleil.

Les Bouffons de Dieu.

Et maintenant, Sylvia.

Je dois avouer que j'ai un faible pour elle, parce que je l'ai lue une fois et que c'est son œuvre qui m'est venue en rêve. Sans elle, je ne serais pas là, si près du but. Je veux que ses titres soient les meilleurs et, pour moi, ils le sont, que je sois objectif ou pas.

Arbres d'hiver.

Ariel.

La Cloche de détresse.

Je vais voir sur les rayonnages avec ma serviette et je les repère tous, dans l'ordre. Ils sont magnifiques. Vieux, reliés en rouge, bleu ou noir. Je les prends tous, et je vais m'asseoir avec. Et maintenant ?

Bon Dieu, comment je vais faire pour les lire tous en une semaine ou deux ? Les poèmes de Sylvia, peut-être, mais les deux autres ont écrit de sacrés gros livres. J'espère qu'ils sont bons.

— Écoutez, dit le bibliothécaire. (Je suis au comptoir avec tous les livres.) Vous ne pouvez pas en emprunter autant. Il y a une limite, vous savez. Est-ce que vous avez une carte, d'abord?

Je ne peux pas m'en empêcher :

— Quel genre de carte? Une carte à jouer? Une carte bleue? De quelle carte parlez-vous?

— D'accord, petit malin.

On sourit tous les deux et il sort un formulaire de sous le comptoir.

— Remplissez ça, s'il vous plaît.

Une fois en possession de ma carte, j'essaye de l'amadouer un peu pour mettre la main sur tous les livres :

— Merci, mon pote. Tu fais rudement bien ton boulot.

Il me regarde.

— Vous voulez toujours tous les livres, c'est ça?

— C'est ça.

Je les prends par terre et les empile sur le comptoir.

— En fait, j'en ai vraiment besoin, et d'une manière ou d'une autre, je les aurai. Il n'y a que dans notre société qu'on peut être poursuivi pour lire trop de livres. (Je me retourne vers la salle déserte.) On peut pas dire qu'ils s'enfuient à tire-d'aile, vos livres, hein? Je n'ai pas l'impression qu'on les réclame beaucoup, en ce moment.

Il me laisse parler, flegmatique, puis répond :

— Écoutez, je vais être honnête. Personnellement, je n'en ai rien à foutre du nombre de livres que vous empruntez. Mais c'est le règlement. Si mon chef m'attrape, je vais prendre.

— Prendre quoi?

— Ah ça, je sais pas, mais je vais prendre cher.

Je reste là à le regarder, sans rien lâcher.

Il cède.

— Allez, c'est bon, donnez-les-moi. Voyons voir ce que je peux arranger.

Il se met à les scanner.

— De toute façon, mon chef est un débile fini.

Quand il a terminé, il y a exactement dix-huit livres sur le comptoir.

205

— Merci. J'apprécie beaucoup.
Comment je vais faire pour les rapporter tous chez moi ?

J'ai presque envie de téléphoner à Marv qu'il passe me prendre, mais je me débrouille tout seul. J'en fais tomber quelques-uns en chemin, je me repose deux ou trois fois, mais, à la fin, tous les livres arrivent à bon port.

Mes bras me font un mal de chien.

Je ne savais pas que les mots pouvaient être si lourds.

Tout l'après-midi, je lis.

Je m'endors une fois aussi, avec tout le respect dû aux auteurs. Je suis encore moulu du tabassage des Rose et du Match des insultes.

Je lis et j'apprécie l'œuvre de Graham Greene. Je ne repère aucun indice sur l'endroit où je dois aller, mais ce doit être plus simple que ça. Je regarde la petite montagne de livres que j'ai construite. C'est franchement démoralisant. Comment je vais trouver ce qu'il me faut dans ces milliers de pages ?

Quand je me réveille, une brise du sud souffle dehors et il fait bien frais pour cette période de l'année. Comme on est début décembre, ça me fait un peu bizarre de mettre un pull[1]. Je sors et je vois un bout de papier par terre.

Non, une serviette en papier.

Je ferme les yeux, inquiet, et je la ramasse. Ça me fait comprendre qu'on m'a suivi tout ce temps. On m'a vu partir à la bibliothèque. On m'a vu à l'intérieur, et on m'a vu rentrer chez moi. On m'a vu écrire les titres sur une serviette en papier.

Je la lis.

Quelques mots en rouge.

Cher Ed,
Bon travail… Mais ne t'inquiète pas, c'est plus simple que tu ne penses.

1. Voir note, p. 65.

Je me rassois avec les livres. Je lis *Femme stérile* jusqu'à le connaître au mot près.

Un peu plus tard, le Portier veut sortir, donc on y va. On se promène dans les rues de la ville, et j'essaye de deviner quelles seront les prochaines adresses.

« Des idées, Portier ? »

Pas de réponse. Il est bien trop occupé à mener son enquête olfactive, de son air désinvolte.

Ce que je n'ai pas compris jusqu'à présent, c'est que les réponses sont sur les panneaux. Il y en a partout, à toutes les rues, tous les carrefours. *Et si les messages étaient cachés dans les titres ? Les titres des livres ?* Je n'ai plus qu'à faire correspondre les noms des rues aux titres des livres. Je me répète :

« C'est plus simple que tu ne penses. »

La serviette est toujours dans ma poche, avec l'as de pique. Je les sors tous les deux. Les noms me regardent, et j'ai compris, je suis sûr qu'ils le voient. Je me penche vers le Portier et lui explique, tout excité :

« Viens, il faut qu'on y aille. »

On court jusqu'à la maison – en tout cas, on va aussi vite que le Portier peut. Il me faut les livres, l'annuaire des rues, et quelques minutes – pas plus j'espère.

Oui, on court.

Les livres m'attendent et je les compare avec mon vieil index. Je m'occupe de Graham d'abord. Au début, je ne trouve rien.

Et puis au bout d'une minute, si.

Je tiens le livre entre mes mains.

Il est noir, et le titre est écrit en lettres dorées sur la tranche. *The Power and the Glory* (*La Puissance et la Gloire*). Il n'y a pas de Power Street, mais, en revenant quelques pages en arrière, un nom me saute aux yeux.

J'ébouriffe la fourrure du Portier. Glory Road. Génial. J'adorerais vivre à Glory Road.

Sur la carte, elle est dans les hauteurs, à la limite de la ville.

Ensuite, je parcours les titres de Morris West. Ça va plus vite, cette fois.

Les Bouffons de Dieu. Les bouffons... les clowns.

Je trouve Clown Street dans la ville haute.

Enfin, la rue de Sylvia : Bell Street, d'après *Bell Jar* (*La Cloche de détresse*). À en croire le plan, c'est une petite rue qui donne sur Main Street.

Je vérifie qu'aucun autre titre ne correspond, mais c'est bon. C'est bien celles-là.

Juste une question :

Quel numéro ?

Il faut que je creuse.

Pique – ou pioche... Il faut que je creuse.

Les indices doivent se trouver dans les livres. Je garde les trois finalistes et je pousse les autres de côté. Je suis un peu désolé pour eux. Ils gisent à terre tels les perdants d'une course dramatique et tumultueuse. Si c'étaient des gens, ils se tiendraient la tête à deux mains.

D'abord, je regarde *La Puissance et la Gloire*. Je lis jusqu'à tard dans la nuit : il est une heure quand je lève les yeux du livre. Je n'ai aucune idée et la frustration monte. *Et si je l'ai raté ?* Pourtant, je suis certain que je le saurai en le voyant. Pour ce que j'en sais, les numéros de Glory Road ne vont pas plus loin que vingt ou trente, mais je continue. J'ai l'impression que je dois. C'est tout l'enjeu. Si j'arrêtais maintenant, ce serait une faute.

À trois heures quarante-six (c'est gravé dans ma mémoire), je trouve.

Page 114.

En bas de la page, dans le coin gauche, le symbole du pique est dessiné en noir, avec les mots : *Bien joué, Ed.*

Je m'effondre sur le canapé, triomphant. C'est vraiment fabuleux. Pas de pierres. Pas de violence. Il était temps que toute cette histoire devienne civilisée.

Je vais droit aux *Bouffons de Dieu* et je parcours le livre. Incroyable que je n'y aie pas pensé plus tôt. C'est carrément plus facile que de chercher des indices dans chaque mot, à chaque page. *Plus simple que tu ne penses.*

Cette fois-ci, c'est page 23. Juste le symbole du pique. Et page 39 de *La Cloche de détresse.* Je tiens l'adresse – et une fatigue immense.

Fini de creuser.

Je dors.

4 ♠ Les bénéfices du mensonge

C'est mardi soir et on joue aux cartes chez moi. Ritchie se plaint d'avoir mal à la clavicule à cause du Match des insultes, Audrey s'amuse, et Marv gagne. Comme d'habitude, il est insupportable.

J'ai été à Glory Road, et j'ai vu le numéro 114. C'est une famille polynésienne avec un mari plus costaud que le type d'Edgar Street. Il travaille dans le bâtiment et traite sa femme comme une reine, et ses gosses comme des dieux. Quand il rentre du travail, il les soulève et les lance dans les airs. Ils rient, ils s'amusent et ils attendent son retour avec impatience.

Glory Road est une rue longue et à l'écart. Les maisons sont toutes bien vieilles. Et toutes en fibrociment.

Je ne sais pas encore quoi faire, mais j'ai confiance. Ça me viendra.

Marv se réjouit :

— On dirait que je gagne encore.

Il est en bonne forme, le cigare vissé à la bouche. Ritchie réplique :

— Je te déteste, Marv.

Il ne fait que résumer ce qu'on pense tous dans ce genre de moments.

Marv a bientôt l'idée d'organiser une fête de Noël. Il demande :

— C'est le tour de qui cette année ?

On sait tous que c'est le sien, et qu'il va essayer d'y échapper. Marv ne pourrait jamais faire la cuisine pour un dîner de Noël. Pas parce qu'il est nul en cuisine. Il est trop rapiat, c'est tout. Il se ferait tuer plutôt que d'acheter une dinde. Le petit déjeuner le jour du Match des insultes, c'était exceptionnel. Ritchie lui répond du tac au tac :

— C'est ton tour, Marv.

— Tu en es sûr ?

— Absolument.

— Euh, vous savez, y aura mes parents, et ma sœur, et...

— Ah merde alors, Marv, on adore tes parents.

La technique de Ritchie est au point. On sait tous qu'il se fiche de savoir où sera la fête. C'est juste qu'il adore faire suer Marv.

— Et on adore ta sœur, aussi. Elle est bonne comme le bon pain, mon gars. Elle est chaude.

Audrey répète :

— Le bon pain ? Chaude ?

Ritchie donne un coup de poing sur la table.

— Eh ouais fillette !

On éclate de rire tous les trois. Marv, lui, s'agite sur sa chaise. J'ajoute :

— C'est pas comme si t'avais pas l'argent, Marv. Trente mille, c'est ça ?

— Je viens d'arriver à quarante.

Ce qui déclenche une discussion sur ce que Marv a l'intention de faire avec une somme pareille. Il nous dit que c'est ses oignons et on laisse tomber.

On laisse tomber pas mal de trucs, d'ailleurs.

Au bout de quelques minutes, je cède :

— Bon, on pourra le faire chez moi. (Je me tourne vers Marv.) Mais tu devras supporter le Portier, mon pote.

Marv n'est pas ravi, mais il accepte.

J'en remets une couche :

— C'est bon, Marv. Je vais te dire : ça se fera chez moi, à une condition.

— Laquelle ?

210

— Tu devras faire un cadeau au Portier.

Je ne peux pas m'empêcher. Avec Marv, il faut y aller franco, et je dois dire, ça se passe mieux que j'aurais espéré. Je suis très content de moi.

— Tu lui apporteras un bon steak bien juteux et...

Encore mieux.

— ... et tu lui feras un gros bisou de Noël.

Ritchie fait craquer ses doigts.

— Excellente idée, Ed. Parfait !

Marv est abasourdi.

Indigné.

— C'est répugnant.

Cela dit, c'est toujours mieux que de payer une dinde et faire l'effort de cuisiner. Il se décide enfin.

— C'est bon, c'est bon. Mais tu es un sacré pervers, Ed.

— Merci, Marv, c'est gentil.

Pour la première fois depuis longtemps, j'attends Noël avec impatience.

En fonction de mes horaires de taxi, je reviens régulièrement à Glory Road. La famille travaille visiblement dur pour joindre les deux bouts, mais je ne sais toujours pas ce que j'ai à faire. Un soir, alors que je suis caché derrière les buissons, le père vient me voir. C'est un sacré balèze. Il pourrait m'étrangler avec une main derrière le dos. Il n'a pas l'air content.

— Hé ! Toi, là-bas. Je t'ai déjà vu. (Il fonce sur moi.) Sors de ces buissons en vitesse.

Il n'élève pas la voix. Elle est douce et calme dans la plupart des situations. C'est sa taille qui m'inquiète.

Calme-toi. Il faut que tu sois là. Il faut ce qu'il faut.

Je sors face à l'homme. Le soleil se couche derrière la maison. Il a une peau sombre et lisse, des cheveux noirs et bouclés et des yeux qui me regardent, menaçants.

— Tu espionnes mes gamins, mon gars ?

— Non, monsieur.

Je lève la tête. Il faut que j'aie l'air fier et honnête.

Eh, mais... je suis honnête ! Enfin, pas mal, quoi.

— Pourquoi t'es là, alors ?

Je mens, plein d'espoir :

— Je vivais ici, avant.

Merde. Bien joué, Ed. Je m'impressionne moi-même.

— Il y a bien des années – avant qu'on aille en ville. Parfois, j'aime monter par ici et regarder les maisons.

Pourvu, pourvu que ces gens n'habitent pas ici depuis longtemps.

— Mon père est mort il y a peu et quand je viens ici, je pense à lui. Je pense à lui quand je vous vois avec vos gosses, en train de les jeter dans les airs, par-dessus votre épaule…

L'homme se radoucit légèrement.

Merci mon Dieu.

Il se rapproche un peu. Le soleil tombe sur ses mains et ses genoux.

— Ouais, c'est vraiment pas terrible comme baraque, mais pour l'instant, on n'a rien trouvé de mieux.

— Elle est très bien.

On parle encore un moment, et l'homme me pose une question étonnante. Il me demande :

— Hé, ça te dirait d'entrer pour jeter un œil ? On va dîner. Tu es le bienvenu.

Mon instinct me dit de refuser, mais non. Le plus dur, c'est d'entrer.

Je suis l'homme sur la terrasse, puis à l'intérieur. Avant d'entrer, il me dit :

— Je m'appelle Lua. Lua Tatupu.

— Ed Kennedy.

On se serre la main. Lua me broie presque tous les os de la main droite.

— Marie ?! Les enfants ?!

Il se tourne vers moi.

— C'est bien comme dans votre souvenir, ici ?

— Pardon ? (Je me rappelle mon mensonge.) Ah, euh, oui. Tout à fait.

Les enfants semblent jaillir du plancher et nous grimpent tous dessus. Lua me présente, à eux et à sa femme. Pour dîner, il y a des patates écrasées et des saucisses.

On mange et Lua raconte des blagues. Les gosses n'arrêtent pas de rire, même s'ils les ont déjà entendues mille fois, d'après Marie. Marie a des rides sous les yeux et semble usée par la vie, les enfants et le pain à gagner tous les jours. Elle a une peau plus claire que Lua et des cheveux marron foncé. Elle a été belle – encore plus belle que maintenant. Elle travaille dans un des supermarchés du coin, tous les jours.

Il y a cinq enfants. Ils ont tous du mal à manger la bouche fermée, mais quand ils rient, on voit le monde dans leurs yeux. On comprend parfaitement pourquoi Lua les traite aussi bien et les aime autant.

— Papa, je peux faire le cheval sur Ed ? demande une des petites filles.

Je fais signe que oui et Lua répond :

— Bien sûr, ma chérie, mais tu dois ajouter quelque chose à ta phrase.

Ça me rappelle Tony, le frère du père O'Reilly.

La petite fille se donne une tape sur le front et demande en souriant :

— Je peux faire le cheval sur Ed, s'il te plaît ?

— Bien sûr, répond Lua – et je m'exécute.

J'ai dû faire treize fois le cheval quand Marie me sauve du plus jeune des garçons.

— Jessie, je pense qu'Ed est très fatigué, d'accord ?

— D'aaaaccord, concède Jessie.

Je m'écroule sur le canapé.

Jessie a six ans et il me chuchote quelques mots à l'oreille.

C'est la réponse.

Il me dit :

— Mon papa va bientôt mettre les lumières de Noël. Il faudra venir voir un jour. J'adore ces lumières…

— Je viendrai. Promis.

Je jette un coup d'œil dans la maison une dernière fois – j'arrive presque à me convaincre que j'y ai vécu. J'évoque même un tas de beaux souvenirs de mon père, entre ces murs.

Quand je pars, Lua est endormi. C'est Marie qui me raccompagne. Je lui dis :

— Merci pour tout.

Elle me répond avec son regard chaleureux et sincère :

— Pas de souci, Ed. Reviens quand tu veux.

— Promis.

Cette fois-ci, je ne mens pas.

Le week-end, je passe devant chez eux dans la journée. Les lumières de Noël sont là mais elles sont très anciennes et fatiguées. Il en manque plusieurs. Ce sont des lumières démodées. Pas le genre à clignoter, juste de grosses ampoules de couleurs différentes, suspendues au-dessus de la terrasse.

Je reviendrai voir.

Et bien sûr, quand je reviens le soir et que les lumières sont allumées, je vois que seulement la moitié fonctionne. C'est-à-dire quatre ampoules. Quatre ampoules pour illuminer la maison Tatupu cette année. Ce n'est pas grand-chose, mais il est vrai que les grandes choses, ce sont juste de petites choses que l'on remarque.

À la première occasion, je reviendrai pendant la journée, quand tout le monde sera à l'école ou au travail.

Il faut faire quelque chose pour ces lumières.

Je vais au *Kmart* et j'achète des lumières toutes neuves, exactement les mêmes que les précédentes. De belles grosses ampoules rouges, bleues, jaunes et vertes. Il fait très chaud ce mercredi et, étonnamment, les voisins ne me posent aucune question quand j'arrive sur la terrasse des Tatupu et que je me mets debout sur un gros pot retourné. J'enlève les anciennes lumières, arrachant les clous qui tiennent le fil électrique. Une fois tout enlevé, je remarque que la prise est à l'intérieur (comme j'aurais dû m'y attendre), donc je ne peux pas finir. Je remets les anciennes lumières et je laisse les neuves devant la porte.

Sans laisser de mot.

Il n'y a rien d'autre à faire.

Au début, je voulais écrire *Joyeux Noël* sur la boîte, mais finalement non.

Il ne s'agit pas de mots – mais de lumières brillantes et de petites choses qui deviennent grandes.

5 ♠ La puissance et la gloire

Le soir même, je mange des raviolis dans ma cuisine quand une camionnette se gare devant ma bicoque. Le moteur s'arrête dans un hoquet et j'entends les portières claquer, puis le bruit de petits poings contre ma porte.

Le Portier aboie pour changer, mais je le rassure et je vais ouvrir.

Devant moi se dressent Lua, Marie et tous les gosses de cette famille.

— Salut, Ed, dit Lua, et tous les autres font écho.

Il explique :

— On a regardé dans l'annuaire mais tu n'y étais pas, donc on a appelé tous les Kennedy du coin. C'est ta mère qui nous a donné ton adresse.

Le silence retombe. Je me demande ce que maman a pu leur raconter. Marie dit alors :

— Viens avec nous.

Je suis assis dans la camionnette, coincé entre tous les gosses, et pour la première fois avec cette famille, personne ne parle. Comme vous l'imaginez, ça me met remarquablement mal à l'aise. Les lampadaires défilent comme des pages de lumière qui se feuillettent sur moi. Puis se ferment. Devant moi, je vois Lua qui me regarde dans le rétroviseur.

On arrive chez eux en cinq ou dix minutes.

Marie prend la direction des opérations :

« Allez, entrez, les enfants. »

Elle les accompagne, nous laissant seuls dans la camionnette, Lua et moi.

Il regarde encore dans le rétro, le reflet de ses yeux dans les miens.

— Prêt ? il demande.

— À quoi ?

— Ah, ne me raconte pas de blagues, Ed.

Il sort en claquant la portière.

— Allez, viens. Sors, mon garçon.

Mon garçon.

Je n'ai pas aimé sa façon de le dire. Un peu inquiétant. Ma grande peur, c'est que je l'aie offensé avec mes nouvelles lumières. Il a peut-être interprété ça comme un signe qu'il ne peut subvenir adéquatement aux besoins de sa propre famille, du genre : *Ce lamentable idiot n'est pas même fichu de faire fonctionner correctement une guirlande lumineuse.* Je le suis jusqu'au bord de la route, sans oser regarder la maison. Elle est sombre. Très sombre.

On attend.

Lua me regarde.

Je regarde le sol.

Puis j'entends le bruit de la porte qui s'ouvre et claque plusieurs fois. Les gosses foncent sur nous, suivis par Marie qui se dépêche.

Je compte les gosses, mais il en manque un.

Jessie.

Je scrute leurs visages avant de baisser la tête. Le cri que pousse Lua me fait sursauter.

« C'est bon, Jess ! »

Quelques secondes s'écoulent et tombent. Je lève les yeux et la vieille bâtisse en fibrociment est illuminée. Les lumières sont si belles qu'elles semblent presque tenir la maison. Les visages des enfants, de Lua et de Marie sont éclaboussés de rouge, de bleu, de jaune et de vert. Je sens une lueur rouge qui brille sur mon visage, et mon sourire de soulagement. Les enfants applaudissent en criant que ce sera leur meilleur Noël. Les filles se mettent à danser en se tenant les mains. Jessie arrive en courant de la maison pour voir. Lua me dit :

— C'est lui qui a insisté pour allumer.

C'est Jessie qui a le plus grand et le plus beau sourire. Le plus vivant. C'est son grand moment, et aussi celui de Lua et Marie.

— Lorsqu'on a eu ces nouvelles lumières, Jessie a voulu que tu sois là quand on les allumerait. Comment faire autrement ?

Je regarde les couleurs qui brillent dans le jardin, qui nagent dans mes yeux.

Je murmure : « La puissance et la gloire. »

6 ♠ Un moment de beauté

Tandis que les enfants dansent dans le jardin sous le ciel et les lumières nocturnes, je les vois.

Lua et Marie. Ils se tiennent par la main.

Ils ont l'air si heureux, vivant pleinement cet instant, à regarder leurs enfants et les lumières sur leur vieille maison en fibrociment.

Lua l'embrasse.

Juste un baiser sur les lèvres.

Elle lui répond.

Certaines personnes sont belles.

Non par l'apparence.

Non par ce qu'elles disent.

Simplement par ce qu'elles sont.

7 ♠ Un moment de vérité

Marie m'invite à prendre un café dans le salon. Au début je refuse, mais elle insiste.

Je cède. On va à l'intérieur pour bavarder.

C'est tranquille un bon moment, et puis Marie arrête de parler au beau milieu de la conversation. Elle me dit juste :

— Merci, Ed. Merci beaucoup.

Les rides autour de ses yeux semblent se défaire un peu et ses yeux s'emplissent d'étincelles.

— Pour quoi ?

217

— Ne m'oblige pas à le dire, Ed. Nous savons que c'était toi – Jessie est incapable de garder un secret, même bâillonné. On sait que c'était toi.

Je capitule :

— Vous l'avez mérité.

Marie n'est toujours pas satisfaite :

— Mais pourquoi ? Pourquoi nous ?

Je lui dis la vérité :

— Ça, je n'en ai aucune idée. C'est une très longue histoire, presque inexplicable. Tout ce que je sais, c'est que j'étais là devant cette vieille maison et que le reste a suivi, c'est tout.

Lua entre dans notre conversation et la développe.

— Tu sais, Ed, ça fait presque un an qu'on vit ici, et personne – absolument personne – n'a levé le petit doigt pour nous aider ou nous souhaiter la bienvenue. Pas que je m'en plaigne. On n'attend rien d'autre, de nos jours. Les gens ont bien assez de mal à s'en sortir eux-mêmes... (Son regard se pose sur moi, fugace.) Mais toi, tu es arrivé, sorti de nulle part. On ne comprend pas.

Un moment de clarté prend forme sous mes yeux.

— N'essayez même pas de comprendre – je n'y arrive pas non plus.

Marie accepte ma déclaration, mais va un peu plus loin :

— D'accord, Ed, mais nous, nous voulons te remercier.

— Oui, dit Lua.

Marie lui fait signe. Il va prendre une enveloppe aimantée sur le frigo, avec *Ed Kennedy* marqué dessus. Il revient vers moi et me la tend :

— On n'est pas riches, mais c'est le mieux qu'on peut faire pour te remercier. J'ai dans l'idée que ça te plaira.

À l'intérieur, je trouve une carte de Noël faite maison. Tous les enfants ont dessiné dessus. Des arbres de Noël, des lumières vives et des gosses qui jouent. Certains dessins sont affreux, mais tous sont géniaux. L'un des enfants a aussi écrit :

Cher Ed,
Passe un joyeux Noël! On espère que toi aussi tu auras
de belles lumières comme celles que tu nous as données.
De la part de toute la famille Tatupu

Je souris et je vais au salon où tous les enfants sont vautrés devant la télé.

— Hé, merci pour la carte!

Ils répondent tous en même temps, mais c'est Jessie qui parle le plus fort :

— De rien, Ed!

Quelques secondes plus tard, ils sont retournés à la télé. C'est une vidéo, un truc d'aventures animales. Ils sont scotchés à ce chat qui descend un ruisseau dans une boîte en carton.

— À bientôt, je leur dis, mais aucun ne m'entend.

Je regarde encore leurs dessins sur la carte, content, et je reviens à la cuisine.

La présentation du cadeau n'est pas terminée.

Lua tient une petite pierre sombre avec un dessin dessus, une sorte de croix.

— Un ami m'a donné ceci un jour, Ed. C'est un porte-bonheur. Je veux que tu le prennes.

On regarde la pierre tous les trois, en silence.

Ma voix me prend par surprise.

— Non, Lua. Je ne peux pas la prendre.

Il me parle avec calme et douceur, mais insistance, le regard éperdu de sincérité.

— Non, Ed. Il le faut. Tu nous as tant donné. Tu ne sauras jamais combien.

Il me tend encore la pierre et me la met au creux de la paume, qu'il referme. Il tient ma main entre les siennes.

— Elle est à toi.

Marie ajoute :

— Pas seulement comme porte-bonheur. Comme souvenir.

J'accepte alors la pierre.

— Merci à tous les deux. J'en prendrai soin.

Lua me met la main sur l'épaule.

— Je sais.

On reste là dans la cuisine, tous les trois, ensemble.

Je m'en vais. Marie m'embrasse sur la joue et on se dit au revoir.

— Rappelle-toi, Ed. Reviens quand tu veux. Tu seras toujours le bienvenu.

— Merci.

Et je me dirige vers la sortie. Lua veut me ramener chez moi mais je refuse, principalement parce que j'ai très envie de marcher ce soir. On se serre la main, Lua me la broie encore.

Il me raccompagne jusqu'à la rue. Il veut une réponse à une dernière question.

— Je peux te demander quelque chose, Ed ?

— Bien sûr.

Lua s'éloigne de quelques pas dans l'obscurité. Derrière nous, les lumières brillent toujours fièrement dans la nuit. C'est le moment de vérité.

— Tu n'as jamais habité notre maison, Ed. Pas vrai ?

Inutile de se cacher. Aucune issue.

— Non, jamais.

On échange un regard et je vois que Lua aimerait en savoir plus. Il va poser ses questions, mais je le vois reculer. Il préfère ne pas gâcher les choses.

Qui sont comme elles sont.

— Salut, Ed.

— Salut, Lua.

On se serre la main une dernière fois et on part chacun de son côté.

Au bout de la rue, juste avant de tourner le coin, je me retourne une dernière fois pour voir les lumières.

8♠ Clown Street. Frites. Le portier et moi

C'est la journée la plus chaude de l'année et je travaille de jour en ville. Le taxi a la clim mais elle est en panne, ce qui écœure tous les clients. Je préviens tous ceux qui montent, mais il n'y en a qu'un seul qui descend. C'est un type qui a encore sa dernière bouffée de cigarette à la bouche.

— Ah, bon Dieu, c'est pas tenable, il me dit.

— Je sais.

La pierre que Lua Tatupu m'a donnée est dans ma poche gauche. Elle me rend heureux dans cette circulation pestilentielle, même quand le feu est vert et que personne n'avance.

Peu après mon retour à la base des taxis, Audrey arrive sur le parking. Elle baisse sa vitre pour me parler :

— On transpire comme des dingues là-dedans.

J'imagine la sueur sur elle, comme j'aimerais la goûter. L'air impassible, je me plonge dans les détails visuels.

— Ed ?

Elle a les cheveux gras mais géniaux. D'un blond splendide, couleur de foin. Trois ou quatre taches de soleil jouent sur son visage. Elle répète :

— Ed ?

— Désolé. Je pensais à quelque chose.

Je jette un œil à l'endroit où se trouve son copain. Il l'attend.

— Il t'attend.

Je reviens à son visage, mais je le rate et j'aperçois ses doigts sur le volant, à la place. Ils sont détendus, couverts de lumière. Splendides aussi. *Est-ce qu'il remarque ces petits détails, l'autre ?* Je me pose la question mais je n'en parle pas à Audrey. Je dis seulement :

— Passe une bonne soirée – et je m'éloigne.

— Toi aussi, Ed.

Elle démarre. Ensuite, tandis que le soleil se couche et que je vais en ville vers Clown Street, je vois Audrey tout entière. Je vois ses bras, ses jambes fines. Je la vois parler et manger avec son copain en souriant. Je l'imagine qui la nourrit à la main, et elle l'accepte, ses lèvres charnues le tachent de leur beauté.

Le Portier m'accompagne.

Mon fidèle compagnon.

En chemin, je nous achète des frites avec un tas de sel et de vinaigre. Des frites de la vieille école, emballées dans la page des courses du journal d'aujourd'hui. Il y a un tuyau : parier sur une jument de deux ans qui s'appelle Lanières-de-bacon. Je me demande à quelle place elle est arrivée. Le Portier, lui, s'en moque un peu. Il sent les frites.

En arrivant au 23 Clown Street, je découvre que c'est un restaurant. Minuscule. Il s'appelle *Melusso*. Italien. Il est dans un coin commerçant et il respecte le rituel des lumières tamisées des petits restaurants. Ça sent bon.

Je vois un banc en face et on s'assoit là pour manger nos frites. Je plonge la main dans le papier gras et suintant, savourant chaque seconde. Chaque fois que je jette une frite au Portier, il la laisse tomber au sol et se penche pour la lécher. Ce chien ne refuse rien. À mon avis, il ne s'en fait pas trop pour son cholestérol.

Rien ce soir.
Ni le lendemain.
En fait, je perds mon temps.
C'est une tradition maintenant. Clown Street. Les frites. Le Portier et moi.
Le propriétaire est un vieux monsieur digne, et je suis sûr que ce n'est pas lui que je dois voir. Je le sais. Il va se passer quelque chose.

Vendredi soir, après avoir attendu en face du restaurant jusqu'à la fermeture, je rentre chez moi. Je trouve Audrey assise sur ma terrasse. Elle m'attend. Elle porte un bermuda et un chemisier sans soutien-gorge. Audrey n'en a pas des gros, mais ils sont bien. Je m'arrête un instant, j'hésite puis je continue. Le Portier, qui l'adore, trotte vers elle.

— Salut, le Portier.

Elle s'accroupit pour le saluer chaleureusement. Ce sont de bons amis, ces deux-là.

— Salut, Ed.

— Salut, Audrey.

J'ouvre la porte et elle me suit.

On s'assoit dans la cuisine.

— Alors, où tu étais cette fois ?

C'en est presque drôle, parce qu'en général, c'est le genre de question qu'on pose sur un ton méprisant, à des salauds de maris infidèles.

— Clown Street.

— *Clown* Street ?

— Oui. Dans un restaurant.

— Il y a vraiment une rue qui s'appelle Clown Street ?

— Eh oui.

— Il s'est passé quelque chose ?

— Pas encore.

— Je vois.

Je me décide :

— Alors, pourquoi tu es venue ici, Audrey ?

Elle baisse les yeux.

Elle les détourne.

Et elle répond enfin :

— Tu me manquais, Ed.

Elle a des yeux vert pâle, humides. J'ai envie de lui dire que ça fait à peine une semaine qu'on s'est vus, mais je crois savoir ce qu'elle veut dire. Elle reprend :

— J'ai l'impression que tu t'éloignes. Depuis que tout ça a commencé, tu es devenu différent.

— Différent ?

Je pose la question, mais je sais que c'est vrai.

Je plonge mes yeux dans les siens. Audrey insiste :

— Oui. Avant, tu étais, c'est tout.

Elle l'explique comme si elle n'avait pas vraiment envie de l'entendre. C'est plutôt qu'elle est obligée de le dire.

— Et maintenant, tu es *quelqu'un*, Ed. Je ne suis pas au courant de tout ce que tu as fait, ni de tout ce que tu as vécu, mais je ne sais pas... tu sembles plus lointain.

Quelle ironie, non ? Moi qui n'ai jamais voulu qu'une chose : me rapprocher d'elle. J'ai même essayé, par désespoir.

223

Audrey conclut :

— Tu es mieux.

C'est avec ces mots que je vois les choses du point de vue d'Audrey. Elle aimait bien quand j'étais « rien qu'Ed ». C'était moins risqué. Plus stable. Et voilà que j'ai changé les choses. J'ai laissé mes empreintes sur le monde, si petites soient-elles, et ça a bouleversé notre équilibre, à Audrey et à moi. Si je ne peux pas l'avoir, alors je ne la désirerai plus : c'est peut-être de ça qu'elle a peur.

Je ne la désirerai plus comme avant.

Elle ne veut pas m'aimer, mais elle ne veut pas me perdre non plus.

Elle veut qu'on soit bien. Comme avant.

Mais ce n'est plus sûr.

J'essaye de lui promettre : « On sera encore bien tous les deux. »

J'espère que j'ai raison.

Je suis toujours dans la cuisine. Mes doigts touchent la pierre de Lua dans ma poche. Je pense à ce qu'Audrey vient de me dire. Peut-être que je suis bel et bien débarrassé du vieil Ed Kennedy, pour devenir une nouvelle personne, pleine de volonté et non plus d'incompétence. Peut-être qu'un matin, je me réveillerai, je sortirai de moi-même et je regarderai l'ancien moi, gisant mort dans les draps.

C'est une bonne chose, je sais.

Mais si c'est une bonne chose, pourquoi je me sens aussi triste, tout à coup ?

C'est ce que je veux depuis le début.

Je retourne au frigo chercher à boire. J'en viens à la conclusion qu'il faut se soûler. Audrey est d'accord.

— Et toi, qu'est-ce que tu faisais, tandis que j'étais à Clown Street ?

Je vois ses pensées tourner.

Elle est assez soûle pour me le dire, un peu gênée quand même.

— Tu sais bien...

— Non. (Je me moque d'elle un peu.) Je ne sais pas.

— J'étais avec Simon, chez moi, et on... quelques heures.

— Quelques heures !

Je suis blessé, mais je garde l'air indifférent.

— Comment tu as trouvé la force de venir jusqu'ici ?

— Je ne sais pas. Il est rentré chez lui et je me suis sentie vide.

Donc tu es venue ici, je pense, mais sans amertume. Pas à ce moment. Je réfléchis que rien de physique n'est si important. Audrey a besoin de moi, là, et en l'honneur du bon vieux temps, ça me suffit.

Elle me réveille un peu plus tard. On est toujours sur le canapé. Il y a une petite foule de bouteilles sur la table. On dirait qu'elles nous regardent. Comme des badauds devant un accident.

Audrey scrute mon visage, hésite puis me lance une question :

— Tu me détestes, Ed ?

Encore abruti par les bulles et la vodka dans mon ventre, je réponds, très sérieux :

— Oui.

Le silence tombe et on le gifle d'un grand rire. Quand il revient, on le frappe encore. Le rire tourbillonne autour de nous et on n'arrête pas de le taper.

Il se calme enfin et Audrey murmure :

— Je ne t'en veux pas.

La fois suivante, c'est par un grincement de porte que je suis réveillé.

Je vais ouvrir, titubant, et devant moi se dresse le type qui s'est enfui de mon taxi sans payer. On dirait que c'était il y a une éternité.

Il a l'air énervé.

225

Comme d'habitude.

Il lève la main pour m'imposer le silence.

— Alors... boucle-la et écoute, c'est tout. (En fait, il a même l'air un peu plus qu'énervé.) Écoute, Ed... (ses yeux bordés de jaune m'écorchent) il est trois heures du matin, il fait toujours une chaleur à crever, et nous voilà.

— Euh... oui.

Un nuage d'ivresse plane au-dessus de moi. Je m'attends presque à de la pluie.

— Nous voilà.

— Ne te paye pas ma tête, mon garçon.

Je bats en retraite :

— Désolé. Qu'est-ce qu'il y a ?

Il y a de la violence dans l'air. L'autre parle :

— Demain. Vingt heures précises. Chez *Melusso*. Ah, et rends-moi service, tu veux ?

— Bien sûr.

— Par pitié, freine sur les frites. Tu me rends malade.

Il ajoute, menaçant :

— Et dépêche-toi, avec ces conneries. Tu t'imagines peut-être que j'ai rien de mieux à faire, mais en fait si, d'accord ?

— D'accord. Pas de problème.

Hébété, j'essaye d'en savoir plus :

— Qui vous envoie ?

Le jeune homme aux yeux bordés d'or, au costume noir et au caractère agressif revient vers moi.

— Et comment je le saurais, hein, Kennedy ? T'es peut-être pas le seul à recevoir des as par la poste. Ça ne t'est pas venu à l'idée ?

Il traîne encore un peu puis s'éloigne lourdement, se dissolvant dans l'obscurité. Fondu au noir.

Audrey arrive dans mon dos, et j'ai des choses à penser.

J'écris ce qu'il m'a dit sur *Melusso*.

Vingt heures demain. Il faut que j'y sois.

Je colle le Post-it sur le frigo, je vais au lit et Audrey m'accompagne. Elle dort les jambes sur moi et je savoure son haleine sur ma gorge.

226

Au bout de dix minutes, elle me demande :
« Dis-moi, Ed. Dis-moi où tu as été. »
Je lui ai déjà parlé une fois des messages sur l'as de carreau, mais pas en détail. Je suis épuisé, là, mais je ne le lui dis pas.

Je parle de Milla. La belle Milla. Je revois son visage me suppliant de lui dire qu'elle avait bien traité Jimmy.

Je parle de Sophie. La fille aux pieds nus avec...

Audrey est endormie.

Elle est endormie mais je continue à parler. Je lui parle d'Edgar Street, et de tous les autres. Les pierres. Les tabassages. Le père O'Reilly. Angie Carusso. Les frères Rose. La famille Tatupu.

À cet instant précis, je me rends compte que je suis heureux, je veux rester conscient, mais bientôt la nuit tombe, et je m'endors sous ses coups.

9 ♠ La femme

Le bâillement d'une femme est parfois si beau qu'il donne le frisson.

En particulier quand elle est dans la cuisine en sous-vêtements et chemise, en train de bâiller.

C'est ce que fait Audrey là, pendant que je m'occupe de la vaisselle. Je rince une assiette et la voilà qui se frotte les yeux, bâille et sourit.

— Tu as bien dormi ?

— Oui. Tu es confortable, Ed.

Je pourrais mal le prendre, mais c'est un compliment.

— Assieds-toi.

Sans réfléchir je regarde les boutons de sa chemise et ses hanches. Mes yeux descendent sur ses jambes jusqu'aux genoux, aux mollets, aux chevilles. Tout ça en une brève seconde. Les pieds d'Audrey ont l'air doux et délicats. Comme s'ils allaient se fondre dans le sol de la cuisine.

Je lui fais des céréales, qu'elle attaque aussitôt. Je n'ai pas eu à lui demander si elle en voulait. Il y a des choses que je sais.

J'en ai la confirmation plus tard, une fois qu'Audrey s'est douchée et rhabillée.

En partant, elle me dit :

— Merci, Ed... Tu sais quoi? Tu es celui qui me connaît le mieux et me traite le mieux. C'est avec toi que je suis le plus à l'aise.

Elle m'embrasse même sur la joue.

— Merci de me supporter.

Elle s'éloigne et je sens encore ses lèvres sur ma peau. Leur goût.

Je la suis des yeux dans la rue. Juste avant qu'elle tourne le coin, elle se retourne et me fait signe. Je réponds, et elle disparaît.

Lentement.

Parfois douloureusement.

Audrey me tue.

« Rends-moi service, tu veux? Par pitié, freine sur les frites. »

Les mots de mon ami d'hier soir me reviennent.

Ils me reviennent toute la journée, et d'autres encore :

« T'es peut-être pas le seul à recevoir des as par la poste. Ça ne t'est pas venu à l'idée? »

Bien sûr, il y avait un point d'interrogation à la fin, mais je sais bien que c'est une phrase affirmative. Ça me fait penser à tous les gens sur qui je suis tombé. Et si tous, c'étaient des messagers comme moi, tous menacés et ne voulant qu'une chose : faire ce qu'ils ont à faire pour survivre? Je me demande si eux aussi ont reçu des cartes à jouer et des armes à feu dans leur boîte aux lettres, ou s'ils ont reçu leurs outils à eux. Je pense : *Non, tout serait personnalisé. J'ai des cartes parce que c'est mon hobby. Peut-être que Daryl et Keith ont reçu des cagoules, ou que mon copain d'hier soir a reçu sa tenue noire et son irritabilité.*

Je retourne chez *Melusso* à dix-neuf heures quarante-cinq, sans le Portier. Cette fois-ci, j'entre dans le restaurant. Je dois l'expliquer au chien avant de partir.

Il me regarde.

— *Quoi ?* il demande. *Pas de frites ce soir ?*

— Désolé mon vieux. Je te rapporterai quelque chose, promis.

Il a l'air plutôt content quand je pars, parce que je lui ai préparé un café et ajouté de la glace. Il en trépigne presque quand je le pose devant lui.

Chouette, il me dit dans la cuisine. On est toujours amis.

Je dois avouer qu'il me manque même un peu en allant à Clown Street. J'ai l'impression qu'on faisait équipe sur ce coup-là – et maintenant, je dois finir tout seul et toute la gloire me reviendra.

Enfin.

S'il y a bien de la gloire.

J'ai presque oublié que ça peut mal tourner, être difficile. Exemple A, Edgar Street. Exemple B, les frères Rose.

J'entre dans le restaurant en me demandant quel message je vais apporter cette fois-ci, dans l'odeur tiède et omniprésente de la sauce spaghettis, des pâtes et de l'ail. J'ai vérifié que personne ne me suivait, mais je n'ai pas vu une seule âme qui ait l'air intéressée. Rien que des gens qui s'occupaient de leurs affaires habituelles.

Bavarder. Se garer de travers.

Pousser des jurons. Dire à leurs gosses d'arrêter de chouiner et de se dépêcher.

Tout ça.

Et dans le restaurant, je demande à la serveuse potelée de m'installer dans le coin le plus sombre.

Elle me demande, stupéfaite :

— Là-bas ? Près de la cuisine ?

— Oui, s'il vous plaît.

— Personne ne demande jamais à s'asseoir là-bas. Vous êtes sûr ?

229

— Absolument.

Je la vois qui pense : *Quel type étrange*, mais elle m'y amène.

— La carte des vins ?

— Pardon ?

— Est-ce que vous voulez du vin ?

— Non merci.

Elle arrache la carte des vins de la table et m'annonce les plats du jour. Je commande des spaghettis avec des boulettes de viande et des lasagnes.

— Vous attendez quelqu'un ?

— Non.

— Donc vous allez manger les deux ?

— Oh, non. Les lasagnes, c'est pour mon chien. Je lui ai promis de lui rapporter quelque chose.

Cette fois, elle me regarde du genre : *Comme il doit être seul, ce pauvre type*, ce qui est compréhensible, j'imagine. Elle se contente de dire :

— Je vous les apporterai juste avant que vous partiez, d'accord ?

— Merci.

— Quelque chose à boire ?

— Non merci.

Je refuse toujours de boire dans les restaurants parce que je peux acheter à boire partout. Je vais au restaurant pour les plats que je ne sais pas cuisiner.

La serveuse part et j'observe la salle, qui est à moitié pleine. Il y a des gens qui se goinfrent, d'autres qui sirotent leur vin, et un jeune couple qui s'embrasse par-dessus la table en partageant la nourriture. La seule personne intéressante, c'est un homme du même côté que moi. Il attend quelqu'un en buvant du vin, mais sans manger. Il porte un costume et il a des cheveux noir et argenté ondulés, coiffés en arrière.

Mes spaghettis aux boulettes de viande arrivent et, peu après, la nuit prend tout son sens.

La personne que l'homme attend arrive. Je m'en étrangle presque sur ma fourchette. Il se lève et l'embrasse en posant la main sur ses hanches.

La femme s'appelle Beverly Anne Kennedy.

Bev Kennedy.

Également connue sous le nom de maman.

Oh, nom de Dieu, je pense, et je baisse la tête.

J'ai presque envie de vomir.

Ma mère porte une robe qui la met en valeur, d'un bleu foncé chatoyant. Presque couleur d'orage. Elle s'assoit poliment et ses cheveux encadrent joliment son visage.

Bref, c'est la première fois que je la vois comme une femme. D'habitude, c'est juste maman l'ordurière qui m'insulte et me traite de nul. Ce soir, elle porte des boucles d'oreilles, son visage mat et ses yeux marron sourient. Elle a un peu des rides quand elle sourit, mais oui, elle a l'air heureuse.

Elle a l'air heureuse d'être une femme.

L'homme est un parfait gentleman, qui lui sert du vin et lui demande ce qu'elle voudrait manger. Ils parlent avec plaisir, à l'aise tous les deux, mais je n'entends pas ce qu'ils disent. Pour être honnête, j'essaye d'éviter.

Je pense à mon père.

Je pense à lui et ça me déprime aussitôt.

Ne me demandez pas pourquoi, mais j'ai l'impression qu'il méritait mieux que ça.

Bien sûr, c'était un ivrogne, en particulier à la fin de sa vie, mais il était si gentil, si généreux et si doux. En regardant mes boulettes de viande, je revois ses cheveux noirs coupés court et ses yeux presque délavés. Il était grand et, quand il partait au travail, il portait toujours une chemise en coton, avec une cigarette à la bouche. Il ne fumait jamais à la maison. Pas à l'intérieur. Lui aussi était un gentleman, malgré tout le reste.

Je le revois aussi rentrer en titubant et s'effondrer sur le canapé, à la fermeture du pub.

Maman lui hurlait dessus, bien sûr, mais sans effet.

Elle le harcelait en permanence, de toute façon. Il travaillait comme une mule mais ce n'était jamais assez. Vous vous rappelez l'histoire de la table basse ? Eh bien, mon père devait supporter ça tous les jours.

Quand on était petits, il nous amenait à des endroits pour les gosses, comme le National Park, la plage, ou un terrain de jeux avec une énorme fusée de métal. Pas comme les saloperies en plastique où les pauvres gosses d'aujourd'hui doivent jouer. Notre père nous accompagnait là et nous regardait tranquillement nous amuser. On se retournait et il était assis là, en train de fumer, heureux, rêvant peut-être. Mon premier souvenir, à quatre ans, est d'avoir fait le cheval sur le dos de Gregor Kennedy, mon père. C'était quand le monde était moins grand et que je pouvais voir partout. Quand mon père était un héros et pas un humain.

Et je suis assis là, à me demander ce que je vais faire.

Ma première décision, c'est de ne pas finir les boulettes de viande. Je me contente de regarder maman et sa merveilleuse soirée. Il est évident que ces deux-là sont déjà venus. La serveuse les connaît et échange quelques mots avec eux. Ils sont très à l'aise.

J'essaye d'en éprouver de l'amertume, de la colère, mais je me reprends. Quelle utilité ? Après tout, ma mère est une personne, qui a le droit d'être heureuse comme n'importe qui.

Juste après ça, je comprends exactement pourquoi, d'instinct, je lui en veux de ce bonheur.

Ça n'a rien à voir avec mon père.

C'est moi.

Dans une vague de nausée soudaine, je vois l'horreur absolue, si l'on peut dire, de la situation :

Ma maman, la cinquantaine, qui se balade en ville avec un type – et moi je suis là, dans ma prime jeunesse, parfaitement et totalement seul.

Je suis écœuré.

Par moi-même.

La serveuse emporte mes boulettes et m'apporte les lasagnes du Portier dans une boîte en plastique bon marché. Ça va lui faire très plaisir, j'imagine.

Je me glisse jusqu'au comptoir pour payer. Je jette un œil à maman et à l'homme, en faisant attention de ne pas être vu, mais elle est totalement absorbée par lui. Elle l'écoute et le regarde avec une telle intensité que je ne prends même plus la peine de me cacher. Je paye et je sors, mais je ne rentre pas chez moi. Je vais chez maman et j'attends sur la terrasse.

Elle a l'odeur de mon enfance, cette maison. Je la sens même de sous la porte, assis sur le béton frais.

La nuit est constellée. Je m'allonge et je m'y perds. J'ai l'impression de tomber mais vers le haut, dans l'abysse du ciel au-dessus de moi.

Je reçois de petits coups de pied dans la jambe.

Je me réveille et découvre le visage qui lui appartient.

— Qu'est-ce que tu fais là, toi ?

C'est maman.

Toujours aussi sympathique.

Je m'appuie sur un coude et décide d'y aller carrément :

— Je suis venu te demander si tu as passé une bonne soirée chez *Melusso*.

Son visage laisse échapper une expression de surprise, bien qu'elle essaye de garder sa contenance.

— C'était très bien.

Je vois bien qu'elle gagne du temps pour réfléchir à ce qu'elle va faire. Elle ajoute :

— Je suis une femme, j'ai le droit de vivre.

Je me redresse.

— Oui, sans doute.

Elle hausse les épaules.

233

— C'est seulement pour ça que tu es là : pour me questionner parce que je suis sortie au restaurant avec un homme ? J'ai des besoins, tu sais.

Des besoins.

Écoutez-la.

Elle me contourne et s'apprête à ouvrir la porte.

— Et maintenant, Ed, si ça ne t'ennuie pas, je suis très fatiguée.

Là.

C'est le moment.

J'ai failli lâcher, mais ce soir, je résiste. Je sais très bien que de tous ses enfants, je suis le seul que cette femme n'invitera pas chez elle dans cette situation. Si mes sœurs étaient là, elle serait déjà en train de faire le café. Si c'était Tommy, elle lui demanderait comment ça se passe à l'université, en lui offrant un Coca ou une part de gâteau.

Et pourtant, moi, Ed Kennedy, qui suis son enfant tout autant que les autres, elle m'évite et me refuse son amitié ; même pas une invitation à entrer. J'aimerais qu'elle montre un tant soit peu d'amabilité, juste une fois.

La porte va se fermer mais je la bloque de la main. Le bruit d'une gifle au visage.

Je la regarde et son visage se tend.

Je demande sèchement :

— Maman ?

— Quoi ?

— Pourquoi tu me détestes à ce point ?

Et voilà qu'elle me regarde, cette femme, et je fais bien attention à ne pas me trahir.

Elle répond tout simplement :

— Parce que, Ed... tu me fais penser à lui.

Lui.

J'enregistre.

Lui... mon père.

Elle claque la porte.

J'ai dû amener un homme jusqu'à la Cathédrale et tenter de le supprimer. Des tueurs ont mangé dans ma cuisine et m'ont mis K-O. J'ai été tabassé par une bande de voyous adolescents.

Mais là, c'est le pire moment.

Là, sur la terrasse de ma mère.

J'ai mal.

Le ciel s'ouvre et tombe en morceaux.

J'ai envie de tambouriner sur la porte, des mains, des pieds.

Non.

Je tombe à genoux, abattu par ces mots qui m'assomment. J'essaye d'en voir le côté positif, parce que j'adorais mon père. En dehors de l'alcoolisme, ce n'est pas totalement honteux de lui ressembler, je crois.

Alors, pourquoi est-ce que c'est si dur ?

Je ne bouge plus.

Je fais le serment de ne pas quitter cette terrasse de merde tant que je n'aurai pas les réponses que je mérite. J'y dormirai si je le dois, et j'attendrai toute la journée de demain dans la chaleur étouffante. Je crie :

— Je ne pars pas, maman !

Encore :

— Tu m'entends ? Je ne pars pas.

Au bout de quinze minutes, la porte s'ouvre à nouveau, mais je ne la regarde pas. Je me détourne et je dis en direction de la rue :

— Tu traites si bien tous les autres : Leigh, Kath et Tommy... On dirait...

Je ne dois pas fléchir. Je marque une pause, puis :

— Mais moi, tu me parles sans le moindre respect. Alors que c'est moi qui suis là.

Je me retourne et la regarde en face.

— C'est moi qui suis là si tu as besoin de quelque chose – et chaque fois, je suis là, pas vrai ?

— Oui, Ed.

Mais elle riposte, elle m'attaque avec sa vérité à elle. Ses mots me percent les oreilles, j'ai presque peur qu'elles saignent.

235

— Oui, tu es là... et c'est exactement le problème! Regarde ce dépotoir. La maison, la ville, tout. (Sa voix est sombre.) Quant à ton père... il me promettait qu'un jour, on s'en irait d'ici. Il disait qu'on ferait nos bagages et qu'on partirait, comme ça. Et regarde où on est, Ed. On est encore là. Je suis là. Toi aussi et, comme ton vieux, tu ne fais que des promesses, Ed, et il n'y a jamais de résultat. (Elle se fait venimeuse.) Toi, tu pourrais être aussi bien que les autres. Aussi bien que Tommy, même... Mais tu es encore là, et tu y seras encore dans cinquante ans. (Les mots sont si froids.) Tu n'es arrivé à rien.

Retour au silence.

Elle le brise.
— Tout ce que je veux, c'est que tu fasses quelque chose de toi. (Elle retourne lentement à la porte.) Il faut que tu réussisses quelque chose, Ed.
— Quoi?
Elle me dit, en choisissant bien ses mots :
— Crois-le ou pas, mais il faut beaucoup d'amour pour te détester à ce point.
J'essaye de comprendre.

Je me dirige vers la rue et me retourne. Elle est encore sur la terrasse.
Seigneur, qu'est-ce qu'il fait noir à présent.
Aussi noir que l'as de pique.

« Est-ce que tu voyais cet homme quand papa était toujours vivant? »
Elle ne répond rien, mais je sais. Je sais que ce n'est pas seulement mon père qu'elle déteste, mais elle-même. À ce moment-là, je comprends qu'elle se trompe.
Ce n'est pas l'endroit. C'est les gens.

On aurait tous été pareils n'importe où.
Je pose une dernière question.

« Papa savait ? »

Long silence.

Un silence meurtrier. Puis ma mère se détourne pour pleurer, et la nuit est si sombre et si profonde que je me demande si le soleil se lèvera.

V ♠ Un coup de téléphone.

— Maman ?

— Ouais ?

Je regarde le Portier, qui mange ses lasagnes avec ce qu'on ne peut décrire que comme une extase absolue. Il est deux heures trois du matin et j'ai le combiné contre l'oreille.

— Ça va, maman ?

Sa voix tremble, mais elle répond comme je m'y attendais :

— Ouais, ça va.

— C'est bien.

— Sauf que tu m'as réveillée, espèce de nul...

Je raccroche, mais en souriant.

J'avais voulu lui dire que je l'aimais toujours, mais c'est peut-être mieux comme ça.

D ♠ Le cinéma de Bell Street

Je ne peux m'empêcher de penser à ce que maman m'a dit hier soir.

Il est dimanche matin et j'ai à peine dormi. Je prends quelques cafés avec le Portier, mais ça ne me réveille pas beaucoup. Je me demande si j'en ai fini avec Clown Street et ma mère, mais mon instinct me dit que oui. Elle avait besoin de me dire tout ça.

Bien sûr, ce n'est pas agréable que ma mère me considère comme un loser fini.

Le fait qu'elle ne se trouve pas mieux ne me réconforte pas beaucoup, même si ça devrait. Ça m'a réveillé un peu. Je ne peux pas être chauffeur de taxi toute ma vie. Ça me conduirait à la folie.

Pour la première fois, un message est entré en contact avec une partie de ma vie.

Pour qui était-il?

Maman ou moi?

J'entends encore ses mots : « Il faut beaucoup d'amour pour te détester à ce point. »

Quand elle m'a dit ça, j'ai cru voir un certain soulagement sur son visage.

Le message était bien pour elle.

Le Portier et moi allons à l'église voir le père O'Reilly, qui a toujours un public assez large. Après la messe, il m'accueille, tout content :

— Ed! J'étais inquiet que tu ne reviennes pas. Tu m'as manqué ces dernières semaines.

— On a été assez occupés.

— Le Seigneur a été avec toi?

— Pas vraiment.

Je repense à la nuit dernière, à l'idée de ma mère commettant l'adultère, détestant mon père pour ses promesses non tenues, et méprisant son seul enfant resté dans le secteur.

— Ah, dit le père avec force. Tout a un but.

Je ne peux qu'être d'accord. Rien ne se passe sans raison. Je me concentre sur le message suivant.

Il ne reste plus que Bell Street. J'y vais dans l'après-midi. Le numéro 39 est un vieux cinéma fatigué en sous-sol. Au-dessus, il y a une vieille maison avec une pancarte collée sur l'auvent. Aujourd'hui, ça dit *Casablanca, 14 h 30* et *Certains l'aiment chaud, 19 h*. En descendant, on voit des affiches de vieux films en vitrine. Le papier est jauni aux coins. Il y en a d'autres à l'intérieur.

Odeur de pop-corn rance et de moquette tachée. L'endroit semble vide.

« Il y a quelqu'un? »

Rien.

Cet endroit a dû mourir il y a plusieurs années, quand le nouveau multiplexe est arrivé en ville. Les lieux sont déserts. Je réessaye, plus fort :

« Il y a quelqu'un ? »

Je regarde dans une petite pièce au fond et je vois un vieil homme qui dort. Il porte un costume et un nœud papillon, comme un ouvreur d'autrefois.

— Hé, ça va ? je lui demande.

Il se réveille d'un coup et saute de sa chaise en rajustant sa veste.

— Qu'est-ce que je peux faire pour vous ?

— Je peux avoir une entrée pour *Casablanca*, s'il vous plaît ?

— Seigneur, vous êtes mon premier client depuis des semaines !

Il a des rides énormes autour des yeux et des sourcils incroyablement broussailleux. Ses cheveux blancs sont coiffés à la perfection et, malgré un début de calvitie, il ne la dissimule pas sous une mèche. Il a l'air sincèrement ravi. En fait, il est aux anges.

Je lui tends dix dollars et il m'en rend cinq.

— Du pop-corn ?

— S'il vous plaît.

Il me sert, tout excité, et me dit avec un clin d'œil :

— C'est la maison qui l'offre.

— Merci.

Le cinéma est petit, mais l'écran est énorme. J'attends un moment, mais le vieil homme arrive à quatorze heures vingt-cinq.

— Personne d'autre ne viendra, à mon avis. Cela vous ennuierait qu'on commence en avance ?

Il a sans doute peur que je le lâche si je dois attendre trop longtemps.

Il repart en vitesse.

Je suis assis presque exactement au milieu de la salle. Un rang plus près.

Le film commence.

Noir et blanc.

Au bout d'un moment, ça coupe. Je lève les yeux vers la cabine de projection. Il a oublié de changer la bobine. Je l'appelle.

— Hé!

Rien.

Je me dis qu'il a encore dû s'endormir. Je sors et vois une porte avec la pancarte *Réservé au personnel*. J'entre et j'arrive dans une cabine de projection où l'homme ronfle tranquillement contre le mur, appuyé sur sa chaise.

— Monsieur?

Il s'écrie, furieux contre lui-même :

— Oh, non! Pas encore!

Visiblement affolé, il se précipite pour mettre la nouvelle bobine, en s'excusant et en se traitant de tous les noms. Je lui dis :

— C'est bon, calmez-vous.

Mais il ne veut rien entendre.

Il me le répète :

— Ne t'en fais pas, fiston, je te rembourserai et je te donnerai même une entrée gratuite. Au choix. (Avec ferveur.) Pour n'importe quel film.

J'accepte. Je n'ai pas le choix.

Il me dit aussitôt :

— Maintenant, si tu descends en vitesse, tu seras là juste à temps pour ne rien rater.

Avant de retourner dans la salle, je me sens obligé de me présenter :

— Je m'appelle Ed Kennedy.

Je lui tends la main. Il me la serre en me regardant dans les yeux.

— Oui, je sais qui tu es.

Il en oublie la bobine et me dévisage avec la plus parfaite gentillesse.

— On m'a dit que tu viendrais.

Il se remet à l'ouvrage.

J'en reste bouche bée.

De mieux en mieux.

Je regarde le reste du film en me disant : *Je ne sortirai pas d'ici tant que je n'aurai pas trouvé qui a informé le vieil homme de ma venue.* Quand je sors, il me demande :

— Ça t'a plu ?

Je ne laisse aucune place à ce genre de conversation.

— Qui vous a dit que je viendrais ?

Il essaye d'esquiver la question, puis, presque paniqué :

— Non, je ne peux pas te dire. Je leur ai promis, et ce sont deux si chic types…

Il veut s'éloigner, mais je le retiens et lui demande en face :

— Qui ?

Il examine ses chaussures et la moquette. Il a l'air encore plus vieux.

— C'étaient deux hommes ?

Il me regarde, l'air de dire *oui*.

— Daryl et Keith ?

— Qui ?

J'essaye autre chose :

— Ils ont mangé votre pop-corn ?

Là encore, un oui.

— C'est bien Daryl et Keith.

Quels sales goinfres.

— Ils ne vous ont pas fait de mal, au moins ?

— Oh, non. Ils ont été très gentils. Cordiaux. Ils sont venus il y a un mois pour voir *Permission jusqu'à l'aube*. Avant de partir, ils m'ont prévenu qu'un certain Ed Kennedy passerait, et qu'il recevrait un message quand il aurait fini.

— Et quand est-ce que j'aurai fini ?

— Ils m'ont dit que toi, tu le saurais.

Il incline la tête, l'air presque chagriné.

— Tu as fini, là ?

— Non, je n'en ai pas l'impression. Je dois faire quelque chose pour vous. Dans votre cas, quelque chose de bien, je dirais.

241

— Pourquoi ?

J'ai envie de lui dire « je ne sais pas », mais je me refuse à mentir.

— Parce que vous en avez besoin ?

Est-ce qu'il a besoin d'un grand public, comme le père O'Reilly ?

J'en doute. Pas deux fois. Il se rapproche.

— Peut-être que tu auras fini quand tu reviendras voir ta séance offerte.

— Entendu.

— Tu pourras amener ta copine. Tu as une copine, Ed ?

Je me laisse aller.

— Oui. J'ai une copine.

— Amène-la, alors. (Il se frotte les mains.) Rien que toi et ta copine devant le grand écran.

Il pousse un rire malicieux.

— Moi aussi, j'adorais amener des filles au cinéma quand j'étais jeune. C'est pour ça que j'ai acheté cet endroit quand j'ai pris ma retraite du bâtiment.

— Vous avez déjà gagné de l'argent, avec ?

— Grand Dieu, non, je n'en ai pas besoin. J'aime juste mettre des films, les regarder, dormir un peu. Ma femme me dit que si ça m'évite les ennuis, pourquoi pas ?

— Oui, en effet.

— Donc, quand est-ce que tu penses revenir ?

— Demain, peut-être.

Il me donne un catalogue de la taille d'une encyclopédie pour y trouver des idées, mais je n'en ai pas besoin.

— Non merci. Je sais ce que je veux.

— Vraiment ? Déjà ?

— Oui. *Luke la main froide.*

Il se frotte les mains, content.

— Excellent choix. Un grand film. Paul Newman est extraordinaire, et George Kennedy – votre homonyme –, inoubliable. Dix-neuf heures trente demain ?

— Splendide.

— Très bien, je te vois avec ta copine demain, alors. Comment elle s'appelle, ta copine ?

— Audrey.

— Oh, très joli.

Au moment de partir, je me rends compte que je ne connais pas le nom du vieil homme.

Il s'excuse.

— Oh, désolé, vraiment, Ed. Je m'appelle Bernie. Bernie Price.

— Heureux de vous connaître, Bernie.

— Moi aussi. Content que tu sois venu.

— Pareil pour moi.

Je sors dans l'air brûlant de la fin d'après-midi d'été.

Cette année, Noël tombe un jeudi ; tout le monde viendra jouer aux cartes, manger la dinde, et Marv fera un gros bisou au Portier.

J'appelle Audrey pour demain et elle annule un rendez-vous avec son copain. À entendre mon ton suppliant, elle a dû comprendre que j'avais besoin qu'elle sorte avec moi.

Dès qu'on a réglé ça, je vais faire un tour chez Milla, à Harrison Avenue.

Elle ouvre la porte. On dirait que la fragilité l'a vaincue ces dernières semaines. Cela fait un moment que je ne lui ai pas rendu visite, et elle rayonne de me voir. Au début, elle se tient courbée, mais elle se redresse en voyant mon visage.

« Jimmy ! Entre ! Entre ! »

J'obéis. En arrivant dans le salon, je vois qu'elle a essayé de lire *Les Hauts de Hurlevent* toute seule, mais elle n'est pas arrivée très loin. Elle revient avec le thé.

— Oh, oui, j'ai essayé de le lire sans toi, mais ça ne marche pas tout à fait.

— Tu veux que je t'en lise maintenant ?

— Ce serait gentil, dit-elle avec un sourire.

J'adore le sourire de cette vieille dame. J'adore les parties humaines, ridées, de son visage, et la joie dans ses yeux. Je lui demande :

— Est-ce que tu aimerais venir chez moi pour le jour de Noël ?

— Oui, bien sûr, cela me ferait très plaisir...

Elle me regarde longuement.

— Je suis de plus en plus seule sans toi, Jimmy.

— Je sais. Je sais.

Je pose ma main sur la sienne et la caresse. C'est dans ces moments-là que je prie pour que leurs âmes se retrouvent après la mort. Celles de Milla et du vrai Jimmy. Je prie pour eux. Je commence à lire :

« Chapitre six. M. Hindley revint chez lui pour les funérailles ; et – chose qui nous stupéfia et fit jaser les voisins de droite et de gauche – il amena avec lui une épouse... »

Lundi, tout le monde travaille en ville. Je prends beaucoup de clients et, pour une fois, je me faufile habilement dans la circulation. En tant que chauffeur de taxi, mon but se limite souvent à ne pas énerver les autres conducteurs. Aujourd'hui, ça marche.

Je rentre chez moi juste avant dix-huit heures, je mange avec le Portier, et je vais chercher Audrey vers dix-neuf heures. J'ai mis mon plus beau jean, mes bottes et une vieille chemise rouge délavé, presque orange.

Audrey m'ouvre et je sens son parfum.

— Tu sens bon.

— Merci, mon bon monsieur.

Elle me laisse lui baiser la main. Elle porte une jupe noire, de jolies chaussures à talons, et un chemisier couleur sable. C'est bien assorti, et elle a les cheveux nattés avec quelques mèches sur le côté.

On marche dans la rue, bras dessus bras dessous.

On se regarde et on rigole.

— Tu sens si bon, tu sais, et tu es superbe.

Audrey répond :

— Toi aussi... même avec cette chemise atroce.

Je regarde ma chemise.

— Je sais, elle fait peur, hein ?

Mais Audrey s'en moque. Elle danse presque en marchant. Elle me demande :

— Alors, quel film on va voir ?

J'essaye de cacher mon autosatisfaction, parce que je sais que c'est un de ses préférés.

— *Luke la main froide*.

Elle s'arrête, et l'expression de son visage la rend tellement belle que j'ai presque envie de pleurer.

— Ed, tu t'es surpassé.

La dernière fois que j'ai entendu cette expression, c'était quand Marv l'a dite à Margaret, la serveuse. Mais cette fois-ci, ce n'est pas sarcastique.

— Merci.

On arrive dans Bell Street. Audrey me tient toujours le bras. J'aimerais que le cinéma soit plus loin.

— Les voilà ! s'écrie Bernie Price, tout excité, à notre arrivée.

Je suis étonné qu'il ne soit pas endormi. Je fais poliment les présentations :

— Bernie, voici Audrey O'Neill.

Bernie sourit.

— Tout le plaisir est pour moi, Audrey.

Tandis qu'elle part aux toilettes, Bernie m'entraîne dans un coin et me chuchote, émoustillé :

— Eh bien, c'est un joli brin de fille, pas vrai, Ed ?

— Oh oui. Certainement.

J'achète du pop-corn rance – en tout cas j'essaye, parce que Bernie ne veut pas en entendre parler, comme il dit – et on va s'asseoir, pas loin de ma place d'hier.

Bernie nous a donné un billet chacun.

Luke la main fr0ide : 19 h.

« C'est si froid qu'il y a un 0 ? » demande Audrey.

Je jette un œil au billet, amusé. L'idée semblait parfaite pour ce soir, et elle l'est.

On s'assoit et on attend. J'entends un coup sourd dans la cabine du projectionniste. Une voix étouffée nous demande :

« Prêts, tous les deux ? »

On répond en chœur que oui.

Le film commence.

En le regardant, j'espère que Bernie est là-haut, heureux, qu'il se rappelle comment c'était quand il y allait lui-même à mon âge.

J'espère qu'il croit toujours qu'Audrey est vraiment ma copine, en voyant nos deux silhouettes assises devant le grand écran – deux formes, c'est tout.

Le message est derrière moi.

Je l'ai transmis, mais je ne vois pas l'expression sur le visage de Bernie. J'essaye de la retrouver dans le film, sur le visage des gens.

Oui, j'espère que Bernie est heureux.

J'espère qu'il a de bons souvenirs.

Audrey fredonne en chœur avec la musique du film et à ce moment-là, c'est ma copine. J'arrive à y croire.

Ce soir, c'est pour Bernie, mais j'en prends un peu aussi, pour moi.

On a tous les deux vu ce film plusieurs fois. C'est un de nos préférés. À certains moments, on pourrait dire les phrases en même temps que les personnages, mais on ne le fait jamais. On savoure le film. On savoure la salle déserte et je savoure la présence d'Audrey. Je suis ravi qu'on soit là, elle et moi, seuls ici.

Rien que toi et ta copine, Bernie m'a dit hier, et je comprends qu'il mérite mieux que de rester dans la cabine de projection. Je chuchote à Audrey :

— Ça t'ennuierait si je demande à Bernie de venir s'asseoir avec nous ?

Elle répond, comme je m'y attendais :

— Pas du tout.

Je passe par-dessus ses jambes et je monte à la cabine. Bernie est endormi. Je le réveille doucement.

— Bernie ?

Il s'extrait de sa fatigue.

— Euh, oui... Ed ?

— Audrey et moi... on se demandait si tu aimerais descendre voir le film avec nous.

246

Il proteste :

— Oh, non, Ed, je ne ferai jamais ça. Jamais ! J'ai plein de choses à faire ici et vous, les jeunes, vous devez être tranquilles en bas. Pour faire des bêtises, tu vois...

— Allez, Bernie. Ça nous ferait vraiment plaisir de vous avoir !

— Non, non et non. Impossible.

Il est inflexible. Au bout d'une minute ou deux de discussion, j'abandonne et je redescends dans la salle. Audrey me demande où est Bernie.

— Il n'a pas voulu nous gêner.

Je me renfonce dans mon fauteuil, mais la porte du fond s'ouvre et Bernie apparaît dans la lumière. Il se dirige lentement vers nous et s'assoit de l'autre côté d'Audrey.

— Contente que vous ayez pu venir, murmure Audrey.

— Merci à tous les deux, répond Bernie.

Ses yeux fatigués brillent de gratitude et il regarde l'écran, le visage plein de vie.

Un quart d'heure plus tard, Audrey prend ma main sur l'accoudoir. Elle glisse ses doigts sur les miens et s'en empare. Elle me les serre doucement, je jette un coup d'œil de l'autre côté et je découvre qu'elle tient aussi la main de Bernie. Parfois, l'amitié d'Audrey me suffit. Parfois, elle sait exactement quoi faire.

Avec un sens parfait du bon moment.

Tout va bien jusqu'au changement de bobine.

Bernie s'est rendormi. On le réveille.

« Bernie », murmure Audrey en le remuant doucement.

Il se réveille et bondit de son fauteuil en criant : « La bobine ! » Il file vers la porte du fond. Je lève les yeux vers la cabine et c'est là que je vois.

Il y a déjà quelqu'un en haut.

« Hé, Audrey. Regarde. Il y a quelqu'un dans la cabine. »

J'ai l'impression que l'air retient son souffle autour de nous. Je finis par me secouer et je me dirige vers la cabine.

Au début, Audrey hésite, et puis je l'entends derrière moi, elle me suit. Je traverse la salle en courant, les yeux fixés sur l'ombre dans la cabine. Elle nous voit et accélère le mouvement, sortant de la pièce presque avec panique.

En arrivant dans le hall, je sens la tension qui plane dans l'odeur de pop-corn et de moquette. L'odeur de quelqu'un qui est venu et reparti. Je file vers la porte *Réservé au personnel*, Audrey sur mes talons.

J'entre, et la première chose que je vois, ce sont les mains tremblantes de Bernie.

Son visage sous le choc.

Je le vois sur ses lèvres, sur sa gorge.

— Bernie ? Bernie ?

— Il m'a fait une peur terrible. Et il m'a presque renversé en s'enfuyant. Mais tout va bien, Ed.

Bernie s'assoit, se reprend et me montre une pile de bobines.

— Qu'est-ce qu'il y a ? demande Audrey.

— Celle du dessus. Ce n'est pas une des miennes.

Bernie la prend et la regarde. Il y a une petite étiquette avec deux lettres mal écrites. Un mot : *ED*.

— Je la mets ?

J'y réfléchis un instant, puis je dis oui.

— Tu ferais mieux de redescendre dans la salle, dit Bernie. Tu la verras bien mieux de là.

Avant que je parte, je pose une question – et à mon avis, Bernie connaît la réponse.

— Pourquoi, Bernie ? Pourquoi ils n'arrêtent pas de me faire ça ?

Bernie se contente de rire.

— Tu ne comprends toujours pas, n'est-ce pas, Ed ?

— Comprendre quoi ?

Bernie prend son temps avant de répondre :

— Ils le font parce qu'ils le peuvent.

Sa voix est fatiguée, mais sincère. Déterminée.

— Tout ça a été organisé depuis longtemps. Au moins un an.

— Ils vous l'ont dit ?

— Oui.

— Dans ces termes ?

— Oui.

On reste là quelques bonnes minutes, plongés dans nos pensées, puis Bernie nous renvoie en bas.

— Allez-y, les jeunes. J'en ai pour trente secondes à lancer la bobine.

De retour dans le hall, Audrey me demande :

— C'est toujours comme ça ?

— En général.

Audrey hoche la tête, silencieuse.

— On ferait mieux d'y aller.

Je dois insister pour la convaincre de retourner dans la salle :

— C'est presque fini.

Audrey croit que je parle du film – voilà ce que je m'imagine.

Mais moi ?

Je ne pense plus au cinéma.

Je pense plus à rien.

Sauf aux cartes.

Sauf aux as.

R♠ La dernière bobine

Quand on revient dans la salle, l'écran est toujours vide.

Il s'éclaire. La scène est sombre. Je vois les pieds de jeunes gens qui avancent.

Ils s'approchent d'une silhouette solitaire dans la rue.

Une rue de ma ville.

Une silhouette qui est d'ici, elle aussi...

Je m'arrête.

Tout de suite.

Audrey fait encore quelques pas – elle se retourne et me voit, les yeux rivés à l'écran.

Je le lui montre.

Puis j'arrive à articuler :

« C'est moi, Audrey. »

Sur l'écran, on voit le film des frères Rose et de leurs copains qui me sautent dessus et me tabassent en pleine rue.

Debout dans la salle, je touche les marques sur mon visage.

Mes doigts effleurent et brûlent ma peau qui cicatrise.

Je répète : « C'est moi », en chuchotant cette fois. À côté de moi, Audrey s'effondre et pleure dans la salle obscure, si obscure.

La scène suivante me montre sortant de la bibliothèque, ma pile de livres avec moi. Après, c'est les lumières de Glory Road. Un plan nocturne où l'on ne voit qu'elles : la puissance... électrique, et la gloire. Au début, il fait noir, puis elles s'allument et brillent dans le cinéma. Ensuite, c'est la scène du cyclone sur la terrasse, en silence. Je vois ma mère prononcer ces mots qui font mal, m'ouvrant presque le visage avec, et puis, lentement, je m'en vais et je rentre presque dans la caméra. Puis on m'aperçoit en route vers le cinéma de Bell Street.

La dernière chose qu'on voit, c'est quelques mots écrits directement sur la pellicule :

Une période éprouvante pour Ed Kennedy. Bien joué, Ed. Il est temps de passer à la suite.

Le noir revient.

Tout noir.

Je n'arrive toujours pas à bouger. Audrey essaye de m'entraîner, mais c'est presque impossible. Je reste là, immobile, à contempler l'écran. Audrey me dit :

— Allez, on va s'asseoir.

J'entends l'inquiétude dans sa voix.

— Tu ferais mieux de t'asseoir, Ed.

Lentement, je lève un pied.

Puis l'autre.

Bernie nous demande depuis la cabine :
« Je peux relancer le film ? »
Audrey m'interroge du regard.

Je fais signe que oui. Audrey crie « Oui ! » à Bernie et me dit : « Bonne idée. Ça te fera penser à autre chose. »

Pendant quelques secondes, j'ai envie de ressortir en courant et de fouiller partout pour trouver celui qui était là. Je veux demander à Bernie si c'étaient encore Daryl et Keith. Je veux savoir pourquoi on a dit à Bernie certaines choses, alors que moi, on me laisse dans l'ignorance.

Oui, je sais que c'est futile.

Ils le font parce qu'ils le peuvent.

Ces mots m'entourent deux ou trois fois et je sais que c'est exactement ici que je dois être. Pour le pique, c'est l'épreuve finale dont je dois sortir. Il faut qu'on reste.

L'écran se rallume et j'attends la fameuse scène de *Luke la main froide* où Luke craque enfin et tout le monde l'abandonne. « Où êtes-vous, maintenant ?! » J'attends qu'il le crie sur sa couchette, très bientôt.

Luke se traîne sur l'écran, solitaire, dans un désespoir complet. Il se tourne et s'écroule à côté de sa couchette. « Où êtes-vous, maintenant ? » dit-il calmement.

Où êtes-vous, maintenant ? je demande, et je me retourne, m'attendant à voir une silhouette dans la salle. Je m'attends à entendre des bruits de pas hâtifs derrière nous. Je regarde autour moi, nerveux. Il y a des gens partout, mais nulle part. Dans chaque recoin sombre, je crois repérer quelqu'un, mais chaque fois, l'obscurité s'épaissit et c'est tout ce qu'il y a. L'obscurité. Audrey me demande :

— Qu'est-ce qu'il y a ?
— Ils sont là.

Mais je ne suis sûr de rien. Toutes ces expériences me l'ont bien appris.

— Ils sont forcément là.

Mes yeux scrutent la salle, mais je ne vois rien. S'ils sont là, je ne peux pas les voir.

Bientôt, je m'en rends compte.

251

Je me rends compte que personne n'est là, mais qu'ils sont passés.

Eh oui, ils sont passés : sur mon fauteuil, à ma place, se trouve un as de cœur.

« Où êtes-vous, maintenant ?! » crie Luke sur l'écran, et les battements de mon cœur lui répondent. Ils me font trembler à l'intérieur comme le tintement d'une cloche immense. Mon cœur gonfle et s'embrase quand j'avale ma salive.

Je lève la carte et murmure :

« Cœur. »

C'est là que je suis.

J'ai la tentation de lire ce qu'il y a sur la carte, mais j'arrive à regarder le reste du film en la tenant simplement dans ma main.

Je regarde le film.

Je regarde Audrey et je savoure ce moment, ou du moins ce qu'il en reste.

Dans ma main, je sens presque le battement de la carte cœur, qui est là et qui attend.

QUATRIÈME PARTIE

La musique du cœur

♠ La musique du cœur

Il y a de la musique dans ma tête, de la couleur – du rouge et du noir.

On est le lendemain matin.

Le matin d'après l'as de cœur.

Je le sens comme une gueule de bois.

Après s'être assurés que Bernie allait bien (on l'a laissé endormi dans la cabine de projection), on est sortis dans Bell Street et dans la nuit. Elle était tiède et moite, et la seule personne aux alentours était un jeune homme assis en face, sur un vieux banc pelé.

Au début, j'étais perdu dans mes pensées après tout ce qui s'était passé, mais en me retournant, j'ai vu qu'il avait disparu.

Évanoui.

Audrey m'a posé une question, mais je ne l'ai pas entendue. Elle se trouvait en périphérie de l'énorme explosion de bruit dans mes oreilles. Au début, je me suis demandé ce que c'était et puis, tout à coup, je l'ai su à coup sûr. C'était le battement du cœur rouge et des mots noirs.

Le bruit du cœur.

Sans l'ombre d'un doute, j'ai su que le jeune homme était celui du cinéma.

Il aurait pu me conduire à l'expéditeur des cartes.

Il aurait pu bien des choses.

En marchant, le bruit immense dans mes oreilles s'est atténué. J'entends nettement celui de mes pas et la voix d'Audrey, maintenant.

À présent, c'est le matin et j'entends encore ce bruit.

La carte est par terre.

Le Portier est allongé à côté.

Je ferme les yeux, mais tout est rouge et noir.

Je me dis : *C'est la dernière carte*, mais je m'enroule à nouveau dans le sommeil, malgré la musique du cœur, qui palpite dans mon lit.

Je rêve que je m'enfuie.

En voiture.

Avec le Portier assis à l'avant.

Ça vient sans doute de son odeur à côté du lit.

C'est un rêve magnifique, comme la fin d'un film américain, où le héros et sa copine s'en vont en voiture découvrir le reste du monde.

Sauf que je suis seul.

Pas de copine.

Rien que moi et le Portier.

Le truc tragique, c'est qu'en dormant, j'y crois. Le réveil me fait un sacré choc, parce que je ne suis plus sur la grand-route. Non : le Portier ronfle, la patte arrière posée sur la carte. Même si je le voulais, je ne pourrais pas mettre la main dessus. Je n'aime pas bouger le Portier quand il dort.

Dans mon tiroir, les autres cartes attendent la dernière.

Chacune d'elles est dûment terminée.

Plus qu'une encore. J'enfouis ma tête dans l'oreiller, à genoux sur mon lit.

Je ne prie pas, mais je n'en suis pas loin.

Je me lève, je pousse le Portier et je relis la carte. La même écriture en noir. Cette fois, je vois les titres suivants :

La Valise
Cat Ballou
Vacances romaines

Je suis à peu près sûr que ce sont tous des titres de film, mais je n'en ai vu aucun. Je me rappelle que *La Valise* est assez récent. Il n'a pas dû passer au cinéma de Bell Street, mais très certainement dans l'une de ces salles anonymes et pourtant fréquentées en ville. Je me rappelle les affiches. Une reprise espagnole, je crois – une comédie de gangsters, avec plein de tueurs, de coups de feu, et une valise remplie de francs suisses volés. Les deux autres films me sont inconnus, mais je sais qui peut m'aider.

Je suis prêt à commencer, mais le travail a la priorité dans les quelques jours avant Noël. C'est toujours chargé à cette période. Je fais des heures supplémentaires et je bosse beaucoup la nuit, l'as de cœur dans ma poche de chemise. Il m'accompagne partout, et je ne le lâcherai pas tant que ça ne sera pas fini.

Mais est-ce que ça finira avec lui ? Est-ce qu'il me lâchera, lui ? Je sais déjà que tout ça restera avec moi pour toujours, reviendra me hanter, mais je crains d'en être content. Je dis « je crains » parce que parfois, je n'ai vraiment pas envie que ça devienne un bon souvenir… tant que ce n'est pas terminé. Je crains aussi qu'à la fin, rien ne soit vraiment fini. La vie continue et, aussi longtemps que les souvenirs pourront manier une hache, ils trouveront toujours un endroit faible dans mon esprit pour s'y tailler un chemin.

Pour la première fois depuis des années, j'envoie des cartes de Noël.

La seule différence, c'est que ce ne sont pas des cartes avec des petits pères Noël ou des sapins dessus. J'ai retrouvé quelques vieux paquets de cartes à jouer et j'en sors tous les as. J'écris un petit mot sur les cartes à chaque endroit où je suis allé, je les mets dans une petite enveloppe et j'écris *Joyeux Noël de la part d'Ed*. Même aux frères Rose.

Un soir, je vais les distribuer en voiture avant de prendre mon service, et presque partout je m'en tire sans me faire remarquer. C'est Sophie qui me voit, et je dois avouer, j'en avais un peu envie.

J'éprouve un sentiment particulier pour Sophie. Je l'aime peut-être parce que c'est une éternelle deuxième, comme moi. Je sais aussi que c'est plus que ça.

Elle est splendide.

Dans sa façon d'être.

Je mets l'enveloppe dans sa boîte et je m'en vais d'un pas décidé, comme partout ailleurs, mais sa voix me rattrape d'en haut, de sa fenêtre.

— Ed ? Attends !

J'obéis. Elle sort de la maison. Elle porte un T-shirt blanc et un petit short bleu. Elle a les cheveux tirés en arrière, mais une mèche flotte sur son visage.

— Je t'ai apporté une carte de Noël.

Je me sens idiot et maladroit, tout à coup, planté là devant sa maison.

Elle ouvre l'enveloppe et lit la carte.

Sur la sienne, j'ai écrit un truc en plus, en dessous du carreau.

Tu as une vraie beauté.

Je vois ses yeux fondre en lisant les mots. C'est ce que je lui ai dit le jour où elle a couru pieds nus et saigné sur la piste. Les yeux rivés sur la carte, elle me dit :

— Merci, Ed. C'est la première fois que j'en reçois une pareille.

— Toutes les autres, c'étaient des sapins ou des pères Noël.

Ça me fait bizarre de distribuer mes cartes à ces gens. Ils ne sauront jamais vraiment ce qu'elles veulent dire, et pour certains, ils n'auront pas la moindre idée de qui est cet Ed. À la fin, je décide que ça n'a pas d'importance, et nous nous disons au revoir.

Elle demande :
— Ed ?
Je suis déjà dans le taxi. Je baisse la vitre.
— Sophie ?
— Tu pourrais… (D'une voix polie.) Tu pourrais me dire ce que je pourrais t'offrir ? Tu m'as tant donné.
— Je ne t'ai rien donné.
Mais elle me connaît trop bien.
Rien, c'était une boîte à chaussures vide, mais on ne l'échangerait pour rien au monde.
On le sait tous les deux.
Je pars, le volant tiède entre mes mains.

Ma dernière carte est pour le père O'Reilly, qui organise apparemment une fête chez lui pour tous les cas désespérés de la rue. Les types qui avaient essayé de me prendre mon blouson ainsi que mes cigarettes et mon argent inexistants sont là, tous en train de manger des hot-dogs avec plein de sauce et d'oignons.
L'un d'eux – Joe, je crois – me montre du doigt.
— Hé, regardez, c'est Ed !
Il essaye de trouver le père O'Reilly.
— Hé, mon père ! il crie, en recrachant la moitié de son hot-dog. Y a Ed qui est là !
Le père O'Reilly arrive en vitesse et me dit :
— Et le voilà ! L'homme qui a fait toute la différence, cette année. J'essaye de t'appeler depuis un moment.
— J'ai été un peu occupé, mon père.
— Oui, c'est vrai. Ta mission.
Il me prend à l'écart.
— Tu sais, je voulais juste te remercier encore, Ed.
Ça devrait me réconforter, mais non.
— Je ne suis pas venu pour me faire remercier, mon père. Je vous apportais juste une carte de Noël minable.
— Eh bien, merci quand même, mon garçon.

Je suis frustré à cause de mon dernier as.

Le cœur, quelle idée pour une dernière couleur.

Je m'attendais au pique.

J'ai eu le cœur, et sans que je sache pourquoi, c'est le plus dangereux de tous.

Les gens meurent d'avoir le cœur brisé. Ils ont des crises cardiaques. Et quand tout va mal, quand tout s'effondre, c'est le cœur qui souffre le plus.

Je m'éloigne vers la rue et le père sent mon appréhension. Il me demande :

— Ce n'est pas encore fini, c'est ça ?

Il sait qu'il n'était qu'un élément de ma mission. Un message dans la main qu'on m'a distribuée.

— Non, mon père. Ce n'est pas fini.

— Tu vas t'en sortir.

— Non, mon père. Je ne m'en sortirai pas juste pour m'en sortir. C'est fini.

C'est la vérité.

Si je dois m'en sortir, je dois le mériter.

La carte en poche, je souhaite joyeux Noël au père O'Reilly et je reprends ma route. Je sens l'as de cœur qui se balance dans ma poche. Il se penche, pour se rapprocher de l'air libre et du monde que je dois affronter.

« Où on va ? »

Je pose la question à mon premier client le lendemain, mais je n'entends pas la réponse. Tout ce que j'entends, c'est encore le bruit de ce cœur, qui crie, qui hurle et cogne à mes oreilles.

Plus vite.

De plus en plus vite.

Il n'y a pas de moteur.

Il n'y a ni tic-tac du clignotant, ni voix du client, ni grésillement du trafic. Que du cœur.

Dans ma poche.

Dans mes oreilles.

Dans mon pantalon.

Sur ma peau. Mon haleine.

Il est à l'intérieur de l'intérieur de moi.

Je dis :

— Que du cœur. Partout.

La personne dans mon taxi n'a aucune idée de quoi je parle. Elle dit :

— Ici, ce sera bien.

Elle a la quarantaine, un déodorant qui sent l'encens, et du maquillage de la couleur des roses. Elle me tend l'argent en me regardant dans le rétroviseur.

— Joyeux Noël.

Sa voix résonne comme un cœur.

2 Le baiser, la tombe, le feu

J'ai acheté tout ce qu'il fallait. Plus à boire qu'à manger, bien sûr. Quand tout le monde arrive pour Noël, ma bicoque sent la dinde, la sauce salade et, bien sûr, le Portier. Pendant un moment, l'odeur de la dinde est plus forte, mais celle du chien surpasse tout.

Audrey est la première.

Elle apporte une bouteille et des biscuits faits maison. Elle me prévient en entrant :

— Désolée, Ed. Je ne peux pas rester trop longtemps. (Elle m'embrasse sur la joue). Simon a un truc prévu avec ses copains et il veut que je vienne.

— Et toi, tu veux y aller ?

Je lui demande ça, mais je sais bien qu'elle en a envie. Pourquoi est-ce qu'elle préférerait rester avec trois nuls complets et un chien répugnant ? Elle serait folle de rester avec nous.

Audrey me répond :

— Bien sûr. Tu sais que je ne fais rien que je n'aie pas envie de faire.

— C'est vrai.

Et ça l'est.

On commence à boire et Ritchie arrive. On entend sa moto depuis le bout de la rue. Il arrive et nous crie de lui

261

ouvrir la porte. Il porte une grosse glacière avec des crevettes, du saumon et des tranches de citron.

— Pas mal, hein? (Il la pose lourdement.) C'était le minimum.

— Comment tu l'as apportée ici?

— Quoi?

— La glacière? Avec ta moto?

— Oh, je l'ai accrochée à l'arrière. J'ai quasiment fait tout le chemin debout. La glacière prenait la moitié de la selle.

Ritchie nous fait un clin d'œil d'un air généreux.

— Cela dit, ça valait le coup.

Il a sans doute passé la moitié de ses allocs mensuelles dans le contenu de la glacière.

Et on attend.

On attend Marv.

— Je parie qu'il ne viendra pas, dit Ritchie.

Il se gratte les favoris. Ses cheveux marronnasses sont toujours aussi épais et mal lavés. Sur son visage, on lit surtout l'amusement. Il attend la soirée avec impatience, sirotant une bière assis sur le canapé, les pieds posés sur le Portier. Il est désinvolte et dégingandé, Ritchie, les jambes allongées pour être à l'aise. Et il réussit à être gracieux.

— Oh, il va venir, parole d'Ed. S'il ne vient pas, je traînerai le Portier jusqu'à chez lui et je l'obligerai à l'embrasser ici et maintenant. Ça fait des années que je n'ai pas attendu Noël avec autant d'impatience.

— Moi aussi, dit Ritchie, frétillant.

— En plus, c'est repas gratuit. Marv a peut-être quarante mille dollars sur son compte, mais il ne peut pas s'empêcher de faire le parasite. Crois-moi : il viendra.

— Quel rapiat! fait Ritchie.

Le plus pur esprit de Noël. Audrey propose de l'appeler.

— Non, laisse-le venir à nous, ricane Ritchie.

Je sens que ça va être génial. Ritchie se penche vers mon chien.

— T'es en forme pour une soirée de folie, le Portier?

L'animal lève les yeux comme pour dire : *Mais de quoi tu causes, mon pote ?* Personne ne lui a dit ce qui reste à venir ce soir. Pauvre bête. Personne ne lui a demandé comment il allait, lui.

Marv arrive enfin, les mains vides.

— Joyeux Noël, il dit.

— Ouais, ouais. Toi aussi. Eh ben, t'es un mec généreux, toi, hein ?

Mais je sais comment Marv fonctionne.

Il a décidé que s'il doit embrasser le Portier, c'est plus qu'assez pour cette année. Je vois aussi qu'il s'accroche encore au faible espoir qu'on ait tout oublié.

Ritchie lui fracasse aussitôt ses illusions. Il se lève, tout sourires, et fait :

— Alors, Marv ?

— Alors quoi ?

— Tu sais bien, ajoute Audrey.

— Non, je ne vois pas.

— Allez, me raconte pas de conneries. (Ritchie met les points sur les i.) Tu le sais, et nous aussi.

Ritchie s'amuse bien. Je m'attends presque à le voir se frotter les mains.

— Marv, tu embrasseras ce chien. (Il lui montre le Portier.) Et quand tu l'embrasseras, ce sera avec plaisir. Tu l'embrasseras avec un bon gros sourire sur la figure, sinon, on te fera recommencer, encore et encore, et...

— C'est bon ! grogne Marv.

Il me fait penser à un petit gosse qui n'a pas ce qu'il veut.

— Sur le haut du crâne, hein ?

— Ooooh non, fait Ritchie, qui savoure l'instant. Le contrat, c'était que tu l'embrasserais en plein sur les lèvres et c'est exactement ce que tu vas faire.

Le Portier lève la tête.

Il a l'air mal à l'aise sous nos regards. Ritchie fait :

— Mon pauvre copain...

Marv grogne :

— Je sais...

— Non, pas toi. Le chien !

263

Audrey intervient en me tendant mon appareil photo :

— C'est bon, fini de s'amuser. Allez, Marv. Il est tout à toi.

Le poids du monde sur les épaules, Marv se penche, horrifié, et réussit enfin à s'approcher du Portier. Le chien, plein d'inquiétude, semble au bord des larmes – les yeux humides dans sa fourrure noir et or. Marv me demande :

— Il est obligé de sortir la langue comme ça ?

— C'est un chien. Qu'est-ce que tu attends d'autre de lui ?

Franchement écœuré, Marv finit par s'exécuter. Il embrasse le Portier sur le museau, juste le temps que je prenne la photo sous les encouragements, applaudissements et éclats de rire d'Audrey et Ritchie – qui demande aussitôt :

— Alors, c'était pas si dur, non ?

Mais Marv a déjà filé à la salle de bains.

Pauvre Portier.

Je l'embrasse moi aussi, sur le front, et je lui donne un bon morceau de dinde.

Il sourit. *Merci, Ed.*

Le Portier a un beau sourire.

On arrive à détendre Marv et à rigoler un peu plus tard, mais il se plaint encore d'avoir le goût du Portier sur les lèvres.

On mange, on boit et on joue aux cartes ensemble jusqu'au moment où le copain d'Audrey débarque. Il boit avec nous un moment en mangeant des crevettes. Je le trouve sympa, mais je vois bien qu'Audrey n'est pas amoureuse de lui.

C'est l'essentiel.

Après le départ d'Audrey, on décide de ne pas rester là à pleurer dans nos bières. Ritchie, Marv et moi, on finit de boire et de manger et on va se promener en ville. Un feu de joie a été allumé au bout de Main Street. On va voir.

C'est un peu dur de marcher droit au début, mais en arrivant, on a réussi à dessoûler à peu près.

C'est une belle nuit.

Des gens qui dansent.

Qui discutent en braillant.

Quelques types qui se battent.

C'est toujours comme ça à Noël. Toutes les tensions de l'année se dénouent.

J'aperçois Angie Carusso et ses gosses près du feu ou, plutôt, c'est eux qui viennent me voir.

Je sens une tape sur la jambe et je vois un de ses garçons. Celui qui pleure toujours.

« Hé, m'sieur ? »

Je me retourne et je vois Angie Carusso, une glace à la main. Elle me l'offre en disant :

— Joyeux Noël, Ed.

Je prends la glace.

— Merci. C'est juste ce qu'il me fallait.

— Parfois, c'est juste ce qu'il nous faut à tous.

Elle rayonne du bonheur d'avoir pu me faire un petit plaisir à son tour.

— Alors, comment vas-tu, Angie ?

— Ah...

Elle regarde ses gosses, puis moi.

— Je survis, Ed. Parfois, c'est suffisant. Ah, et merci pour ta carte, au fait.

Angie s'éloigne lentement avec ses gamins.

— Pas de souci. Et bonne soirée !

— Bonne glace !

Et elle s'en va vers le feu. Marv me demande :

— C'était qui ?

— Une fille que je connais.

C'est la première fois qu'on me donne une glace pour Noël.

Je contemple le feu en laissant sa douceur sucrée imprégner mes lèvres.

Derrière moi, j'entends un père s'adresser à son fils :

« Si tu refais ça, je te filerai un tel coup de pied au cul que tu tomberas dans le feu. (Il continue, avec une douceur ironique :) Et il vaut mieux éviter ça, non ? Ça ne plairait pas trop au père Noël, qu'est-ce que tu en penses ? »

Marv, Ritchie et moi, on est aux anges. Ritchie pousse un soupir de béatitude :

« Ah, voilà l'esprit de Noël. »

Tous nos pères nous ont dit ça au moins une fois. Je pense au mien, mort et enterré. Mon premier Noël sans lui.

« Joyeux Noël, papa. »

Je détourne les yeux du feu.

La glace me coule sur les doigts.

La nuit avance et se fond dans le matin de Noël. Marv, Ritchie et moi sommes séparés. La foule grossit et une fois qu'on s'est perdus, c'est terminé.

Je rentre par la ville et je vais sur la tombe de mon père. J'y reste un long moment. Depuis le cimetière, j'aperçois une petite lueur qui doit être le feu, et je reste assis là, à regarder la pierre tombale avec le nom de mon père dessus.

J'ai pleuré à son enterrement.

J'ai laissé les larmes piétiner mon visage dans un silence complet, coupable de n'avoir même pas le courage d'en parler. Je savais que tout le monde le prenait juste pour un ivrogne, mais moi j'avais d'autres souvenirs.

« C'était un gentleman », je murmure.

Si seulement j'avais pu le dire ce jour-là. Mon père n'avait jamais été méchant avec personne, ni en actes ni en paroles. Certes, il n'avait pas réussi grand-chose, et il avait déçu ma mère avec ses promesses non tenues, mais je ne pense pas qu'il méritait le silence de toute sa famille ce jour-là.

« Je suis désolé. Je suis vraiment désolé, papa. »

Je me lève. Je m'en vais, et j'ai peur.

J'ai peur parce que je ne veux pas que mon enterrement soit si solitaire, si vide.

Je veux des mots, à mon enterrement.

266

Mais ça veut dire qu'il faut de la vie dans ma vie.

Je marche, c'est tout.

J'arrive chez moi et je trouve Marv endormi à l'arrière de sa voiture, et Ritchie assis sur ma terrasse, jambes étendues, le dos appuyé au fibrociment. En m'approchant, je vois que Ritchie dort aussi. Je le tire par la manche en chuchotant :
— Ritchie, debout.
Il ouvre les yeux d'un coup, presque paniqué.
— Hein ? Quoi ?
— Tu t'es endormi sur ma terrasse. Tu ferais mieux de rentrer chez toi.
Il s'ébroue, regarde la demi-lune et me dit :
— J'ai laissé mes clés sur la table de ta cuisine.
— Viens.
Je lui tends la main pour l'aider à se relever.
En entrant, je vois qu'il est trois heures et quelques à la pendule.
Ritchie met la main sur ses clés.
— Tu veux quelque chose ? À manger, à boire ? Du café ?
— Non merci.
Mais Ritchie ne part pas non plus.
On reste là un peu gênés, puis Ritchie me dit en détournant les yeux :
— J'ai pas envie de rentrer chez moi ce soir, Ed.
Je vois la tristesse qui pointe dans son regard, mais elle disparaît aussitôt. Il se concentre sur ses clés. Je me demande ce qui rôde sous la surface lisse et calme de mon ami. Je me demande vaguement ce qui pourrait inquiéter quelqu'un d'aussi détendu que Ritchie.
Il lève péniblement les yeux vers moi.
— Pas de problème, Ritchie. Reste là ce soir.
Ritchie s'assoit à la table.
— Merci, Ed. Salut, Portier.
Le Portier vient d'entrer dans la cuisine. Je sors réveiller Marv.

J'ai presque envie de le laisser dans sa voiture, mais parfois, même quelqu'un comme moi est touché par l'esprit de Noël.

J'essaye de taper à la vitre, mais ma main passe directement à l'intérieur.

Bien sûr.

Il n'y a pas de vitre.

Marv ne l'a toujours pas fait réparer depuis le hold-up raté. Il a demandé un devis, je crois, mais le type lui a expliqué que la vitre coûterait plus cher que la voiture.

Il dort, la tête tordue entre ses mains, et les moustiques font la queue pour lui pomper son sang.

La porte de devant n'est pas verrouillée. Je l'ouvre et j'appuie tranquillement sur le klaxon.

— Ah, bon Dieu ! hurle Marv.

— Viens chez moi.

Juste après, j'entends la portière qui claque et Marv qui traîne les pieds derrière moi.

Ritchie prend le canapé, Marv prend mon lit, et je décide de rester dans la cuisine. Je dis à Marv que je n'aurais pas dormi de toute façon, et il accepte mon lit de bonne grâce.

« Merci, Ed. »

Avant qu'il entre dans ma chambre, j'en profite pour passer en premier et récupérer toutes les cartes dans le tiroir de la table de nuit. La pierre des Tatupu y est aussi.

Je les relis à nouveau dans la cuisine, mais les mots se mêlent, tournent et s'embrouillent devant mes yeux fatigués. Je me sens usé.

Dans un moment de lucidité, je me rappelle le carreau, je revis le trèfle et je souris même du pique.

Je m'inquiète du cœur.

Je ne veux pas dormir, au cas où j'en rêverais.

3 ♥ Le costume décontracté

La tradition est parfois un gros mot, en particulier à Noël.

Partout dans le monde, les familles se réunissent pour passer un bon moment ensemble pendant quelques minutes maximum. Ils subissent les autres pendant une heure. Après ça, ils arrivent juste à se supporter.

Je vais chez maman après un matin calme avec Ritchie et Marv. On n'a fait que manger les restes de la veille et jouer quelques parties d'Agacement. Ce n'était pas pareil sans Audrey et, rapidement, les deux autres sont partis.

En général, ma famille convient de se retrouver à midi chez maman.

Mes sœurs sont là avec maris et enfants, et Tommy se pointe avec un canon qu'il a levé à l'université.

« Je vous présente Ingrid. »

Et je dois dire qu'Ingrid pourrait figurer dans un calendrier, avec ses longs cheveux marron, son beau visage bronzé et un corps où je me fondrais.

— Heureuse de te connaître. (Une voix magnifique, aussi.) J'ai beaucoup entendu parler de toi, Ed.

Elle ment, bien sûr, et je décide de ne pas laisser passer ça. Cette année, je n'en ai tout simplement pas la force. Je réponds donc :

— Non, Ingrid, ce n'est pas vrai.

Je le dis sur un ton agréable, presque timide. Elle est trop belle pour être agaçante. Les filles belles se sortent toujours de tout.

— Oh, mais tu es là, toi ! dit maman en me voyant.

Je glapis :

— Joyeux Noël, maman !

Je suis sûr que tout le monde entend mon ton sarcastique.

On mange.

On se donne les cadeaux.

Je fais cent fois le cheval et l'avion avec les gosses de Leigh et Katherine, ou au moins jusqu'à épuisement.

Je surprends aussi Tommy qui pelote Ingrid dans le salon – juste à côté de la fameuse table basse en cèdre. Je sors de la pièce en bafouillant.

« Oh, merde, désolé. »

Bonne chance à lui.

À quinze heures quarante-cinq, il est temps d'aller chercher Milla. J'embrasse mes sœurs, je serre la main à mes beaux-frères et je fais mes adieux aux gamins.

— Dernier arrivé, premier parti, fait maman en soufflant de la fumée de cigarette.

Elle fume beaucoup à Noël.

— Et c'est lui qui habite le plus près… elle ajoute.

J'ai presque envie d'arracher ma mauvaise humeur et de la lui jeter.

Elle trompe papa. Elle m'injurie dès qu'elle peut.

J'ai une envie folle d'insulter cette femme dans sa cuisine, qui est là à pomper la fumée qu'elle déverse de ses poumons.

Mais non : je la regarde en face.

Et je parle au travers de la brume tiède.

— La fumée te rend laide.

Et je sors en la laissant dans le brouillard.

Je sors et sur la pelouse, on me rappelle deux fois. D'abord Tommy, puis maman.

Tommy sort et me demande :

— Comment tu t'en sors, Ed ?

Je reviens vers lui.

— Je m'en sors bien, Tommy. L'année a été un peu dingue, mais je m'en sors. Et toi ?

On s'assoit sur l'escalier du perron, moitié à l'ombre, moitié au soleil. Comme par hasard, je suis dans l'ombre et Tommy en pleine lumière. Quel symbole.

C'est la première fois que je suis détendu de la journée, à bavarder et à échanger de brèves questions avec mon frère.

— L'université, ça va ?

— Ouais, les notes sont bonnes. Meilleures que j'espérais.

— Et Ingrid ?

Le silence tombe – et tout à coup, on éclate de rire. Tous les deux. C'est très gamin, mais je le félicite, et Tommy se félicite aussi.

— Elle est pas mal, il dit.

Moi, je lui dis avec sincérité que je suis fier de lui – et pas à cause d'Ingrid. Ingrid n'est rien par rapport à ce dont je parle.

— Tant mieux pour toi, Tommy.

Je lui plaque une main dans le dos et je me lève.

— Bonne chance.

Je m'en vais. Il me dit encore :

— Je t'appellerai un de ces jours, qu'on se voie.

Mais là encore, je ne laisse pas passer ça. Je me retourne et réponds avec un calme qui m'étonne moi-même :

— J'en doute, Tommy.

Et je me sens bien. C'est agréable de sortir du mensonge.

Tommy répond :

— Tu as raison, Ed.

On est toujours frères et qui sait ? Peut-être un jour. Un jour, je serai certain qu'on se reverra, qu'on se rappellera et qu'on se dira bien des choses. Des choses plus importantes que l'université et Ingrid.

Mais pas bientôt.

Pour l'instant, je m'éloigne en lui disant : « Salut, Tommy, merci d'être venu », et j'ai une seule satisfaction :

J'avais voulu rester sur le perron avec Tommy jusqu'à ce que le soleil nous illumine tous les deux, mais je ne l'ai pas fait. Je me suis levé et j'ai descendu l'escalier. Je préfère courir après le soleil que l'attendre.

Tommy rentre à l'intérieur et je pars. Maman sort.

— Ed !

Je lui fais face.

Elle s'approche de moi.

— Joyeux Noël, hein ?

— À toi aussi.

Et puis j'ajoute :

— C'est un problème de personne, maman, pas d'endroit. Si tu partais d'ici, tu serais la même partout ailleurs. Si jamais je pars d'ici... je préférerais que les choses s'arrangent ici, avant.

— D'accord, Ed.

Elle est stupéfaite, et j'ai de la peine pour cette femme debout sur sa terrasse, dans une rue pauvre d'une petite ville ordinaire.

— C'est entendu.

— À plus tard, maman.

Je suis parti.

Il fallait que je le fasse.

Je passe par chez moi boire un verre et je retourne chez Milla. Elle m'attend avec impatience, vêtue d'une robe d'été bleu clair, un cadeau à la main, et l'excitation marquant son visage.

Elle me tend un gros paquet plat.

— Pour toi, Jimmy.

Je me sens mal parce que je n'ai pas de cadeau pour elle.

— Oh, je suis désolé...

Mais elle me fait taire d'un geste de la main.

— Tu es venu me chercher, ça me suffit. Tu ne veux pas l'ouvrir ?

— Non, j'attendrai.

J'offre mon bras à la vieille dame et nous partons pour chez moi. Je lui propose de prendre un taxi, mais elle est contente de marcher. Pourtant, à mi-chemin, je me demande si elle va y arriver. Elle a des quintes de toux et du mal à respirer. Je vois le moment où je serai obligé de la porter. Enfin, elle y arrive, et je lui donne un verre de vin.

« Merci, Jimmy. »

Et là-dessus, elle s'effondre dans le fauteuil et s'endort presque aussitôt.

Je passe de temps à autre pour m'assurer qu'elle est toujours en vie, mais je l'entends respirer.

À la fin, je m'assois dans le salon avec elle, tandis que le jour meurt par la fenêtre.

Quand elle se réveille, on mange de la dinde d'hier soir et de la salade aux haricots. Milla est rayonnante.

« C'est merveilleux, Jimmy, tout simplement merveilleux. »

En temps normal, j'ai horreur du mot « merveilleux » et je suis prêt à descendre quiconque l'utilise. Mais là, il convient parfaitement à Milla. Elle s'essuie la bouche en marmonnant « merveilleux » plusieurs fois, et j'ai l'impression que Noël est parfait.

— Alors ! Tu vas ouvrir ton cadeau, Jimmy ?

Milla tape sur son accoudoir. Elle a l'air beaucoup plus en forme depuis qu'elle a fait la sieste.

Je cède.

— Bien sûr.

J'ouvre le paquet. Il contient une veste noire décontractée et une chemise bleu océan. C'est probablement le premier et dernier costume qu'on m'achètera jamais.

— Tu aimes ?

— Il est fantastique.

J'en tombe instantanément amoureux, tout en sachant que j'aurai rarement – voire jamais – l'occasion de le porter.

— Mets-le, Jimmy.

— J'y vais.

Je disparais dans ma chambre et je retrouve une paire de vieilles chaussures noires assorties. La veste n'a pas de grosses épaulettes, ce qui me soulage. Je ressors, j'ai hâte de le lui montrer, mais Milla s'est rendormie.

Je m'assois donc.

En costume.

La vieille dame se réveille et me dit :

— Oh, mais quel beau costume, Jimmy.

Elle touche même le tissu.

— Où est-ce que tu l'as eu?

Je suis perplexe un instant, puis je comprends qu'elle a complètement oublié. J'embrasse la vieille dame sur la joue.

— C'est une femme splendide qui me l'a donné.

Cette vieille dame est merveilleuse.

— Il est très beau.

— Oui, Milla.

Elle a raison.

Après le café, j'appelle un taxi; je vais la ramener chez elle. Le chauffeur, c'est Simon, le petit ami, qui fait des heures sup le jour de Noël.

Arrivé devant chez Milla, je lui demande de m'attendre. C'est de la paresse, je sais, mais aujourd'hui j'ai l'argent et je peux me permettre de payer la course retour.

— Eh bien, merci encore, Jimmy, dit Milla en entrant dans sa cuisine d'un pas hésitant.

Elle est si fragile et pourtant si belle.

— J'ai passé une journée splendide.

Je suis tout à fait d'accord. Et je comprends soudain que tout ce temps-là, je croyais être gentil avec cette vieille dame en passant Noël avec elle.

En ressortant dans mon costume noir décontracté, je prends conscience que c'est l'inverse.

C'est moi le privilégié, et cette vieille dame sera toujours merveilleuse.

Dans son taxi, le petit ami me demande:

— Je te ramène?

— Oui, s'il te plaît.

Je m'assois à l'avant et le petit ami lance la conversation. Il a l'air décidé à parler d'Audrey, mais moi je préférerais éviter.

— Alors, Audrey et toi, vous êtes amis depuis des années, hein?

Je regarde le tableau de bord.

— Plus que ça, sans doute.

Il vient me chercher :

— Tu l'aimes ?

La franchise de sa question me déstabilise, surtout en tout début de conversation. Il sait que c'est une course rapide et il veut en tirer le résultat maximum, ce qui me paraît normal. Il insiste :

— Alors ?

— Alors quoi ?

— Commence pas, Kennedy. Tu l'aimes ou pas ?

— Alors, à ton avis ?

Il ne répond rien. Je continue donc :

— La question, ce n'est pas de savoir si je l'aime. Ce que tu veux savoir, c'est si elle t'aime, toi. Pas vrai ?

Je le massacre. Je lui tombe dessus. Pauvre gars.

— Euh...

Il hésite au volant. Il mérite au moins une réponse, quand même.

— Elle ne veut pas t'aimer. Elle ne veut aimer personne. C'est une dure, Audrey. Les seules personnes qu'elle a aimées, elle les a détestées.

Des bribes de notre passé me viennent soudain à l'esprit. Audrey a beaucoup souffert, et elle a juré que ça ne continuerait plus. Elle ne le permettrait pas.

Le petit ami ne dit rien. Il est séduisant, je trouve. Plus séduisant que moi. Il a un regard doux et la mâchoire solide. Avec ses favoris, il a l'air d'un mannequin homme.

On continue en silence jusqu'à chez moi, et le petit ami me dit encore :

— C'est toi qu'elle aime, Ed...

Je le regarde.

— Mais c'est toi qu'elle désire.

Et c'est ça le problème.

— Tiens.

Je lui tends l'argent, mais il le refuse d'un geste :

— C'est la maison qui l'offre.

J'insiste et cette fois, il le prend. Je lui dis :

— Ne le mets pas dans la caisse. Je pense que tu te l'es bien gagné aujourd'hui.

On reste ensemble encore un moment, et je sors du taxi.

— Content de t'avoir parlé. Joyeux Noël à toi, Simon.

On se serre la main.

Je vais l'appeler Simon maintenant, pas le petit ami.

Une fois à l'intérieur, je dors sur le canapé dans mon costume noir décontracté et ma chemise bleu océan.

Joyeux Noël, Ed.

4 Sentir la peur

Je travaille le lendemain de Noël, et je rends visite à Bernie le jour d'après, dans son cinéma. En me voyant, il s'écrie :

— Ed Kennedy ! Tu es revenu voir d'autres films ?

— Non. J'ai besoin de votre aide.

Il s'approche aussitôt.

— Qu'est-ce que je peux faire pour toi ?

— Vous vous y connaissez bien en films, pas vrai ?

— Bien sûr, tu peux voir tout ce que tu…

— Chut. Dites-moi juste, Bernie. Dites-moi ce que vous savez de ces titres.

Je sors l'as de cœur, même si je pourrais facilement les réciter de mémoire.

— *La Valise*, *Cat Ballou*, et *Vacances romaines*.

Bernie passe aussitôt en mode professionnel.

— *Vacances romaines*, je l'ai, mais pas les deux autres.

Il m'inonde d'informations.

— *Vacances romaines* est généralement considéré comme l'un des meilleurs films avec Gregory Peck. Réalisé en 1953 par William Wyler, célèbre pour son *Ben Hur*. Filmé dans la splendeur de Rome, il est connu pour la fantastique prestation d'Audrey Hepburn. Peck a insisté pour que l'affiche la mette autant en valeur que lui. Il prétendait que dans le cas contraire, tout le monde se moquerait de lui – tellement Audrey Hepburn jouait bien. Intuition confirmée quand elle a décroché un Oscar récompensant son interprétation...

Bernie parle très vite, mais je reviens à un mot qu'il a prononcé.

Audrey.

— Audrey.

— Oui.

Bernie me regarde, déconcerté par mon ignorance.

— Oui, Audrey Hepburn. Et elle était absolument merv...

Non, je vous en supplie, ne dites pas « merveilleuse ». Ce mot appartient à Milla.

Je m'écrie presque :

— Audrey Hepburn! Qu'est-ce que vous pouvez me dire sur les deux autres?

— Eh bien, j'ai un catalogue. Il est encore plus gros que celui que je t'ai montré les dernières fois. Il contient presque tous les films. Acteurs, réalisateurs, chefs opérateurs, bandes-son, musique, la totale.

Il revient avec un épais volume et me le tend. D'abord, *Cat Ballou*. Je trouve la page et lis à haute voix :

— Avec Lee Marvin dans l'un de ses plus célèbres rôles...

Je m'arrête parce que j'ai trouvé. Je relis le nom :

— Lee *Marvin.*

Je cherche *La Valise.*

Je lis la liste des acteurs et le nom du réalisateur. Il s'appelle Pablo Sanchez. Ritchie et lui ont le même nom de famille.

Et voilà, j'ai mes trois adresses.

Ritchie. Marv. Audrey.

Je ressens une bouffée de joie, qui fait aussitôt place à l'angoisse.

J'espère que les messages sont bons – mais quelque chose me dit que ce ne sera pas facile. Il doit y avoir une bonne raison pour que ces trois-là arrivent en dernier.

277

Ce sont mes amis, et aussi mes messages les plus difficiles. Je le sens.

Je prends la carte et je pose lourdement le catalogue sur le comptoir.

Bernie est inquiet.

— Qu'est-ce qui ne va pas, Ed ?

— Souhaitez-moi bonne chance, Bernie. Souhaitez-moi d'avoir assez de cœur pour y arriver.

Bernie me le souhaite.

Je sors dans la rue, la carte toujours à la main. Dehors, je rencontre l'obscurité, et l'incertitude de l'avenir.

Je sens la peur, mais je me dépêche d'aller à sa rencontre.

L'odeur de la rue essaye de me mettre la main dessus, mais je m'en débarrasse et poursuis mon chemin. Chaque fois qu'un frisson parvient à mes membres, je presse le pas : si Audrey a besoin de moi, et Ritchie, et Marv, il faut que je me dépêche.

La peur dans la rue.

La peur à chaque pas.

L'obscurité s'épaissit sur la route et je commence.

À courir.

D'abord, mon instinct me dit d'aller droit chez Audrey.

Je veux y arriver le plus vite possible, pour résoudre le problème qu'elle peut avoir. Je n'ose même pas penser au fait qu'il me faudra peut-être remplir une mission désagréable.

Vas-y, c'est tout – et là, un autre instinct prend le dessus.

Je marche toujours, mais je sors la carte et la regarde bien.

Je regarde l'ordre des noms.

Ritchie. Marv. Audrey.

J'ai la nette impression qu'il me faudra y aller dans cet ordre. Audrey est en dernier pour une bonne raison, et je le sais. Le premier, c'est Ritchie.

278

Je murmure « oui » et je me hâte. Je me dirige vers chez Ritchie, dans Bridge Street. Je réfléchis au chemin le plus court et j'allonge le pas, je le presse.

Je me demande : *Est-ce que je me dépêche pour aller plus vite chez Audrey ensuite ?*, mais je ne me donne aucune réponse.

Je me concentre sur Ritchie.

Son visage m'apparaît au moment où je passe sous les branches d'un arbre. J'écarte les feuilles et l'efface de ma vue. J'entends sa voix et ses remarques incessantes pendant les parties de cartes. Je me rappelle sa joie, à Noël, quand Marv a embrassé le Portier.

Ritchie. Quel message dois-je transmettre à Ritchie ?

J'y suis presque.

Bridge Street est juste devant moi.

Mon pouls passe en mode spasmodique, il prend de la vitesse.

Je tourne dans la rue et je vois aussitôt la maison de Ritchie.

Je vois les lumières dans sa cuisine et son salon, mais une pensée me détourne de mon chemin. Elle refuse de partir.

Qu'est-ce que je fais, maintenant ?

Partout ailleurs, ça a été assez facile parce que je ne connaissais pas vraiment les gens (sauf maman – mais quand j'étais assis dans ce restaurant italien, je n'avais aucune idée que c'était elle qui allait apparaître), donc je n'avais pas trop le choix. J'attendais juste qu'une occasion se présente. Mais Ritchie, Marv et Audrey, je les connais beaucoup trop bien pour traîner aux abords de leurs maisons. C'est la dernière chose que je ferais.

Cela dit, après avoir pesé le pour et le contre pendant près d'une minute, je décide finalement de traverser la rue et d'attendre, assis sous un vieux chêne.

J'y suis depuis presque une heure et, à la vérité, il ne se passe pas grand-chose. Je remarque que les parents de Ritchie sont revenus de vacances (j'ai vu sa maman faire la vaisselle).

279

Il se fait tard et, bientôt, seule la cuisine est éclairée. Partout dans la rue, les lumières se coupent net et il ne reste plus que les lampadaires.

Chez les Sanchez, une silhouette solitaire est entrée et s'est assise à la table de la cuisine.

Je sais sans l'ombre d'un doute que c'est Ritchie.

J'ai presque envie d'entrer, mais, avant que j'aie le temps de me lever, j'entends des gens qui viennent vers moi dans la rue.

Juste après, deux hommes se dressent au-dessus de moi.

Ils mangent des tourtes.

L'un d'eux baisse la tête vers moi, avec un regard de dédain familier et indifférent.

— On nous a dit qu'on pourrait te trouver ici, Ed.

L'air écœuré, il jette sa tourte, visiblement achetée dans une station-service. Il me dit :

— T'es dans un état pas possible, hein ?

Je le regarde, complètement perdu.

— Eh bien, Ed ?

C'est l'autre qui parle – et si ridicule que ça puisse paraître, c'est assez dur de les reconnaître sans leurs cagoules, en fait.

— Daryl ? je demande.

— Oui.

— Keith ?

— Exact.

Daryl s'assoit et me donne une tourte, en m'expliquant :

— En souvenir du bon vieux temps.

— Oui. Merci.

Je suis toujours sous le choc. Des souvenirs de leur dernière visite me reviennent brutalement. Des pensées encombrées de sang, de mots et du sol sale de la cuisine. Il faut que je leur pose la question.

— Vous n'allez pas…

J'ai encore un peu de mal à le dire.

— Quoi ? demande Keith cette fois, assis de l'autre côté. Te bousculer un peu ?

280

— Euh… oui.

En signe de bonne volonté, Daryl ouvre l'emballage plastique de ma tourte et me le tend.

— Oh, non, Ed. Pas de contact physique aujourd'hui. Rien de semblable.

Il laisse échapper un petit rire nostalgique. On dirait qu'on est de vieux compagnons d'armes.

— Cela dit, si tu veux jouer les malins…

Il s'assoit en prenant ses aises. Il a la peau pâle, le visage couturé de cicatrices de bagarres, mais il réussit à rester bel homme. Keith, en revanche, a un visage grêlé de traces d'acné, un nez pointu et le menton en galoche.

Je me tourne vers lui.

— Franchement mon pote, je crois que je te préférais avec la cagoule.

Daryl lâche un rire. Keith, lui, n'apprécie guère, en tout cas, pas au début. Il se détend bientôt, et une bonne ambiance s'installe. Parce qu'on a bel et bien vécu quelque chose ensemble, même si c'était d'un point de vue radicalement différent.

On mange un moment. Je demande :

— Il y a de la sauce ?

— Je te l'ai dit ! fait Keith d'un ton accusateur.

— Quoi ?

— J'avais bien dit qu'on devrait te prendre de la sauce, Ed, explique Keith, mais l'autre rapiat n'a pas voulu en entendre parler.

— Écoute, répond Daryl. La sauce, c'est trop dangereux.

Il désigne ma chemise.

— Regarde ce qu'Ed porte, Keith. Hein ? Dis-moi. De quelle couleur est-ce ?

— Je sais bien de quelle couleur c'est, Daryl. Inutile de prendre ces grands airs condescendants.

— Encore ? Et quand est-ce que je suis condescendant, hein ?

Ils en sont presque à se crier dessus – et moi, au milieu, je continue à manger ma tourte à moitié froide. Keith répond :

— À ce moment précis. Et toi, Ed ? Qu'est-ce que tu en dis ? Est-ce que Daryl est condescendant ?

Je choisis de répondre à la première question de Daryl.

— Je porte une chemise blanche.

— Exactement, répond Daryl.

— Exactement quoi ?

— Exactement, Keith : il est tout simplement trop risqué pour Ed de manger cette tourte avec de la sauce, ne serait-ce qu'en pensée. (Daryl se fait franchement condescendant.) Elle va couler et atterrir sur cette magnifique chemise blanche, et le pauvre gars sera obligé de laver cette cochonnerie. Et il vaut vraiment mieux éviter ça, non ?

Keith se montre particulièrement véhément sur cette question :

— Ça ne va pas le tuer de la nettoyer ! Il peut faire une machine tout en lavant son gros tas de merde de clébard – ça prendra au moins quelques heures.

Je proteste :

— Aucune raison de mêler le Portier à tout ça. Il n'a rien fait de mal.

— Exactement, approuve Daryl. C'était déplacé, Keith.

Keith se calme et le reconnaît, tête basse.

— C'est vrai.

Il s'excuse même. Je vois bien que cette fois-ci, on leur a ordonné d'adopter un comportement irréprochable à mon égard. C'est sans doute pour ça qu'ils redoublent de disputes entre eux.

Ils continuent encore comme ça, jusqu'à ce qu'ils se soient excusés tous les deux, et on bavarde un moment dans la nuit qui coule sur nous en silence.

On est tous contents, avec Daryl qui raconte des blagues sur des types qui rentrent dans des bars, des femmes avec des fusils, et des femmes, des sœurs et des frères tous prêts à coucher avec le laitier pour un million de dollars.

Oui, on est tous contents, jusqu'au moment où la lumière s'éteint dans la cuisine de Ritchie.

Là, je me lève.

« Génial. »

Je me tourne vers les deux meilleurs pinailleurs que je connaisse et je leur dis que j'ai manqué ma chance.

Cela ne les trouble pas. Daryl me demande :

— Ta chance de quoi ?

— Tu sais bien.

— Non, Ed, en fait, je ne sais pas. Je sais seulement que c'est ton prochain message et que tu ne sembles toujours pas réfléchir clairement à ce que tu es censé faire.

Il parle d'un ton désinvolte, mais il y a autre chose derrière.

La vérité.

C'est ce dont sa voix est chargée.

Il a raison. Je ne sais pas ce que je fais, en fait. Je joue encore aux devinettes, planté là en espérant que les réponses viendront toutes seules.

Daryl et Keith sont à mes côtés, sous le chêne.

C'est Keith qui pose les dernières questions, sur mon côté gauche.

Il verse les mots à mon oreille de sa voix rauque, douce et complice.

Près de moi, tout près de moi, il dit :

— Sais-tu seulement ce que tu fais ici, Ed ?

Les mots s'approchent encore et se glissent dans mon oreille.

— Qu'est-ce que tu fais là à attendre ? Tu devrais savoir quoi faire...

Keith attend un peu avant de libérer le déluge de mots final.

— Ritchie est un de tes meilleurs amis, Ed. Tu n'as pas besoin de réfléchir, d'attendre, ou de décider quoi faire. Tu le sais déjà avec certitude. N'est-ce pas ? (Il répète.) N'est-ce pas, Ed ?

Je fais un pas en arrière et m'assois en glissant le long du tronc.

Les deux silhouettes sont toujours là, tournées vers la maison.

Ma voix s'avance, hésitante, tombant au sol à leurs pieds.

Tu sais quoi faire.

— Oui. Je sais.

Des visions me déchirent.

Il y a des morceaux de moi sur le sol.

Keith et Daryl s'éloignent.

— Hourra, dit l'un des deux, mais je ne sais pas lequel.

J'ai envie de me lever, de les rattraper, de leur demander, de les supplier de me dire qui est derrière tout ça et pourquoi, mais…

Je ne peux pas.

Tout ce que je peux faire, c'est de rester là, en rassemblant les morceaux épars de ce que je viens de voir.

J'ai vu Ritchie.

Je me suis vu, moi.

Et maintenant, sous l'arbre, j'essaye d'oublier et de me lever, mais mon estomac se noue et je reste cloué au sol. Je murmure :

« Je suis désolé, Ritchie, mais il le faut. »

Si mon ventre était d'une couleur, il serait noir, comme cette nuit. Je me reprends, et je me mets en route pour rentrer chez moi. Un retour qui dure une éternité.

À mon arrivée, je fais la vaisselle.

Elle s'empile dans l'évier. Le dernier objet que je lave est un couteau plat à lame claire. La lumière de la cuisine s'y reflète et j'aperçois mon visage, tiède, à l'intérieur du métal.

Je suis ovale et déformé.

Je suis coupé aux bords.

La dernière chose que je vois, ce sont les mots que je dois dire à Ritchie. Je pose le couteau sur l'égouttoir, au sommet de la montagne d'assiettes propres. Il glisse et tombe en tintant sur le sol, tournant comme une aiguille d'horloge.

Il fait le tour de la pièce et mon visage y apparaît trois fois.

La première fois, je vois Ritchie dans mes yeux.

Puis Marv.

Puis Audrey.

Je ramasse le couteau et le prends en main.

J'aimerais trancher le monde avec, l'ouvrir et passer au suivant.

Au lit, je m'accroche à cette idée.

Il y a trois cartes dans mon tiroir, et une dans ma main.

Le sommeil se tient devant moi. J'effleure le rebord de l'as de cœur. La carte est fraîche et affûtée.

J'entends le tic-tac d'une horloge.

Tout me regarde, impatiemment.

5 Le péché de Ritchie

Nom : David Sanchez
Surnom : Ritchie
Âge : Vingt ans
Profession : Aucune
Réalisations : Aucune
Ambitions : Aucune
Probabilité d'obtenir un jour des réponses aux trois questions précédentes : Aucune

Le lendemain, je me rends chez Ritchie dans Bridge Street. La maison est plongée dans l'obscurité. Je suis prêt à partir, et tout à coup la lumière s'allume dans la cuisine, vacillant et mourant à plusieurs reprises, avant de se ranimer péniblement.

Une silhouette entre et s'assoit à la table de la cuisine. C'est bien Ritchie. Je le vois à la forme de ses cheveux et à sa manière de bouger et de s'asseoir.

Je me rapproche et découvre qu'il écoute la radio. Surtout des débats, avec quelques chansons de temps en temps. Je l'entends faiblement.

Je me cache aussi près que possible pour ne pas être vu, et j'écoute.

Les voix de la radio se mêlent et se tendent vers Ritchie. Des mots comme des bras, lourdement posés sur ses épaules.

J'imagine toute la scène dans la cuisine.

Un grille-pain entouré de miettes.

Un four à moitié sale.

Du formica blanc mais usé.

Les chaises rouges couvertes de plastique, piquetées de trous.

Du lino bon marché par terre.

Et Ritchie.

J'essaye d'imaginer son visage tandis qu'il est là à écouter. Je me rappelle Noël et les mots de Ritchie : « J'ai pas envie de rentrer chez moi ce soir. » Je vois ses yeux qui se traînaient vers les miens, et je comprends que pour lui, tout vaudrait mieux que d'être assis seul dans sa cuisine.

Avec Ritchie, c'est toujours difficile de l'imaginer prenant un air peiné, à cause de sa décontraction. Je l'ai entrevu à Noël, et je le revois maintenant.

J'imagine aussi ses mains.

Elles sont posées sur la table de la cuisine, l'une dans l'autre, remuant doucement, un peu pâles, frustrées. Elles n'ont rien à faire.

La lumière l'étouffe.

Il reste là presque une heure et la radio semble s'affaiblir dans la cuisine. Je regarde par la fenêtre. La tête posée sur la table de la cuisine, Ritchie dort. La radio est là, aussi, près de lui. Je m'en vais. Je ne peux pas m'en empêcher. Je sais que je suis censé entrer, mais ce soir, ce n'est pas le bon moment.

Je rentre chez moi sans me retourner.

Les deux soirs suivants, on joue aux cartes. Une fois chez Marv et une fois chez moi. Chez moi, le Portier vient s'asseoir sous la table. Je le caresse des pieds, en étudiant Ritchie toute la soirée. La veille au soir, quand j'étais devant sa maison, la même chose s'est produite. Il s'est réveillé, il est entré dans la cuisine et a écouté la radio.

286

Ritchie jette la dame de pique et me massacre. Son tatouage Hendrix me dévisage.

— Merci beaucoup, je lui dis.

— Désolé, Ed.

Son existence est faite de ces longues soirées solitaires, de réveils à dix heures et demie du matin, en étant au pub à midi et aux paris à treize heures. Ajoutez à ça un chèque des allocs de temps en temps, une ou deux parties de cartes, et c'est tout.

On rigole beaucoup chez moi parce qu'Audrey raconte l'histoire d'une amie à elle qui cherche un travail dans la grande ville. Elle est passée par une agence de recrutement et ils donnent aux gens un petit réveil quand ils trouvent un boulot. Le jour où l'amie a obtenu son poste, elle est allée dans la foulée remercier les gens qui l'avaient embauchée. En partant, elle a oublié le réveil sur un comptoir du bureau principal.

Le réveil était là, dans sa boîte.

À faire tic-tac. Audrey continue :

« Personne ne voulait y toucher. Ils croyaient que c'était une bombe. (Elle pose une carte.) Ils appellent le grand patron et le type se chie quasiment dessus parce qu'il s'éclate sans doute avec une de ses secrétaires et que sa femme a fini par l'avoir. Bref, ils ont fait évacuer tout le bâtiment, appelé les démineurs, la police, la totale. Les démineurs arrivent et ouvrent la boîte au moment où le réveil se met à sonner. Ma copine s'est fait virer avant même d'avoir commencé… »

À la fin de l'histoire, je regarde Ritchie.

Je veux m'en prendre à lui.

Je veux le mettre mal à l'aise, l'arracher à ici et le mettre dans sa cuisine à une heure du matin. Si j'y arrive, je verrai peut-être mieux à quoi il ressemble et ce qu'il ressent. C'est une question de timing.

Le moment arrive une demi-heure plus tard, quand Ritchie propose de jouer chez lui dans quelques jours. Il demande :

— Vers vingt heures ?

287

On tombe d'accord et on va s'en aller, mais je lui dis :

— Et peut-être que tu pourras me montrer quelle radio t'écoutes.

Je me force à prendre un ton brutal et calculateur.

— La dernière émission doit être excellente.

— De quoi tu parles, Ed ?

— Rien.

J'en reste là, parce que j'ai revu cette expression sur son visage, et je sais ce qu'elle signifie. Je sais exactement à quoi ressemble Ritchie et ce qu'il ressent quand il est assis là, dans la lumière figée de la cuisine.

Je plonge dans l'obscurité de ses yeux et je le trouve loin, perdu dans un labyrinthe d'avenues vides et anonymes. Il marche seul. Autour de lui, les rues bougent et se transforment, mais lui ne change jamais d'allure ou d'humeur. Je prends ma place à côté de lui, au plus profond, et Ritchie me dit :

— Il m'attend.

Je dois lui poser la question.

— Qu'est-ce qui t'attend, Ritchie ?

Au début, il continue à marcher, seul. Puis je jette un regard à nos pieds et je comprends que nous n'allons nulle part, en fait. C'est le monde qui bouge – les rues, l'air et les pans obscurs de notre ciel intérieur.

Ritchie et moi sommes immobiles.

J'imagine Ritchie me répondre :

— Il est là-bas. Quelque part. Il veut que je vienne le chercher. Il veut que je le prenne.

Tout s'arrête.

Je le vois très clairement dans les yeux de Ritchie.

Dans ses yeux, de là où nous sommes, je lui demande :

— Qu'est-ce qui attend, Ritchie ?

Mais je sais.

Je le sais sans aucun doute.

Je peux seulement espérer qu'il le trouve.

Une fois tout le monde parti, je prends un autre café avec le Portier. Au bout d'une demi-heure, nous sommes interrompus par un coup frappé à la porte.

Ritchie.

Le Portier opine de la tête. Je vais ouvrir.

— Salut, Ritchie. T'as oublié un truc?

— Non.

Je le fais entrer et on va s'asseoir dans la cuisine.

— Café?

— Non.

— Thé?

— Non.

— Bière?

— Non.

— Tu es difficile, hein?

Il ne répond que par le silence. Et puis il me regarde. Il me demande avec intensité:

— Tu me suis?

— Je suis tout le monde.

Il met les mains dans ses poches.

— T'es un malade, un truc dans ce genre?

C'est drôle, c'est ce que Sophie m'avait demandé, elle aussi. Je hausse les épaules.

— Pas plus qu'un autre, j'imagine.

— Eh bien, tu pourrais arrêter?

— Non.

Son visage s'approche.

— Pourquoi non?

— Je ne peux pas.

Il me regarde comme si je me payais sa tête. Ses yeux noirs me demandent: *Tu peux éclairer ma lanterne, Ed?*, et je m'exécute.

Je vais dans ma chambre, je sors les cartes du tiroir et je retourne à la cuisine. Je pose les as devant mon ami et lui explique:

— Tu te rappelles quand j'ai eu cette première carte dans ma boîte, en septembre? Je t'ai dit que je l'avais jetée, mais non. (Tout à coup, ça sort de moi.) Et là, tu es sur une de ces cartes, Ritchie. Tu es l'un des messages.

— Tu es sûr?

Il essaye de dire que ça pourrait être une erreur, mais je ne veux rien savoir. Je fais signe que non, et je me mets à transpirer.

— C'est toi.

— Mais pourquoi ?

Ritchie me pose la question d'un ton suppliant mais je ne me laisse pas distraire. Je ne peux pas le laisser s'engloutir dans ce lieu obscur à l'intérieur de lui, où sa fierté est éparpillée par terre, dans une pièce cachée. À la fin, je lui parle d'un ton dénué de toute émotion. Je lui dis :

— Ritchie. Tu te fais honte au plus haut point.

Il me regarde comme si je venais de flinguer son chien ou de lui annoncer que sa mère était morte.

Il s'assoit dans sa cuisine tous les soirs et, quoi que disent les voix à la radio, les mots sont toujours les mêmes. Ce sont les mots que je viens de prononcer, et nous le savons tous les deux.

Ritchie regarde la table.

Je regarde par-dessus son épaule.

Nous méditons tous deux sur ce qui vient d'être dit. Ritchie est là, comme une blessure.

On reste comme ça un long moment, jusqu'à ce qu'une certaine odeur se fasse sentir : le Portier arrive. Ritchie parle enfin :

— Tu es un bon ami, Ed.

Il revient à sa nonchalance habituelle. Il lutte pour la conserver.

— Et toi, le Portier, tu sens l'égout.

Il se lève et s'en va.

Les mots se répètent autour de moi. Il démarre sa Kawasaki et s'en va dans les virages de la rue sombre et immobile.

C'était un peu dur, Ed, dit le Portier.

Nous faisons tous les deux silence.

Le lendemain soir, je retourne devant chez Ritchie. Quelque chose me dit que je ne peux pas l'abandonner.

Sa silhouette apparaît dans la cuisine, mais cette fois-ci, il sort avec la radio dans une main et une bouteille dans l'autre. Il m'appelle.

« Hé, Ed ! (Je me montre.) Allons à la rivière. »

La rivière traverse la ville et on se pose là, après avoir marché depuis chez Ritchie. On se passe la bouteille. La radio parle doucement.

— Tu sais, Ed. Avant, je pensais que j'avais ce syndrome de fatigue chronique...

Ritchie s'arrête, comme s'il avait oublié ce qu'il allait dire.

— Et?

— Quoi?

— Le syndrome de fatigue...

— Ah ouais, ça y est. Ouais, je croyais que je l'avais, mais j'ai compris qu'en fait, je suis un des pires fainéants de la planète.

C'est plutôt drôle, en fait.

— Ben, t'es pas le seul.

— Mais la plupart des gens travaillent, Ed. Même Marv, il travaille. Même toi.

— Comment ça, même moi?

— Ben, t'es pas la personne la plus motivée que je connaisse, tu sais.

Je le reconnais :

— C'est assez exact. (Une gorgée.) En plus, chauffeur de taxi, je n'appellerais pas ça un travail.

— Comment tu appellerais ça?

Je réfléchis un moment.

— Une excuse.

Ritchie ne répond rien, parce qu'il sait que j'ai raison.

On continue à boire dans le grondement de la rivière.

Ça fait une bonne heure maintenant.

Ritchie se lève et va dans la rivière. Il a de l'eau au-dessus des genoux. Il me dit :

« Voilà ce que sont nos vies, Ed. (Il a saisi l'idée des choses qui nous filent sous le nez.) J'ai vingt ans et... (le tatouage Hendrix-Pryor me fait un clin d'œil à la lumière de la lune) regarde-moi. Il y a pas un truc que j'aie envie de faire. »

La vérité est parfois d'une cruauté parfaite. On ne peut que l'admirer.

D'habitude, on se promène en croyant ce qu'on se raconte. « Ça va, on dit. Je vais bien. » Mais parfois, la vérité vous tombe dessus, et on ne peut pas s'en débarrasser. À ce moment-là, on comprend que parfois, ce n'est même pas une réponse : c'est une question. Même maintenant, je me demande dans quelle mesure je ne me raconte pas d'histoires.

Je vais rejoindre Ritchie dans la rivière.

On est là tous les deux, dans l'eau jusqu'aux genoux, et la vérité nous a bel et bien fait baisser le pantalon.

La rivière file devant nous.

— Ed ? demande Ritchie plus tard (on est encore dans l'eau). Je ne veux qu'une seule chose.

— Laquelle, Ritchie ?

Sa réponse est simple :

— Vouloir.

♡ 6 Dieu bénisse l'homme pauvre à la barbe et aux dents manquantes

Le lendemain, Ritchie évite le pub et les paris et cherche un boulot pour de bon. Quant à moi, j'ai aussi beaucoup réfléchi à ce qui s'est dit hier soir à la rivière.

Je conduis des gens en ville ; on me dit quoi faire et où aller. J'observe les gens. Je leur parle. Il fait beau aujourd'hui. Il fait toujours quelque chose.

Je pleurniche ?

Je me plains ?

Non.

C'est ce que j'ai choisi de faire.

Mais est-ce que c'est ce que tu veux ?

Pendant quelques kilomètres, je mens : *Oui, c'est bien ça*. J'essaye de me persuader que c'est exactement ce que je veux dans la vie, mais je sais que non. Je sais que conduire un taxi et louer une bicoque en fibrociment, cela ne peut pas être la réponse ultime à mon existence. Impossible.

J'ai l'impression de m'être posé et d'avoir dit : *Voilà qui est Ed Kennedy.*

Et quelque part, j'ai l'impression de m'être présenté à moi-même.

Et j'en suis là.

— Hé, c'est le bon chemin ?

C'est mon client, un grassouillet en costume qui me pose la question dans mon dos.

Je le regarde dans le rétro.

— Je ne sais pas.

Les quelques jours suivants sont tranquilles. On joue aux cartes un soir, et je prends conscience que je dois démarrer avec Marv. Une fois Ritchie en train, c'est Marv le suivant.

Je regarde du coin de l'œil. *Qu'est-ce que je vais bien pouvoir faire de lui, bon Dieu ?* Il travaille. Il a de l'argent. Certes, il possède la pire voiture de l'histoire humaine, mais il a l'air assez content, étant donné qu'il ne dépensera pas un sou pour s'en acheter une neuve.

Alors, qu'est-ce qu'il veut, Marv ?

De quoi aurait-il bien besoin ?

Avec tous les autres messages, j'ai attendu que la solution vienne.

Pour Marv, je ne sais pas quoi faire. J'ai une impression différente. Elle s'approche, elle n'est pas loin, et j'ai l'impression de passer à côté chaque fois sans m'en rendre compte. Je dois la voir tous les jours, mais il y a une grosse différence entre voir et trouver.

D'une manière ou d'une autre, Marv a besoin de moi.

Je ne sais pas quoi faire.

Cette indécision complète continue pendant les vingt-quatre heures suivantes. Le premier de l'an est passé. Les feux d'artifice ont balayé le ciel de la ville. Des abrutis bourrés ont décoré mon taxi, hurlant un bonheur qui ne peut finir que dans des draps tachés de bière et du poids des lendemains.

Tout le monde est allé chez Ritchie cette fois, et j'ai fait en sorte de passer vers minuit. Ses parents ont organisé une fête. J'ai serré la main à Marv, Ritchie et Simon. J'ai embrassé Audrey sur la joue en lui demandant comment elle avait réussi à avoir sa soirée. Un pur coup de chance, apparemment.

Après, retour au travail, puis à la maison voir le Portier aux petites heures de la matinée. C'est là que je suis maintenant. On partage un long verre festif et je dis : « À ta santé, monsieur le Portier. Que tu vives une année de plus. » Il boit d'un coup et va s'allonger.

Le jour de l'an, je marche sur des œufs. Je ne suis pas vraiment d'humeur à faire la fête, cette année. En partie parce que je pense à mon père, qui n'est plus là pour ce genre de journée ou de soirée. Noël. Le nouvel an. Non qu'il ait été assez sobre pour que cela fasse une différence, mais cela m'affecte quand même.

Je range les serviettes de la salle de bains, et même le torchon crado de la cuisine. C'était une des particularités – ou superstitions – de mon père. Ne rien laisser à sécher quand le soleil de la nouvelle année se lève. Un sacré héritage, je sais, mais c'est mieux que rien.

L'autre raison de mon humeur chagrine, c'est Marv et mon indécision.

Je réfléchis à bien des choses – à ce qu'il a dit et fait ces derniers temps.

Je repense au Match des insultes et à la pure pitié qu'inspire sa voiture. Et au fait qu'il a préféré embrasser le Portier plutôt que de lâcher de l'argent en nous invitant chez lui pour Noël.

Quarante mille sur son compte, mais jamais là quand il s'agit d'argent.

Toujours. La question me frappe quelques jours plus tard, tandis que je regarde un vieux film :

Qu'est-ce que Marv a l'intention de faire avec quarante mille dollars ?

Oui.

Ça y est.

L'argent.

Qu'est-ce que Marv a besoin de faire avec cet argent ?
C'est ça le message.

Je me rappelle ce que Daryl et Keith m'ont dit de Ritchie : que je devrais savoir quoi faire, parce que c'était un de mes meilleurs amis. Du coup, je m'imagine que je pourrais aussi savoir de quoi Marv a besoin, avec cet argent. Peut-être que j'ai la réponse juste sous le nez... mais rien ne m'apparaît immédiatement. Je comprends qu'avec Marv, je dois me servir de ce que je sais de lui – pour en extraire le message.

Je ne connais peut-être pas le message, mais je connais Marv, et les différentes méthodes que je peux utiliser.

Je me pose sur ma terrasse avec le Portier, dans le soleil couchant. J'élabore trois tactiques pour Marv.

Tactique un : me disputer avec lui.

C'est assez facile à faire : en abordant le sujet de sa voiture, en lui demandant pourquoi il refuse d'en acheter une nouvelle.

Le danger, c'est que Marv s'énerve tellement qu'il sorte de la pièce en claquant la porte. Et je n'aurai rien appris. Ce serait presque un désastre.

L'avantage, c'est que primo, ça pourrait être drôle, et secundo, ça pourrait réellement le faire changer de voiture.

Tactique deux : le soûler au point qu'il lâche le message sans même y penser.

Danger : en abrutissant Marv d'alcool, je risque de devoir me mettre dans le même état – ce qui m'empêchera de comprendre, et encore plus de me rappeler le message.

Avantage : aucune extraction réelle n'est nécessaire. Je n'aurais plus qu'à espérer qu'il me livre le message. Hautement improbable, je m'en rends compte, mais ça veut peut-être le coup.

Tactique trois : le lui demander directement.

C'est la plus dangereuse, parce que Marv peut se braquer complètement (et nous savons fort bien qu'il en est capable) et refuser de me dire quoi que ce soit. Si Marv se sent mal à l'aise face à ma sollicitude soudaine et exacerbée à son égard (soyons honnêtes : en général, je lui manifeste la plus parfaite indifférence), tout espoir et toute chance seront anéantis.

L'avantage de cette tactique, c'est qu'elle est honnête, directe et franchement simple. Soit elle marche, soit elle ne marche pas, en grande partie pour des raisons de timing.

Quelle tactique suivre en premier ?

C'est une question difficile. Je l'étudie à plusieurs reprises avant de trouver la bonne réponse.

L'impensable se produit.

Une quatrième voie s'étend devant moi et se pose dans ma main.

Où ?

Au supermarché.

Quand ?

Jeudi soir.

Comment ?

Comme ceci.

J'entre au supermarché et je fais les courses pour deux bonnes semaines. Je sors, empêtré dans mes sacs. Ils me scient déjà les doigts quand j'arrive à la sortie. Je les pose, pour mieux les reprendre. Question vitale.

Un vieux sans-abri me fait face en silence, avec sa barbe, ses dents manquantes et sa pauvreté.

Son expression saigne.

Il me demande timidement si j'ai de la monnaie. Il parle avec l'humilité sur les lèvres.

Il baisse aussitôt les yeux, de honte. Il m'a brisé mais il ne le sait pas – jusqu'au moment où il me voit chercher de l'argent dans mon blouson.

Au moment précis où mes doigts touchent mon portefeuille, la réponse me vient. Elle tombe à mes pieds et me dévisage.

Bien sûr !

Une voix s'élève en moi et me donne la réponse en une pensée immédiate et parfaite. Je l'exprime même à voix haute, pour y croire. M'en souvenir.

« Demande-lui de l'argent. »

J'articule ces mots juste assez fort pour les entendre et les reprendre en moi.

— Pardon ? demande l'homme, toujours de sa voix douce et humble.

Je répète :

— Demande-lui de l'argent – mais plus fort cette fois. Je ne peux m'en empêcher.

Le vieil homme répond par habitude, le visage affaissé :

— Je suis désolé, monsieur. Désolé de vous demander de la monnaie.

Je sors un billet de cinq dollars de ma poche et je le lui tends.

Il le tient comme un objet sacré. Il ne doit pas souvent recevoir des billets.

— Dieu vous bénisse.

Je ramasse mes sacs. Il a l'air transfiguré.

— Non, que Dieu vous bénisse, vous.

Les sacs me scient les doigts mais je m'en moque. Je m'en moque vraiment.

7 ♥ Le secret de Marv

Il travaille. Il boit. Il joue aux cartes. Il attend le Match des insultes toute l'année.

Voilà.

297

La vie de Marv.

Enfin, ça et quarante mille dollars.

Le mardi, je me rends chez Milla, pour voir comment elle va. Je n'en ai jamais assez d'être Jimmy, mais *Les Hauts de Hurlevent* commencent à me taper un peu sur les nerfs. Le problème, c'est que Heathcliff est un connard fini, avec son amertume, et que Catherine m'agace au dernier degré. Mais je réserve toute ma haine à Joseph, ce salopard de domestique. Difficile de comprendre un mot de ce qu'il raconte, avec toutes ses pleurnicheries et son prêchi-prêcha.

Le meilleur dans toute cette histoire, c'est Milla. Moi, c'est elle que je vois dans ces pages. Quand je pense à ce livre, je pense à elle. Je pense à ses vieux yeux humides qui me regardent lire. J'adore refermer le livre et voir la vieille dame se reposer dans son fauteuil. Je pense que c'est elle, mon message préféré.

Il y a aussi Sophie, le père O'Reilly et la famille Tatupu. Même les frères Rose.

OK, OK.

Pas les frères Rose, n'exagérons rien.

Je promène beaucoup le Portier ces temps-ci, en me rappelant tous les messages passés. J'ai l'impression de tricher. Ce genre de réminiscences est censé arriver à la fin, et je n'ai pas encore fini. J'ai encore deux messages. Deux de mes meilleurs amis.

C'est sans doute pour ça que je laisse les messages précédents revenir vers moi.

J'ai peur pour Marv, et pour Audrey.

J'ai peur pour moi.

Je me fais la leçon chaque instant qui passe : *Tu ne peux pas les laisser tomber.*

Peur. Peur.

Je ne suis pas allé aussi loin pour laisser tomber ceux que je connais depuis le plus longtemps, ceux que j'aime le plus.

Je parcours encore tous mes messages, d'Edgar Street à Ritchie.

Peur. Peur.

Les messages me redonnent du courage.

On se retrouve chez moi dimanche soir. Je demande à Ritchie :

— T'as trouvé un boulot, alors ?

— Non, pas encore.

— Toi ? s'écrie Marv. Trouver un boulot ?

Il part d'un rire hystérique. Audrey intervient :

— Où est le problème ?

Ritchie ne dit rien et on peut tous voir qu'il est un peu blessé. Même Marv. Il essaye de retenir son rire. Il se racle la gorge.

— Désolé, Ritch.

Ritchie ravale sa douleur et redevient le Ritchie détendu habituel ; il dit :

— Pas de problème – et en secret, je suis content que Marv l'ait un peu bousculé.

Après ça, il continuera à chercher du boulot rien que pour faire taire Marv et voir sa tête quand on l'embauchera. Il y a une certaine satisfaction à faire taire Marv.

« Je distribue », annonce Audrey.

Le jeu se termine ; il est presque vingt-trois heures. Ritchie est déjà parti quand Marv propose à Audrey de la ramener chez elle. Elle refuse, pour une raison évidente. Marv demande :

— Et pourquoi non ?

— Ça ira plus vite à pied, Marv. (Audrey essaye de le raisonner.) Et vraiment, Marv, il y a moins de moustiques dans la rue que là-dedans.

Elle lui montre son engin de luxe garé dans la rue. Marv se met à bouder :

— Merci beaucoup.

— Marv, tu te rappelles la dernière fois où tu m'as ramenée, il y a quelques semaines ?

Marv grommelle que oui.

Audrey le lui rappelle quand même :

— On a fini en la poussant tout du long jusque chez moi. Hé, tu devrais mettre une bicyclette à l'arrière.

— Pourquoi ?

Ça devient intéressant.

Presque distrayant.

— Oh, allez Marv. Je te laisse réfléchir à ça sur le chemin du retour – en particulier si tu tombes en panne.

Elle nous fait un signe et s'éloigne dans la rue. Je murmure : « Au revoir, Audrey. »

Elle est partie.

Quand Marv monte en voiture, j'attends l'inévitable, et il se produit.

Le moteur refuse de démarrer à sept ou huit reprises. Je rejoins Marv et je monte à côté de lui.

Marv me regarde.

— Qu'est-ce que tu fais, Ed ?

Calme. Sérieux.

Je parle.

— Marv, j'ai besoin de ton aide.

Il essaye encore de démarrer. Pas de chance. Marv me demande :

— Pour quoi faire ? Tu as besoin de réparer un truc ?

— Non, Marv.

— Tu veux que je sèche le Portier ?

— Que tu sèches… ?

— Ouais, tu sais, que je le bute.

— T'es qui, Al Capone ?

Marv, fier de son humour, insiste sur le démarreur, ce qui me met dans une rogne noire.

— Marv, tu pourrais arrêter avec ce démarreur et être sérieux une ou deux minutes ? Me feras-tu cet honneur ?

Il essaye encore, mais j'arrache la clé du contact.

— Marv.

Je chuchote. Un chuchotement gros comme un cri.

300

— J'ai besoin de ton aide. J'ai besoin d'argent.

Le temps se ralentit. Je nous entends respirer.

Une minute de silence passe.

C'est la mort de ma relation habituelle et quotidienne avec Marv.

Comme si quelque chose était mort pour de bon.

Il n'en faut pas beaucoup plus pour éveiller l'intérêt de Marv. C'est l'effet que lui fait l'argent. Il me regarde, les sourcils froncés, essayant de comprendre. Il n'a pas l'air trop avenant. Il demande :

— Combien, Ed ?

J'explose.

J'ouvre la portière d'un coup.

Je la claque.

Je me penche vers mon ami, le doigt braqué sur lui, et je lui rentre dedans :

— Eh ben, j'aurais dû le savoir ! Marv, tu es le pire grigou... J'y crois pas !

Plus un bruit.

Plus un bruit dans la rue.

Je tourne le dos à Marv, debout contre la voiture. Il sort et vient me retrouver.

— Ed ?

— Je suis désolé.

Ça marche.

— Non, tu ne l'es pas.

— Marv, je croyais seulement...

Il me coupe.

— Ed, je n'ai pas...

Sa voix se brise.

— Je croyais seulement que tu pourrais...

— Ed, je n'ai pas l'argent.

Ça me fait un choc.

— Et pourquoi, Marv ? Pourquoi, bon Dieu ?

— Je l'ai dépensé.

Sa voix vient d'ailleurs. Elle ne sort pas de sa bouche, mais d'un endroit près de lui. Vide.

301

— À quoi, Marv?

Je commence à m'inquiéter.

— Eh bien, à rien.

La voix de Marv revient. C'est lui qui parle.

— Je l'ai mis sur un compte et je ne peux pas le retirer avant au moins quelques années. Je mets de l'argent et je touche des intérêts.

Marv est tout à fait sérieux maintenant. Pensif.

— Je ne peux pas le reprendre.

— Du tout?

— Non.

— Même pas en cas d'urgence?

— Je ne crois pas.

Je hausse le ton à nouveau. Mon agressivité brûle.

— Bon Dieu, Marv, pourquoi t'as fait ça?

Marv craque.

Il craque et remonte en vitesse dans sa voiture, les mains sur le volant.

En silence, Marv pleure.

Ses mains semblent couler sur le volant. Les larmes lui déchirent le visage, s'arrêtent puis coulent sur sa gorge.

Je fais le tour.

— Marv?

J'attends.

— Qu'est-ce qui se passe?

Il tourne la tête et me regarde éperdument.

— Monte. Je vais te montrer quelque chose.

La Ford démarre à la quatrième tentative et Marv me conduit en ville, en passant par Edgar Street. Les larmes sillonnent son visage librement maintenant, tombant comme des ivrognes.

On s'arrête devant une petite cabane et Marv sort. Je le suis. Il me demande :

— Tu t'en souviens?

Je m'en souviens :

— Suzanne Boyd.

Les mots sortent de Marv en titubant. Son visage est à moitié écrasé d'ombre, mais je distingue encore sa forme, ses lignes. Il commence :

302

— Quand sa famille a quitté la ville, quand elle a disparu d'un coup, il y avait une raison.

— *Oh, mon Dieu*, j'essaye de dire – mais j'avale mes mots.

Ils n'arrivent pas à sortir de moi.

Marv parle une dernière fois.

Il bouge, la lumière d'un lampadaire le poignarde et les mots coulent de lui comme du sang.

Il dit :

« L'enfant a dans les deux ans et demi. »

On remonte en voiture et on reste là en silence un long moment, puis Marv est saisi de frissons. Il a le visage bronzé, Marv, il travaille au grand air, mais il est blanc comme le papier dans sa voiture.

Tout est clair, maintenant.

Je le vois.

Comme des mots tapés sur son visage.

Martelés.

Noir sur blanc.

Oui, tout est clair.

Cette bagnole lamentable.

Cette surveillance obsessionnelle, cette vigilance odieuse par rapport à l'argent.

Même son tempérament ergoteur, pour utiliser une expression encore plus digne des *Hauts de Hurlevent*. Marv souffre, complètement seul, et il utilise tout cela pour évacuer la culpabilité qui lui noue le ventre, chaque jour.

— Je veux donner quelque chose au gosse, tu comprends ? Quand il ou elle sera plus grand.

— Tu ne sais pas si c'est un garçon ou une fille ?

— Non.

Il sort un vieux carré de papier de son portefeuille. Il le déplie. C'est une adresse qui a été écrite et repassée plusieurs fois, pour ne jamais s'effacer.

17 Cabramatta Road, Auburn.

D'une voix blanche, Marv explique :

— Certaines de ses amies... Quand sa famille a disparu d'un coup, je suis allé voir ses amies et les ai suppliées de me dire où elle était allée. Seigneur, c'était pitoyable. Je pleurais sur le pas de la porte de Sarah Bishop, bon Dieu.

Les mots semblent sortir en écho de sa bouche immobile. Presque engourdie.

— Ah, cette Suzanne. Quel amour. (Marv lâche un rire sarcastique.) Ça ! Son vieux la fliquait à mort, mais elle faisait le mur plusieurs nuits par semaine, une heure avant l'aube, et on allait dans un ancien champ de maïs. (Marv en sourit presque.) On prenait une couverture, on y allait et on se donnait... Ed, elle était géniale. (Il me regarde dans les yeux : il sait que s'il doit en parler à quelqu'un, autant que ce soit fait correctement.) Elle avait un goût extraordinaire. (Marv sourit toujours, désespérément.) Parfois, on tentait la chance et on restait jusqu'au lever du soleil...

— Ça a l'air magnifique, Marv.

J'ai parlé au pare-brise : je n'arrive pas à croire qu'on ait une conversation pareille, Marv et moi. En général, pour se prouver notre amitié, on se dispute. Marv continue :

— Le ciel orange, l'herbe mouillée... et je me rappellerai toujours sa chaleur. En elle, et sur sa peau...

J'imagine bien, mais Marv l'assassine aussitôt, d'un sauvage :

— Et puis un jour, la maison s'est vidée. Je suis allé au champ, mais il n'y avait plus que moi et le maïs.

La fille est tombée enceinte.

Pas inhabituel, dans le coin, mais visiblement mal vu par les Boyd.

La famille a quitté la ville.

Rien n'a jamais été dit, et les Boyd n'ont pas vraiment manqué aux autres habitants. Les gens sont toujours de passage, par ici. S'ils gagnent de l'argent, ils vont dans un meilleur quartier. S'ils ont du mal, ils vont dans un autre quartier, tout aussi pourri, pour tenter leur chance ailleurs.

Marv reprend :

— Son vieux avait sans doute honte que sa fille de seize ans se retrouve en cloque, en particulier d'un type comme moi. Il avait raison de la fliquer, j'imagine... (À ce stade, je ne sais plus quoi dire.) Ils ont quitté la ville sans un mot.

Marv se tourne vers moi. Je sens ses yeux sur mon visage.

— Et je vis avec ça depuis trois ans.

Je pense : *C'est fini* – mais je n'en suis pas sûr.

Ça ressemble plutôt à un espoir en dépit de tout – un espoir désespéré.

Marv est calmé, mais il est raide sur son siège. Il est désormais plus de une heure du matin. J'attends. Je lui demande :

— Tu as été à cette adresse ?

Marv se raidit encore plus.

— Non. J'ai essayé mais je ne peux pas.

Il reprend son histoire.

— Une semaine après mon passage chez Sarah Bishop, elle est venue me voir au travail. Elle m'a tendu ce papier en me disant : « J'ai promis de ne le dire à personne – en particulier pas à toi –, mais je pense que ce n'est pas juste, c'est tout. Mais sois prudent, Marv. Le père de Suzie a dit que si tu t'approches d'elle encore, il te tuera. » Et là-dessus, elle est partie. (Son visage se ferme soudain.) Il pleuvait ce jour-là, je m'en souviens. De petits rideaux de pluie.

— Sarah... c'est la grande brune, jolie ?

— C'est bien elle. Après ce qu'elle m'a dit, je suis allé en ville deux ou trois fois. Une fois, j'avais même dix mille sur moi – pour l'aider. C'est tout ce que je veux, Ed.

— Je te crois.

Marv se frotte solennellement le visage.

— Je sais. Merci.

— Donc, tu n'as jamais vu l'enfant.

305

— Non. Je n'ai jamais eu le cran même de passer dans sa rue. Je suis pitoyable. (Il se met à chantonner.) Pitoyable, pitoyable...

Et doucement, avec férocité, il frappe du poing sur le volant. Je m'attends à le voir exploser, mais Marv ne trouve pas la force d'évacuer ses émotions. Il a dépassé ce stade. Pendant trois ans, depuis le départ de cette fille, son masque a été impeccable. Et le voilà qui tombe en morceaux, le laissant avec sa vérité au volant de sa voiture.

Marv tremble.

— Voilà... voilà à quoi je ressemble à trois heures du matin, Ed. Tous les matins. Je vois cette fille – pauvre à crever et splendide. Parfois, je vais dans ce champ et je tombe à genoux. J'entends mon cœur qui bat, mais je ne veux pas. Je déteste mon cœur qui bat. Il fait trop de bruit dans ce champ. Il sort de moi, il tombe à mes pieds... mais il remonte aussitôt.

Je l'entends.
Je l'imagine.

Ses jambes lâchent.
Son pantalon racle la poussière.
Agenouillé là, les genoux couverts de terre, le cœur qui s'effondre.
Il bat au sol à côté de lui, dur, et il...
Bat. Bat.
Bat.
Il refuse de mourir ou de refroidir, il trouve toujours le moyen de réintégrer le corps de Marv. Mais une nuit, sûrement, il faudra qu'il succombe.

— Cinquante mille. Je m'arrête à cinquante mille. Au début, c'étaient dix, puis vingt, mais je ne pouvais pas arrêter.

— La rançon de ta culpabilité.

— C'est exact.

Marv essaye de démarrer plusieurs fois et on finit par partir.

— Mais ce n'est pas l'argent qui me guérira.

Marv s'arrête au milieu de la route. Les freins sentent le brûlé et le visage de Marv s'embrase.

— Cet enfant, je veux le tenir dans mes bras...

— Tu dois.

— Il y a plein de façons de s'y prendre.

— Mais une seule.

— Oui.

Marv me dépose devant chez moi. La nuit est devenue froide. Juste avant de sortir, je lui dis :

— Hé, Marv.

Il me regarde.

— Je t'accompagnerai.

Il ferme les yeux.

Il veut dire quelque chose mais il n'y arrive pas. Il vaut mieux ne rien dire.

 Face à face

Demain, c'est le grand jour.

Je me retire dans le salon et je m'assois sur le canapé, complètement épuisé. Cinq minutes plus tard, Marv m'appelle pour me dire. Il va droit au but :

— On ira demain.

— Vers dix-huit heures ?

— Je passe te prendre.

— Non. Je t'amènerai en taxi.

— Bonne idée. Si je me fais casser la gueule, on aura peut-être besoin d'une bagnole qui démarre au premier coup.

L'heure vient. On part de chez moi à dix-huit heures, et on arrive à Auburn presque à dix-neuf. La circulation est chargée. Je pense à haute voix :

« J'espère que ce fichu gosse est encore debout. »

Marv ne répond pas.

En me garant devant le 17 Cabramatta Road, je ne peux m'empêcher de remarquer que c'est exactement le même genre de baraque pourrie en fibrociment que celle où les Boyd habitaient avant. On s'est arrêtés de l'autre côté de la rue, la position typique du messager.

Marv regarde la pendule.

— J'irai à dix-neuf heures cinq.

Dix-neuf heures cinq passe.

— OK. Dix-neuf heures dix, alors.

— Pas de souci, Marv.

À dix-neuf heures quarante-six, Marv sort de la voiture et reste là, immobile.

« Bonne chance, Marv. »

Seigneur, j'entends son cœur battre depuis la voiture. C'est un miracle qu'il ne le matraque pas à mort.

Il reste là. Trois minutes.

Il traverse la route. Deux essais.

La cour, c'est différent. Du premier coup – une surprise.

Et puis le gros morceau…

Quatorze, quatorze essais pour frapper à la porte. J'entends enfin ses articulations qui cognent sur le bois. Elles font un bruit qui blesse.

On répond à la porte et Marv est là, en jean, bottes, avec une belle chemise. Des mots sont échangés mais je ne les entends pas, bien sûr.

Je reste bloqué sur le souvenir du cœur de Marv qui bat, de Marv qui frappe à la porte.

Il entre et maintenant, c'est mon cœur que j'entends. Je pense : *Ça pourrait être la plus longue attente de ma vie.* J'ai tort.

Une demi-minute plus tard, Marv sort à reculons et à toute allure. Il trébuche. Dans la cour. Henry Boyd, le père de Suzanne, lui file une raclée qu'il n'oubliera pas de sitôt. Une petite trace de sang coule de Marv sur l'herbe. Je sors du taxi.

Pour vous donner une idée, Henry Boyd n'est pas très grand, mais puissant.

Il est petit mais trapu.

Et il en veut. On dirait une version de poche du type d'Edgar Street. Sauf qu'il est sobre, et que je n'ai pas d'arme.

Je traverse la rue. Marv est étalé dans la cour comme une étoile de mer congelée.

Il se fait rouer.

De mots.

Il se fait braquer.

Par l'index d'Henry Boyd.

— Et maintenant, casse-toi !

Bien planté au-dessus de Marv, le petit homme dur comme un steak commence à se frotter les mains.

— Monsieur, s'il vous plaît...

Il n'y a que les lèvres de Marv qui bougent. Rien d'autre. Il parle au ciel.

— J'ai presque cinquante mille...

Mais Henry Boyd n'est pas intéressé. Il s'approche. Juste au-dessus de Marv.

On entend un gosse pleurer. Des voisins se rassemblent dans la rue. Ils sont venus au spectacle. Henry se tourne vers eux et leur dit de rentrer leurs gros culs de Turcs chez eux. Ce sont ses mots, pas les miens.

Il fouette encore Marv de la voix :

— Et toi ! Toi, ne remets plus jamais, jamais les pieds ici, tu entends ?

J'arrive et je m'accroupis près de Marv. Sa lèvre supérieure est extrêmement gonflée et trempée de sang. Il n'est pas particulièrement conscient.

— Et t'es qui, toi ?!

Oh merde, je pense avec une vive nervosité, *je crois que c'est pour moi.* Je réponds vite et respectueusement :

— Je ramasse juste mon ami sur votre pelouse.

— Bonne idée.

Et là, je vois Suzanne à la porte, tenant la petite main d'un enfant. Une fille. J'ai envie de crier à Marv : *Tu as une petite fille !* et puis je décide que pas du tout, en fait.

Je fais un signe de tête à Suzanne.

309

« Rentre dans la maison, Suzie! (Elle me fait signe aussi.) Tout de suite! »

La gamine se remet à pleurer.

Suzanne a disparu. J'aide Marv à se relever. Il a une goutte de sang sur sa chemise.

Henry Boyd pleure des larmes de rage; on dirait qu'elles lui trouent les yeux.

— Ce salaud a mis la honte à ma famille.

— Votre fille aussi.

C'est moi qui ai dit ça? Impensable.

— Tu ferais bien de filer, petit, ou sinon vous allez partir avec des têtes de jumeaux.

Sympa.

Je demande à Marv s'il peut tenir debout. Il peut. Je me rapproche d'Henry Boyd. Je ne suis pas sûr que ça lui soit souvent arrivé. Il est petit, mais plus on s'approche de lui, plus il a l'air costaud. À ce stade, il en est éberlué.

Je le regarde avec respect.

— C'est une enfant splendide que vous avez là. (Je parle d'une voix ferme, ce qui m'étonne et me donne le courage de continuer.) Elle est magnifique, n'est-ce pas, monsieur?

Henry Boyd hésite. Je sais ce qui passe dans son esprit. Il a envie de m'étrangler, mais il sent une confiance étrange dans tout ce que je dis. Il finit par répondre. Il a des rouflaquettes qui bougent un peu quand il parle :

— Je veux, qu'elle est magnifique.

Je me tiens aussi droit que je peux devant M. Boyd. Il a les bras ballants. Ils sont courts et musclés. Je lui montre Marv.

— Il vous a peut-être apporté la honte, et je sais que vous avez quitté la ville à cause de ça. Mais ce qu'il a fait en vous parlant en face, c'était du respect. On ne peut pas montrer plus de correction ni de fierté que ça. (Marv frissonne et avale un peu de son sang.) Il savait que ça se passerait comme ça, mais il est venu quand même. (Je plante mon regard dans celui de Boyd.) À sa place, auriez-vous été capable de faire pareil ? Est-ce que vous vous seriez fait face ?

L'homme parle d'une voix calme.

— Je vous en prie.

Je sens que je lui ai infligé un chagrin immense. Il a souffert.

— Allez-vous-en. Partez.

Je ne bouge pas.

Je reste en lui un peu plus longtemps. Je lui dis : *Réfléchissez-y.*

Arrivé à la voiture, je m'aperçois que je suis seul.

Je suis seul parce qu'un jeune homme avec du sang sur les lèvres a fait quelques pas en avant. Il s'est dirigé vers la maison – et la fille qu'il retrouvait dans le champ pour faire l'amour jusqu'à l'aube se tient sur la terrasse.

Ils se contemplent, face à face.

Aux balançoires

Une semaine s'écoule.

Ce soir-là, dans le taxi, de retour de Cabramatta Road, Auburn, Marv est resté là sans rien dire, saignant sur mon siège passager. Il a touché sa lèvre et elle s'est ouverte, et le sang en a suinté, glissé. Il a taché le siège et j'ai engueulé Marv, bien sûr.

Ce à quoi il a répondu une seule chose :

« Merci, Ed. »

Je pense qu'il était content de se faire traiter comme d'habitude – même si lui et moi, on ne sera plus jamais amis comme avant. C'est un souvenir que nous partageons, désormais.

Un matin, en sortant du parking de *Taxis libres*, je vois Marge qui me fait signe. Elle court vers moi. Je baisse la vitre, elle inspire un bon coup et me dit :

— Contente de t'avoir attrapé. On t'a appelé pour une course hier soir, Ed. Ça avait l'air personnel.

Je remarque aujourd'hui que Marge a plein de rides. Elles la rendent encore plus sympa, en fait.

— Je ne voulais pas l'annoncer sur la radio ensuite...

— Où est-ce que c'est ?

— C'était une femme, Ed, ou une jeune fille, et elle a bien demandé que ce soit toi. Midi aujourd'hui.

Je le sens, je le sais.

— Cabramatta Road ? Auburn ?

— Oui.

Je remercie Marge qui me répond :

— Pas de souci, mon grand.

Mon premier mouvement est d'appeler Marv pour le lui annoncer. Mais non. Le client est prioritaire. Je suis un professionnel, après tout. Au lieu de ça, je passe en voiture devant son chantier, un nouveau lotissement pas loin de Glory Road. La camionnette de son père y est bien, et c'est tout ce qu'il me faut savoir. Je reprends ma route.

À midi, je m'arrête devant la demeure de Suzanne Boyd à Auburn. Elle sort rapidement avec sa fille et un siège pour enfants.

On s'arrête un moment.

Suzanne a de longs cheveux aux reflets de miel et des yeux couleur café, mais bien plus sombres que les miens. Pas de lait dedans. Elle est maigre. Sa fille a des cheveux de la même couleur, mais encore assez courts. Ils bouclent sur ses oreilles. Elle me sourit. Sa mère lui dit :

— C'est Ed Kennedy. Dis bonjour, ma chérie.

— Bonjour, Ed Kennedy.

Je m'accroupis.

— Et toi, comment tu t'appelles ?

Elle a les yeux de Marv.

— Melinda Boyd.

La petite a un sourire extraordinaire.

— Elle est super, Suzanne.

— Merci.

Suzanne installe sa fille à l'arrière. Ça me fait un choc de voir que Suzanne est vraiment mère. Elle vérifie que

Melinda est bien attachée sur son siège. Elle est toujours aussi jolie.

Suzanne travaille à temps partiel. Elle déteste son père. Elle se déteste de ne jamais lui résister. Elle regrette tout.

« Mais j'aime Melinda. C'est la seule beauté dans toute cette laideur. (Suzanne, assise à côté de sa fille, me regarde dans le rétroviseur.) Avec elle, je sais que je vaux quelque chose, tu comprends ? »

Je démarre.

Tant que Melinda Boyd dort, on n'entend que le bruit du moteur qui remplit la voiture, mais quand elle se réveille, elle joue, parle et danse avec les mains.

En approchant de la ville, Suzanne me demande :

— Tu me détestes, Ed ?

Je me rappelle qu'Audrey m'a posé la même question. Je réponds seulement :

— Pourquoi je devrais te détester ?

— Pour ce que j'ai fait à Marv.

Les mots qui me viennent sont clairs et nets. Peut-être que je les ai répétés inconsciemment. Je dis seulement :

— Tu étais une gamine, Suzie. Marv aussi... Et ton père, c'était ton père... Dans un certain sens, j'ai de la peine pour lui. Il est blessé.

— Oui, mais ce que j'ai fait à Marv est impardonnable.

— Tu es dans ce taxi, non ?

Suzanne me lance un regard reconnaissant.

— Tu sais quoi, Ed ? Personne n'a jamais parlé à mon père comme tu l'as fait.

— Et personne ne lui a fait face comme Marv.

— C'est vrai.

Je lui dis que je peux l'amener là où travaille Marv, mais elle me demande de l'arrêter à un terrain de jeux pas loin.

« Bonne idée. »

Je la dépose, et elle attend.

Marv arrête un instant de jouer du marteau. Il est sur le chantier, en hauteur, des clous dans la bouche. J'en profite pour l'appeler :

« Tu ferais mieux de venir avec moi, Marv. »

Il entend le ton de ma voix, s'arrête, crache les clous, pose sa ceinture à outils et vient me voir. Dans la voiture, je crois qu'il est encore plus nerveux que l'autre soir.

On arrive au terrain de jeux et on sort. Je lui dis : « Elles attendent », mais il ne m'entend pas, je crois. Je m'assois sur le capot et Marv s'avance d'un pas hésitant.

L'herbe est sèche, jaune et pas entretenue. C'est un vieux terrain de jeux. Un vieux sympa, avec un gros toboggan en fer, des balançoires avec des chaînes et une balançoire à bascule qui fait mal au cul. Pas de cochonneries en plastique.

Un vent léger tapote l'herbe.

Marv se tourne vers moi. Je vois la peur prête à bondir dans ses yeux. Il marche lentement vers les jeux, là où Suzanne Boyd attend. Melinda est assise sur une balançoire.

Marv a l'air énorme.

Sa démarche, ses mains, et son inquiétude.

Je n'entends rien, mais je les vois parler. La main géante de Marv serre celle de sa fille. Je vois bien qu'il a envie de la prendre, de l'embrasser, de la serrer dans ses bras, mais il ne le fait pas.

Melinda remonte d'un bond sur la balançoire et, après avoir demandé la permission à Suzanne, Marv lance doucement, doucement sa fille dans les airs.

Au bout de quelques minutes, Suzanne s'éclipse discrètement et vient me voir. Elle murmure :

— Il est bien avec elle.

— Oui, il est bien.

Je souris, pour mon ami.

La voix aiguë de Melinda se fait entendre.

— Plus haut, Marvin Harris ! Plus haut, s'il te plaît !

Il la pousse plus fort, peu à peu, à deux mains. Elle éclate d'un rire haut et pur dans le ciel.

Lorsqu'elle en a assez, Marv arrête la balançoire. La petite fille descend, lui prend la main et nous ramène son père. Même de loin, je vois que Marv a les larmes aux yeux, claires comme du verre.

Le sourire de Marv et les larmes géantes de verre sur son visage sont deux des plus belles choses que j'aie jamais vues.

10 ♥ Audrey, première partie : trois nuits à attendre

Je ne dors pas cette nuit-là – le jour de la balançoire.

À chaque instant, je revois Marv poussant la petite fille dans les airs, ou revenir avec elle, main dans la main.

Vers minuit, j'entends la voix de Marv à la porte. Je l'ouvre et il est là. Son émotion se lit sur son visage.

« Sors. »

J'obéis et mon ami Marvin Harris me serre dans ses bras. Il me serre si fort que je peux le sentir, et savourer la joie qui émane de lui.

Donc, Ritchie et Marv, c'est fait. J'ai transmis ces messages de mon mieux.

Il n'en reste plus qu'une.

Audrey.

Je ne veux pas perdre de temps. Depuis le hold-up, j'ai fait tout ce chemin. J'ai péniblement transmis onze messages, et c'est le dernier. Le plus important.

Le lendemain soir, je vais droit chez Audrey et j'observe. Je m'attends presque à ce que Daryl et Keith réapparaissent, mais non. Je sais ce que je fais et, dans ce cas, on me laisse toujours tranquille.

Je ne m'assois pas juste en face de chez Audrey, mais dans un petit parc un peu plus loin. C'est un nouveau terrain de jeux. Petit, et que du plastique. L'herbe est tondue et bien entretenue.

315

La maison d'Audrey est dans l'un de ces lotissements avec huit ou neuf constructions accolées. Les voitures sont garées devant, en rang.

J'y vais trois nuits. Chaque fois, Simon arrive, mais il ne me voit jamais posté dans le parc. Il est concentré sur Audrey et ce qu'ils vont faire. Même de loin, je sens son désir en arrivant.
Lorsqu'il est entré, je me rapproche jusqu'aux boîtes aux lettres et je regarde.

Ils mangent.
Ils couchent ensemble.
Ils boivent.
Ils couchent encore ensemble.

Le bruit se glisse sous la porte et je me rappelle la conversation que j'ai eue avec Simon à Noël, quand il m'a pris chez Milla.
Je sais ce que je dois donner à Audrey.
Audrey n'aime personne.
Elle refuse.
Mais elle m'aime, moi.
Elle m'aime et, l'espace d'un moment, il faut qu'elle l'accepte. Qu'elle le prenne. Qu'elle le sache. Complètement. Juste une fois.

Ces trois nuits, je reste jusqu'au matin. Simon part avant le lever du soleil. Il doit prendre son service tôt le matin.
La troisième nuit, je pense.
Demain.
Oui.
Demain, j'y vais.

Le lendemain soir, juste avant que je parte chez Audrey, Marv passe encore chez moi, cette fois avec une question.

Je sors, mais il refuse de me suivre. Il me dit sur la terrasse :

— Tu as toujours besoin de cet argent, Ed ? (Il me regarde, inquiet.) Je suis désolé. J'avais complètement oublié.

— Ne t'en fais pas. Je crois que je n'en aurai pas besoin, finalement.

J'ai un vieux magnétophone délabré sous le bras, avec une cassette dedans.

Je m'avance, mais Marv me prend au lasso de sa voix.

Il me regarde pensivement et demande :

— Est-ce que tu en as jamais eu besoin ?

Je m'approche de lui.

— Non, Marv. Non.

— Alors pourquoi… pourquoi tu as dit…

— J'ai gardé la carte que j'ai reçue par la poste, Marv.

Si Ritchie mérite de connaître la vérité, alors Marv aussi. Je la lui explique. Tout entière.

— Marv, je me suis occupé du carreau, du trèfle, du pique, et il me reste encore un cœur.

— C'est là que je…

— Oui, Marv. Tu étais dans le cœur.

Silence.

Perplexe.

Marv est là, sur ma pelouse, et il n'a aucune idée de ce qu'il pourrait dire – mais il a l'air content.

Je m'en vais et il me crie :

— C'est Audrey, la dernière ?

Je me contente de le regarder en marchant à reculons.

— Bonne chance, alors !

Cette fois, je lui souris et je pars sur un salut.

Tout se passe comme d'habitude, sauf que ce soir, le radiocassette que j'ai apporté transpire à côté de moi sous la lune qui monte, retombe et disparaît avec l'arrivée du matin. Je me demande un moment pourquoi je n'ai tout simplement pas mis mon réveil chez moi pour venir à l'aube, mais je sais que je dois agir dans les règles. J'ai dû endurer cette nuit pour agir correctement.

Je m'étire, et la nuit s'étire encore plus. La première lueur m'effraie.

Je tombe de sommeil dans le parc. J'entends la porte claquer et la voiture de Simon qui démarre. Il sort du lotissement, effectuant une manœuvre discrète mais maladroite dans la rue. Une minute plus tard, je comprends que c'est le moment. Je le sens.

La radio. La lumière.

Et maintenant, le bruit de mes pas qui se dirigent vers sa porte.

Je frappe.

Pas de réponse.

Je serre le poing pour frapper de nouveau, mais la porte s'entrebâille et la voix fatiguée d'Audrey s'y faufile.

— Tu as oublié…

— C'est moi.

— Ed ?

— Oui.

— Qu'est-ce que tu…

Ma chemise est en ciment. Mon jean en bois, mes chaussettes en papier de verre et mes chaussures sont des enclumes. Je chuchote :

— Je suis venu pour toi.

Audrey, la fille, la femme est en chemise de nuit rose.

Elle ouvre la porte, pieds nus, se frottant les yeux du poing. Elle me rappelle la petite fille, Angelina.

Je prends doucement sa main et l'écarte du chemin. Je me sens plus léger à présent, c'est juste elle et moi. Je

318

pose le radiocassette dans le jardin parsemé d'écorces, et je le mets en route.

Au début, un léger bourdonnement se fait entendre. Puis la musique commence et nous entendons le lent, calme et doux désespoir d'une chanson dont je ne donnerai pas le titre. Imaginez la chanson la plus tendre, la plus dure et la plus belle que vous connaissiez, et vous l'aurez. Nous l'inspirons, les yeux dans les yeux.

Je m'approche et lui prends les mains.

— Ed, qu'est-ce que…

— Chut.

Je la prends par la taille et elle me répond, posant les mains autour de mon cou et la tête sur mon épaule. Je sens le sexe sur elle, et mon seul espoir est qu'elle sente l'amour sur moi.

La musique plonge dans les graves.

La voix monte dans les aigus.

C'est encore la musique du cœur – bien meilleure, cette fois. Nous dansons et le souffle d'Audrey se pose sur mon cou. Elle gémit doucement, et nous dansons dans l'allée, l'un contre l'autre. À un moment, je la lâche et la fais tourner doucement. Elle revient et c'est un petit, tout petit baiser qu'elle me donne sur le cou.

J'ai envie de dire : « Je t'aime », mais c'est inutile.

Le ciel est inondé de feu et je danse avec Audrey. Nous restons ensemble un moment même après la fin de la chanson, et je crois que nous avons dansé pendant trois minutes.

Trois minutes pour lui dire que je l'aime.

Trois minutes pour qu'elle reconnaisse qu'elle m'aime aussi.

Elle me parle quand nous nous séparons, mais aucun mot d'amour ne sort de sa bouche. Elle cligne juste de l'œil et me fait :

— Eh bien alors, Ed Kennedy, hum ?

Je souris.

Elle me montre du doigt :

— Mais toi seulement, d'accord ?

319

— D'accord.

Je contemple ses pieds nus, ses chevilles, ses mollets, en remontant jusqu'à son visage. Je prends une photo d'elle dans ma tête. Ses yeux fatigués et ses cheveux couleur paille, ébouriffés du matin. Le sourire qui titille ses lèvres. Ses petites oreilles et son nez droit. Et les derniers restes d'amour, qui s'accrochent étrangement...

Elle s'est laissée aller à m'aimer trois minutes.

Je me demande : *Est-ce que trois minutes, ça peut durer toujours ?*, mais je connais déjà la réponse.

Probablement pas. Mais peut-être qu'elles suffisent.

R ♥ La fin

Je ramasse le radiocassette et on reste là encore un moment. Elle ne m'invite pas à entrer et je ne le lui demande pas.

Ce qu'il fallait faire a été fait, donc je lui dis juste :

— Bon, à bientôt, Audrey. Peut-être à la prochaine partie de cartes. Peut-être avant.

— Bientôt, m'assure-t-elle.

La radio sous le bras, je rentre chez moi.

Douze messages ont été transmis.

Quatre as, complétés.

C'est le jour le plus important de ma vie.

Je suis en vie. J'ai gagné. Pour la première fois depuis des mois, je sens la liberté, et je marche dans une atmosphère de contentement jusqu'à chez moi, elle me suit même à l'intérieur, quand j'embrasse le Portier et que je vais nous faire un café dans la cuisine.

Je suis en train de le préparer quand une autre sensation m'atteint à l'estomac – et s'y répand.

Je ne sais pas pourquoi, mais tout contentement disparaît aussitôt. Le Portier me regarde. On entend un loquet dehors et quelqu'un qui s'enfuit.

Je vais lentement à la porte et je sors.

Ma boîte aux lettres est là, légèrement de travers – l'air coupable.

Mon cœur tremble.

Je m'avance et ouvre la boîte aux lettres en frissonnant.

Oh non... non, non, non !

Je sens une dernière enveloppe sous mes doigts. Il y a mon nom dessus, et à l'intérieur... Je la vois déjà.

Une dernière carte.

Une dernière adresse.

Je ferme les yeux et tombe à genoux devant chez moi.

Mon esprit titube.

Une dernière carte.

Sans réfléchir, j'ouvre lentement l'enveloppe. Je trouve l'adresse, et toutes mes pensées sont coupées et tombent, mourantes.

L'adresse est :

26 Shipping Street

C'est mon adresse.

Le dernier message est pour moi.

CINQUIÈME PARTIE

Le joker

J Le rire

La rue est silencieuse et déserte.

Le joker me rit au nez.

Tout est calme, sauf le rire silencieux du clown dans ma main. Le rire rugissant.

L'herbe est couverte de sueur et je suis là, seul, le joker entre les doigts. On me surveille depuis le début, mais je ne me suis jamais senti aussi vulnérable ou épié qu'à cet instant.

À l'intérieur... Je panique. *Qu'est-ce qui m'attend à l'intérieur?*

Vas-y, je me dis.

Et j'y vais, foulant l'herbe imbibée de sueur. Bien sûr, je n'ai aucune envie d'aller à l'intérieur, mais quel autre choix j'ai? S'il y a quelqu'un dedans, je ne peux rien y faire. Je laisse des traces de pieds humides sur la terrasse en béton.

Je vais à la cuisine.

« Il y a quelqu'un? »

Mais.

Il n'y a personne.

Dans.

Ma cuisine.

En fait, il n'y a personne dans la maison, sauf le Portier, le joker et moi. Je regarde presque sous le lit, même si je sais que ce n'est pas ça. Ils seraient en train de boire mon café, de pisser dans mes toilettes ou de prendre un bain, un truc du genre. Il n'y a rien ni personne dans ma maison. Le silence envahit tout – puis le Portier bâille en se léchant les babines.

Les heures s'écoulent, et puis je dois aller travailler.
— Où on va?
— Martin Place, je vous prie.

Je m'engourdis un peu plus à chaque client, et pour la première fois, je ne parle à personne de toute la journée. Je ne parle pas du temps qu'il fait. Je ne parle pas de qui a gagné le match ce week-end, de l'état des routes ou de toute autre connerie jetable qui remplit le vide dans un taxi.
C'est le premier jour.
Le deuxième, c'est pareil.
Le troisième jour, quelque chose se passe.

Je rentre chez moi et j'évite de justesse un accident à un rond-point. Un combi VW veut passer devant moi mais je regarde à droite au lieu de me concentrer dessus. Le van s'arrête brutalement, les freins hurlent sous mon pied, et je m'arrête à quelques centimètres de la plaque d'immatriculation.
J'avais le joker sur le siège passager.
Il est catapulté vers l'avant.
Il atterrit sur le plancher.
Et rit.

Vous avez déjà forcé pour toucher vos orteils du bout des doigts en étirant les jambes? Voilà ce que sont mes jours et mes semaines, tandis que je travaille, en attendant que le joker se dévoile.

Qu'est-ce qui va se passer dans ma bicoque du 26 Shipping Street?

Qui va arriver?

Le 7 février, une main frappe à ma porte et j'hésite à me précipiter pour ouvrir. Est-ce que ça y est?

C'est Audrey.

Elle entre en disant :

— Tu t'es fait discret ces jours-ci, Ed. Marv dit qu'il a essayé de t'appeler mais que tu n'étais pas chez toi.

— J'ai beaucoup travaillé.

— Et?

— Attendu.

Elle s'assoit sur le canapé et demande :

— Quoi?

Sans hâte, je vais au tiroir de ma chambre et j'en sors les quatre cartes. Je reviens vers elle et les passe toutes en revue.

— Carreau, fait. (Je la laisse tomber par terre, palpitante.) Trèfle, fait. (La carte arrive au sol, elle aussi.) Pique et cœur – faits.

— Alors, maintenant?

Audrey voit la pâleur de mon visage et mon air épuisé. Je sors le joker de ma poche.

— Ceci.

Et je la supplie. J'en ai presque les larmes aux yeux :

— Dis-moi, Audrey. Je t'en prie. Dis-moi que c'est toi. Dis-moi que c'est toi qui m'as envoyé ces cartes. Dis-moi que tu voulais juste que j'aide les gens et...

— Et quoi, Ed?

327

Je ferme les yeux.

— Et que je devienne meilleur, moi aussi. Pour que je vaille quelque chose.

Les mots tombent par terre, à côté des cartes. Audrey sourit. Elle sourit et j'attends qu'elle l'avoue.

— Dis-moi! Dis-le…

Elle cède.

Elle dit la vérité.

Les mots coulent presque inconsciemment de ses lèvres.

— Non, Ed. Ce n'était pas moi. Je suis désolée, Ed. Vraiment désolée. J'aurais aimé que ce soit moi, mais…

Elle ne finit pas sa phrase.

La fin n'est pas la fin

Enfin, ça arrive.

On frappe à nouveau à la porte et je sais que cette fois-ci, c'est la bonne. Il est tard, la main cogne sec et je mets mes chaussures avant de répondre.

Inspire profondément, Ed.

J'inspire.

— Reste ici, j'ordonne au Portier qui vient me retrouver dans le hall – et pourtant, il me suit jusqu'à la porte.

J'ouvre et je vois un homme en costume.

— Ed Kennedy?

Il est chauve avec une longue moustache.

— Oui.

— J'ai quelque chose pour vous. Je peux entrer?

Il est assez agréable et je décide de le laisser entrer. Je m'écarte pour qu'il passe. Il est grand, d'âge mûr, et sa voix est pleine de politesse et de fermeté.

— Du café?

— Non merci.

C'est alors que je vois la mallette dans sa main.

328

Il s'assoit, l'ouvre et, à l'intérieur, il a son déjeuner emballé, une pomme et une enveloppe. Il me propose un sandwich.

— Non merci.

— Bon choix. Ma femme fait des sandwichs horribles. Celui-là, je n'ai pas pu le manger, aujourd'hui.

Il en vient aussitôt aux choses sérieuses, en me tendant l'enveloppe. Je le remercie, nerveux.

— Vous l'ouvrez ?

— Qui vous a envoyé ?

Je le fusille du regard et il reste sans voix un instant.

— Ouvrez-la.

— Qui vous a envoyé ?

Mais je n'y tiens plus. Je fourrage dans l'enveloppe et je suis accueilli par une écriture familière.

Cher Ed,
La fin est proche.
Je pense que vous feriez bien de vous rendre au cimetière.

— Le cimetière ?

Je sais que demain, cela fera un an que mon père est mort.

Mon père. Je dis à l'homme :

— Mon père. Dites-moi : c'était lui ?

— Je ne vois pas de quoi vous parlez.

— Comment ça se fait ?

Je me retiens de l'empoigner.

— Je...

— Quoi ?

— On m'a envoyé ici.

— Qui ?

Mais l'homme baisse la tête. Il répond d'une voix ferme :

— Je ne sais pas. Je ne sais pas qui il est...

— Est-ce que mon père était derrière tout ça ? Est-ce qu'il a tout organisé avant sa mort ? Est-ce qu'il...

J'entends soudain ce que ma mère m'a dit l'an dernier.

329

« Tu es exactement comme lui. »

Est-ce que mon père a laissé des instructions à quelqu'un pour qu'il organise ça ? Je me rappelle l'avoir vu dans les rues la nuit, quand j'étais en taxi. Il marchait pour dessoûler. Je le ramenais de temps en temps en taxi quand il revenait du pub...

— C'est comme ça qu'il connaissait les adresses !

— Pardon ?

— Rien.

Nous ne disons plus rien, parce que je suis sorti. Je cours dans la rue, vers le cimetière. La nuit est couleur bleu-noir. Des nuages de béton pavent le ciel par endroits.

Le cimetière se dresse devant moi et je me dirige vers la tombe de mon père. Il y a des gardiens pas loin.

Des gardiens ?

Non.

C'est Daryl et Keith.

Je me fige sous leurs yeux. Daryl parle :

— Félicitations, Ed.

Je retiens mon souffle.

— Mon père ?

Keith éclaire ma lanterne :

— Tu es bien comme lui, et tu avais toutes les chances de mourir comme lui : au quart de ce que tu aurais pu être...

— Donc il vous a envoyés ? Il a tout organisé avant sa mort ?

Daryl s'approche nonchalamment et répond à la question :

— Tu vois, Ed, tu as toujours été un cas désespéré – comme ton vieux. Ne le prends pas mal.

— Du tout.

— Et on a été engagés pour te tester. Pour voir si tu pouvais éviter cette vie-là.

D'un geste négligent, Daryl me montre la tombe.

330

Keith intervient :

— Le seul problème, c'est que ce n'est pas ton père qui nous a envoyés.

Je mets un moment à l'assimiler.

Ce n'est pas Audrey. Ce n'est pas mon père.

Une foule de questions se bousculent dans ma tête, comme des gens qui sortent d'un match ou d'un concert. Ils se poussent, se cognent les uns aux autres et tombent. Certains se faufilent. Certains restent assis, attendant que ça se passe.

— Qu'est-ce que vous faites ici, alors ? Comment vous avez su que je serais là, pile à ce moment ?

— Notre employeur nous a envoyés.

Keith ajoute :

— Il nous a dit que tu serais là.

Ils sont bien synchronisés ce soir.

— Donc on est venus.

Keith me fait un sourire presque compatissant.

— Pour l'instant, notre employeur ne s'est jamais trompé.

J'essaye de comprendre quelque chose à tout ça.

— Eh bien...

Je ne trouve pas mes mots. Ah, si :

— Qui est votre employeur ?

— On ne sait pas, Ed. On fait juste ce qu'on nous dit de faire. Mais oui, Ed, tu as été envoyé ici, ce soir, pour te rappeler que tu ne dois pas mourir comme ton père est mort. Compris ?

Je fais signe que oui.

— Et maintenant, on a une dernière chose à te dire, et on disparaîtra de ta vie à jamais.

Je tends l'oreille.

— Qu'est-ce que c'est ?

Ils s'éloignent déjà.

— Qu'il te reste juste encore un petit peu à attendre, d'accord ?

Je reste là.

Que faire d'autre ?

Je regarde Daryl et Keith marcher calmement dans la nuit. Ils ont disparu et je ne les reverrai jamais.

— Merci, je dis, mais ils ne m'entendent pas, ils ne m'entendront jamais, et c'est dommage.

Quelques jours s'écoulent et je comprends que je n'ai rien d'autre à faire qu'attendre. J'ai presque laissé tomber quand un matin, à l'aube, je rentre du travail. Un jeune homme en jean, veste et casquette me fait signe.

Il monte à l'arrière.

Comme d'habitude.

Je lui demande où on va.

Comme d'habitude.

J'ai la réponse.

« 26 Shippping Street. »

Inhabituelle.

Les mots me paralysent et j'ai presque envie de me garer. Il me dit sans lever les yeux :

« Roule, c'est tout. Comme je t'ai dit, Ed. 26 Shipping Street. »

Je roule.

On avance en silence et on arrive en ville. Je conduis prudemment, le regard nerveux et le cœur qui bat mal.

Je tourne dans ma rue et me gare devant chez moi.

Finalement, la personne à l'arrière ôte sa casquette et lève la tête. Je la vois pour la première fois dans le rétro. Je crie :

— C'est toi !

— Oui.

C'est plus qu'un choc ou une surprise – toute pensée, toute réaction est impossible. À l'arrière de mon taxi se trouve le braqueur de banque raté du début de l'histoire. Il a toujours ses favoris roux et il est toujours aussi laid. Il m'explique, l'air sympa cette fois :

— Les six mois sont écoulés.

— Mais…

332

— Pas de question. Roule, c'est tout. Conduis-moi au 45 Edgar Street.

J'obéis.

— Tu te rappelles cet endroit ?

Oui.

— Au 13 Harrison Avenue, maintenant.

Le braqueur raté m'amène à chaque adresse, l'une après l'autre. Milla et Sophie, le père O'Reilly et Angie Carusso, et les frères Rose. Chaque fois, il me demande :

— Tu te rappelles ?

Dans le taxi, je me rappelle chaque endroit, chaque message.

— Oui, je me rappelle.

— Bien, Glory Road maintenant.

...

— Clown Street, puis chez ta mère.

...

— Bell Street.

...

— Et tu connais les trois dernières.

On roule dans les rues de la ville sous le soleil qui grimpe dans le ciel. On va chez Ritchie, au terrain de jeux à l'herbe mal entretenue, et chez Audrey. À chaque destination, le souvenir. Parfois, j'ai envie de m'arrêter et de rester là.

D'y rester pour toujours.

Avec Ritchie, dans la rivière.

Avec Marv, près de la balançoire.

Et avec Audrey, en train de danser dans le silence embrasé du matin.

On revient devant chez moi. Je demande :

— Où on va maintenant ?

— Sors.

Soudain, je n'arrive plus à me retenir :

— C'était toi, pas vrai ? Tu as braqué la banque en sachant que...

— Oh, tu pourrais pas te taire, Ed ?

333

On est là dans le soleil matinal, à côté du taxi.

Avec précaution, il sort un objet de la poche de sa veste. C'est un petit miroir plat.

— Tu te rappelles ce que je t'ai dit, Ed… à mon procès ?

— Je me rappelle.

Je sens une tiédeur dans mes yeux.

— Dis-moi.

— Tu m'as dit que chaque fois que je me regarderai dans un miroir, je devrai me rappeler que je regarde un homme mort.

— Exact.

Le voleur raté se place devant moi. Un petit sourire apparaît sur son visage et il lève le miroir à ma hauteur. Je suis face à moi-même. Il me demande :

— Alors, c'est un homme mort que tu vois ?

Un flot d'endroits et de gens déferle en moi. Je tiens une enfant dans mes bras sur une terrasse – je me fais appeler Jimmy par une merveilleuse vieille dame. Je regarde une fille qui court, avec les pieds ensanglantés les plus glorieux du monde.

Je ris en voyant le plaisir sur le visage d'un religieux. Je vois les lèvres d'Angie Carusso sur sa glace et j'éprouve la loyauté des frères Rose. Je vois une famille obscure illuminée par la puissance et la gloire, et je m'assois au cinéma d'un homme solitaire.

En regardant dans le miroir, je suis debout dans la rivière avec un ami. Je vois Marvin Harris pousser sa fille sur la balançoire, haut dans le ciel, et je danse avec amour et Audrey pendant trois minutes d'affilée…

— Eh bien ? C'est un homme mort que tu vois ?

Cette fois-ci, je réponds :

— Non.

Et le criminel dit :

— Eh bien, ça valait la peine alors…

Il est allé en prison pour ces gens.

Il est allé en prison pour moi et le voilà qui s'éloigne sur ces quelques dernières paroles :

— Au revoir, Ed... Je pense que tu devrais rentrer.

Il part.

Comme Daryl et Keith, je ne le reverrai jamais.

Le dossier

Je rentre à l'intérieur le plus calmement possible. La porte d'entrée était restée ouverte.

Sur mon canapé se tient un jeune homme, qui caresse le Portier tout doucement, tout content.

— Qui est-ce...

— Salut, Ed. Je suis content de faire enfin ta connaissance.

— Vous êtes...

— Oui.

— Vous avez envoyé...

— Oui.

Il se lève et me dit :

— Je suis arrivé dans cette ville il y a un an, Ed.

Il a des cheveux châtains assez courts. Un peu plus petit que la moyenne, il porte une chemise, un jean noir et des chaussures de sport bleues. Plus il parle, plus il semble juvénile, mais sa voix n'est pas du tout celle d'un jeune garçon.

— Oui, c'était il y a un an, et j'ai assisté à l'enterrement de ton père. Je t'ai vu, avec tes parties de cartes et ton chien et ta mère. Je suis revenu sans cesse, en t'observant, comme tu l'as fait à toutes ces adresses...

Il se détourne un instant, presque honteux.

— C'est moi qui ai tué ton père, Ed. J'ai organisé le hold-up raté au moment où tu y étais. J'ai ordonné à cet homme de violenter sa femme. J'ai envoyé Daryl et Keith te faire toutes ces choses, et j'ai aussi envoyé ton pote,

335

celui qui t'a conduit aux pierres... Tout ça, c'est moi qui te l'ai fait. J'ai fait de toi un chauffeur de taxi minable, et je t'ai fait faire toutes ces choses que tu te croyais incapable de faire. Et pourquoi ?

Il se tait un instant, mais ne recule pas.

— Je l'ai fait parce que tu es l'incarnation de l'ordinaire, Ed.

Il me regarde avec sérieux.

— Si un type comme toi peut se réveiller et faire ce que tu as fait pour tous ces gens, alors tout le monde le peut, sans doute. Peut-être que tout le monde peut vivre au-delà de ses capacités.

L'émotion le saisit. Tout est là.

— Peut-être que même moi, je peux...

Il se rassoit dans le canapé.

Je me rappelle cette sensation d'une ville peinte autour de moi, ou inventée. Est-ce bien cela ?

Oui, c'est cela, avec ce jeune homme qui se passe les mains dans les cheveux.

Il se remet debout et regarde le canapé. Il y a un dossier jaune fatigué posé sur un coussin.

— Tout est là. Tout ce que j'ai écrit pour toi. Toutes les idées que j'ai essayées. Tous les gens que tu as aidés, blessés ou rencontrés.

— Mais... comment ?

J'ai la voix pâteuse.

— Même ceci – notre discussion présente – se trouve dans le dossier.

Stupéfait, confondu, ahuri, je le regarde.

J'arrive enfin à parler :

— Je suis réel ?

Il y réfléchit à peine. Il n'en a pas besoin.

— Regarde dans le dossier. À la fin. Tu le vois ?

C'est gribouillé en grosses lettres au dos d'un sous-bock. La réponse est écrite à l'encre noire. Elle dit : *Bien sûr que tu es réel – comme toute pensée, toute histoire. Elle est réelle parce que tu es dedans.*

Il dit :

— Il faut que j'y aille. Tu veux sans doute parcourir ce dossier et vérifier sa cohérence. Tout y est.

L'espace d'un instant, je panique. C'est une sensation de chute qu'on éprouve lorsqu'on perd le contrôle de sa voiture ou qu'on commet une erreur irréparable. Je lui demande, désespéré :

— Qu'est-ce que je fais, maintenant ? Dites-le-moi ! Qu'est-ce que je fais ?

Il reste calme et me regarde dans les yeux.

— Continue à vivre, Ed… C'est seulement les pages qui s'arrêtent là.

Il reste dix minutes de plus, sans doute à cause du traumatisme qui m'étouffe. Je reste debout, essayant de comprendre ce que je viens d'apprendre, et de récupérer du choc. Il répète d'un ton plus ferme :

« Cette fois-ci, je devrais vraiment y aller. »

Je le raccompagne à la porte avec difficulté.

On se dit au revoir sur la terrasse et il retourne dans la rue.

Je me demande comment il s'appelle, mais je suis sûr que je l'apprendrai bientôt.

Il l'a écrit, ce salaud, j'en suis sûr. Il a tout écrit.

Dans la rue, il sort un petit carnet de sa poche et écrit quelques mots.

Ça me fait penser que je devrais peut-être tout écrire moi-même. Après tout, c'est moi qui ai fait tout le travail.

Je commencerais par le hold-up.

Quelque chose du genre : *Le braqueur est nul*.

Cela dit, il y a de grandes chances qu'il m'ait déjà coiffé au poteau.

Il y aura son nom sur la couverture de tous ces mots, pas le mien.

Il aura toute la gloire.

Ou toutes les emmerdes, s'il a mal bossé.

Mais rappelez-vous simplement que c'est moi – pas lui – qui ai donné vie à ces pages. C'est moi qui...

Aaah, arrête de pleurnicher, Ed, me dit une voix intérieure.

Je la connais.

Toute la journée, je pense à beaucoup de trucs, malgré moi. Je regarde dans le dossier et je trouve tout ce qu'il a dit. Toutes ces idées sont rédigées et les personnages décrits. Des extraits griffonnés sont collés les uns aux autres. Les débuts et les fins se tordent et se fondent.

Les heures passent.

Les journées les suivent.

Je ne quitte pas ma baraque, et je ne réponds pas au téléphone. Je mange à peine. Le Portier est assis près de moi tandis que les minutes passent.

Pendant longtemps, je me demande ce que j'attends, et puis je comprends que ça se passe exactement comme il l'a dit.

Au-delà de ces pages, c'est pour la vie.

J
Le message

Un après-midi, j'entends un coup à ma porte ; on dirait le dernier. Là, devant moi, sur ma terrasse craquelée, se tient Audrey.

Ses yeux hésitent, puis elle demande à entrer.

À peine dans le vestibule, elle s'appuie contre la porte et demande :

— Je peux rester, Ed ?

Je vais à elle.

— Bien sûr que tu peux rester ce soir.

Mais Audrey fait non de la tête, ses yeux hésitants tombent au sol. Audrey s'avance vers moi.

— Pas pour ce soir. Pour de bon.

On tombe par terre et Audrey m'embrasse. Ses lèvres se joignent aux miennes et je goûte à son souffle, je

338

l'avale, le sens et je me tends vers lui. Il me parcourt d'un courant de beauté. Je prends ses cheveux jaunes entre mes mains, je touche la peau lisse de son cou et elle m'embrasse toujours. Elle le veut.

Quand on a fini, le Portier arrive et se pose à côté de moi.

— Salut, Portier, dit Audrey, et ses yeux ruissellent encore.

Elle a l'air heureuse.

Le Portier nous regarde tous les deux. Il est le sage. Il est la sagesse. Il dit : *Eh bien, bon Dieu, il était temps, vous deux.*

On reste dans l'entrée pendant presque une heure et je raconte tout à Audrey. Elle m'écoute intensément en caressant le Portier. Elle me croit. Je me rends compte qu'Audrey m'a toujours cru.

Je suis presque parfaitement détendu – et une dernière question se glisse en moi. Elle essaye de se redresser, mais glisse encore.

— Le dossier.

Je me lève et file au salon. Je parcours fiévreusement le dossier, à genoux. Je m'assois pour le passer au peigne fin. Je fouille et farfouille dans les feuilles volantes.

— Qu'est-ce que tu fais ? demande Audrey.

Elle est arrivée derrière moi. Je me tourne vers elle.

— C'est ça que je cherche.

Je nous montre tous les deux.

— Je nous cherche, tous les deux ensemble.

Audrey s'agenouille à côté de moi et pose sa main sur la mienne, pour que je laisse tomber les papiers. Doucement, elle dit :

— Je ne pense pas qu'on soit dedans. Ed, je pense...

Elle prend doucement mon visage à deux mains. La lumière orange de cette fin d'après-midi s'attache à elle.

— Je pense que ça nous appartient.

Le soir est venu. Audrey et moi partageons un café avec le Portier sur la terrasse. Quand il a fini, il me sourit

339

et retombe dans son doux sommeil habituel, près de la porte. La caféine ne lui fait plus d'effet.

Audrey tient ses doigts entre les miens, la lumière reste encore quelques instants, et j'entends à nouveau les mots de ce matin.

« Si un type comme toi peut se réveiller et faire ce que tu as fait pour tous ces gens, alors tout le monde le peut, sans doute. Peut-être que tout le monde peut vivre au-delà de ses capacités. »

Et c'est là que je comprends.

Dans la beauté cruelle et douce d'un instant de lucidité, je souris, et, les yeux sur une fissure dans le béton, je l'explique à Audrey et au Portier endormi. Je leur dis la même chose qu'à vous.

Je ne suis pas le messager.

Je suis le message.

Remerciements

Tous nos remerciements à Baycrew, à l'Association des taxis de Nouvelle-Galles du Sud, et à Anna McFarlane pour son aide experte et son soutien sans faille.

Cet ouvrage a été imprimé en France par

BUSSIÈRE

à Saint-Amand-Montrond (Cher)
en février 2014

Les Éditions KERO utilisent des papiers composés de fibres naturelles,
renouvelables, recyclables et fabriquées à partir de bois issu de forêts
qui adoptent un système d'aménagement durable.

N° d'impression : 2008096
Dépôt légal : février 2014